홍천 8

백준 新무협 판타지 소설

초판 1쇄 찍은 날 § 2010년 6월 11일
초판 1쇄 펴낸 날 § 2010년 6월 16일

지은이 § 백준
펴낸이 § 서경석

편집장 § 문혜영
편집 § 주소영

펴낸곳 § 도서출판 청어람
등록번호 § 제1081-1-89호
등록일자 § 1999. 5. 31
어람번호 § 제2-1939호

주소 § 경기도 부천시 원미구 심곡2동 163-2 서경B/D 3F (우) 420-822
전화 § 032-656-4452 팩스 § 032-656-4453
http://www.chungeoram.com
E-mail § chungeoram@chungeoram.com

ⓒ 백준, 2009

ISBN 978-89-251-2200-7 04810
ISBN 978-89-251-1706-5 (세트)

※ 파본은 구입하신 서점에서 교환하여 드립니다.
※ 저자와 협의하여 인지를 붙이지 않습니다.
※ 이 책은 도서출판 청어람과 저작자의 계약에 의해 출판된 것이므로,
무단 전재 및 유포·공유를 금합니다.

제1장	청색 구름	7
제2장	진실을 알다	49
제3장	살심(殺心)	85
제4장	기분 나쁜 만남	119
제5장	배신감	163
제6장	뜨거운 눈물	193
제7장	빗소리에 눈을 뜨다	227
제8장	소중한 사람	283
	작가 후기	312

第一章
청색 구름

청색 구름

아림과의 추억은 많았다. 하나하나가 모두 좋은 기억이었고, 순수했던 감정을 가지고 바라보았다. 단지 어긋난 게 있다면 자심연의 제자가 된 순간부터일 것이다. 아림은 그때부터 달라지기 시작했다. 그러던 어느 순간 순수했던 모습이 사라져 버렸다. 그렇게 보였다.
 그래서 더욱 아림을 사랑했는지도 모른다. 또한 나라면 다시 그녀를 순수했던 모습으로 돌릴 수 있을 거라 생각했다. 하지만 그것은 단지 나 자신의 착각일 뿐이었다. 그 착각을 깨닫는 데 걸린 시간이 이십 년이었다.
 "성주님이 밉소이다."

곡반호의 말에 자심연은 살짝 아미를 찌푸렸다. 세상의 모든 감정에 초탈한 것처럼 행동하는 자심연이었으나 지금만큼은 그러지 못하고 있었다. 자신이 사랑했던 두 제자의 죽음이 너무 슬펐고 가슴이 무너질 것 같았다.

단지 성주라는 이유로 인내만 할 뿐이었다. 다른 사람들에게 절대적인 모습을 보여야 했다. 슬픔도, 기쁨도 또한 분노조차도 크게 표현하지 않았다. 언제나 냉정해야 했고 언제나 옳은 판단을 내려야 했다. 그러기 위해선 인간이 가지고 있는 모든 감정에 대해 초월해야 했다.

처음에는 자심연도 많이 힘들었다. 홀로 방 안에서 눈물을 흘린 게 수십 년이었다. 그 정도의 시간이 흘러서야 겨우 지금처럼 될 수 있었다. 고독은 언제나 따라다니는 그림자였고 자신은 늘 혼자였다. 그만큼 성주라는 자리는 고독했다.

"내가 밉다고?"

겨우 입을 열어서 물었다. 자심연의 낮은 목소리에 곡반호는 그 속에 담긴 분노를 읽었는지 가볍게 어깨를 떨었다.

"아림이 저리된 것도 모두 성주님 탓입니다."

곡반호의 말에 자선원이 백색 눈썹을 파르르 떨었다. 잠시 그렇게 화를 얼굴에 드러내던 그는 곧 안정을 찾으며 낮게 말했다.

"네가 이제는 자기 자신의 죄를 성주님께 돌리려 하는구나. 고약한……."

자선원의 말에 곡반호는 그를 쳐다보지도 않은 채 자심연에게 말했다.

"아림은 성주님의 제자가 된 직후 좋아서 며칠 동안 잠을 못 이루었습니다. 그렇게 행복해하는 모습도 본 적이 없었지요……."

자심연의 표정이 더없이 차갑게 변해갔지만 곡반호는 마치 그때의 모습을 떠올리면서 말하는 듯 다시 입을 열었다.

"처음 제자가 되어 성주님의 사랑을 받고 있을 때까진 그녀는 행복했습니다. 하지만 자월이 들어온 이후로부터 그녀는 근심과 걱정으로 하루를 보냈으며, 단 한 번도 진정으로 웃는 얼굴을 보인 적이 없었지요."

자심연은 자월이란 이름에 눈을 반짝였다.

"성주님은 자월에게 애정을 보냈고 자월에게 모든 것을 가르쳤지요. 그게 문제였습니다. 만약 성주님이 아림을 여전히 사랑해 주었다면 이런 일도 없었겠지요. 같은 자씨세가의 사람이라고 그녀만 사랑한 성주님의 잘못이란 말입니다."

"그 말이 하고 싶었던 모양이구나."

"그렇습니다."

자심연은 차가운 시선으로 곡반호를 쳐다보며 말했다.

"나는 지금 가슴이 너무 아프다. 그런데 눈물도 흘리지 못하고 있지. 그 마음을 네가 과연 알까? 너는… 내게… 견디기 힘든 짐을 안겨주었다."

자심연의 말에 곡반호는 침을 삼키며 어깨를 떨어야 했다. 자심연의 눈동자가 붉게 물들었기 때문이다. 단 한 번도 저렇게 흔들리는 모습을 보인 적이 없는 자심연이었다. 그런 그녀의 어깨가 미미하게 흔들리기 때문일까? 그 주변 간부들의 표정도 굳어졌으며 장내엔 무거운 공기가 맴돌기 시작했다.

"너를 내가… 어떻게 해야 할까…… 어떻게……."

자심연은 낮은 목소리로 중얼거리며 고개를 저었다. 그렇게 깊은숨을 내쉬는 자심연의 옆으로 서문각주인 윤청이 다가와 허리를 숙였다.

"성주님."

자심연이 쳐다보자 윤청은 재빠르게 소매에서 세 장의 서찰을 꺼내 내밀었다.

"곡반호의 이름으로 세 장의 서찰이 왔습니다. 그리고… 여기……."

서찰과 함께 윤청은 아가의 이름이 새겨진 비녀를 내밀었다. 옥으로 만든 비녀는 끝에 금으로 된, 봉황의 머리가 달려 있었다. 몸은 여자지만 마음은 봉황의 기운을 가지고 살아가라는 아가의 가르침 때문에 그리 만든 비녀였다.

"음……."

비녀를 보자 아가의 장로인 아가정과 집법각주인 아룡의 안색이 변하였다. 아림이란 이름이 선명하게 새겨진 비녀였고, 그녀가 늘 가지고 있던 물건이었다.

잠시 비녀를 살펴본 자심연은 곧 소매에 비녀를 넣곤 서찰을 읽었다. 그런 그녀의 눈동자가 반짝이기 시작했다.

"확실히… 아림의 글씨로구나."

자심연은 중얼거리며 서찰을 장로인 자선원에게 넘겨주었다. 자선원은 서찰을 아가정과 함께 살피며 고개를 저었다. 그들도 아림의 서체를 잘 알기 때문이다. 서찰엔 자월에 대한 질투심과 그를 죽여달라는 내용이 적혀 있었다.

"확인하셨으니 제 말이 사실이란 것을 알겠지요?"

곡반호의 말에 자심연은 무심한 표정으로 말했다.

"그래, 사실이다. 하나 네 죄의 무거움은 절대 줄지 않았다."

"알고 있습니다."

곡반호는 고개를 끄덕이며 눈을 부릅떴다.

뚜두둑!

순간 곡반호의 육체에서 힘줄이 끊어지는 소리가 격하게 울렸다. 곡반호의 눈이 부릅떠지면서 붉게 변하더니 피가 흘러내리기 시작했고 이어 코와 입에서도 흘러나왔다.

"헉!"

사람들이 갑작스러운 곡반호의 행동에 놀라 눈을 크게 떴다. 하지만 자심연은 표정의 변화 없이 곡반호를 가만히 쳐다볼 뿐이었다.

"이런!"

아무도 곡반호의 자결을 생각지 못한 듯 충격적인 그의 모습에 모두 입을 벌렸다.
쿵!
바닥에 무릎을 꿇은 곡반호는 붉게 변한 눈으로 자심연을 쳐다보며 떨리는 목소리로 말했다.
"제가 자결을 하는 이유는 성주님께 부탁이 있기 때문입니다……."
"말하거라."
자심연의 냉정한 목소리가 울리자 곡반호는 전신을 떨며 입을 열었다.
"이 일은… 곡씨와는 아무런 연관이 없는 일입니다……."
곡반호는 시선을 돌려 곡비연을 찾으려 했다. 하지만 붉게 변한 세상에서 곡비연의 얼굴이 보일 리는 없었다. 단지 귀를 통해 자심연의 목소리만 들려왔다.
"이미 너는 곡씨에서 제명된 상태니 연관이 없지."
"고맙습니다……."
자심연의 목소리에 곡반호는 고통 속에서도 미소를 보였다. 혹시라도 자신 때문에 곡비연의 앞날이 막힐 것 같아 걱정되었기 때문이다. 하지만 자심연의 말로 인해 그러한 걱정은 사라졌다. 자심연의 말 한마디는 곧 백화성의 말이었기 때문이다. 곧 그는 눈을 감으며 다시 말했다.
"그리고… 아림과… 종무옥의 죄를 용서해 주십시

오……."
 그의 낮은 목소리가 조용히 사방으로 퍼져 나갔다.
 "음……."
 여기저기서 침음 소리가 터져 나오며 모두의 시선이 자심연에게로 향했다. 곡반호의 죄도 무겁지만 자월을 죽인 아림과 종무옥의 죄 역시 무거웠기 때문이다. 그녀들은 죽었지만 그 죄는 사라진 게 아니었다.
 그런데 곡반호가 자결하면서 죄를 용서해 주기를 바라고 있었다. 자심연의 눈동자가 미미하게 흔들리기 시작했다.
 털썩!
 바닥에 쓰러진 곡반호는 이미 살아 있는 사람이 아니었다. 끝내 그는 자심연의 대답을 듣지 못한 채 생을 마감해야 했다. 자심연은 그저 냉정한 표정으로 곡반호의 시신만을 응시할 뿐이었다.

 아무도 입을 여는 사람은 없었다, 그저 곡반호의 시신만을 쳐다볼 뿐. 입을 열 수 없을 만큼 엄숙한 분위기였고 공기는 무거웠다. 그리고 모두의 시선은 자심연을 향하고 있었다. 그녀의 입이 열리기만을 기다리면서.
 한참 동안 곡반호의 시신을 쳐다보던 자심연은 무언가를 결심한 듯 눈을 반짝이더니 곧 천천히 입을 열었다.
 "오늘 있었던 일은 모두 없던 일이다."

"……!"

 순간 수많은 사람들의 표정이 변하였으며 약간의 술렁거림이 있었다. 하지만 자심연이 손을 들자 모두 입을 닫았다. 자심연은 신형을 돌려 자신을 바라보는 백화성의 중추적인 간부들에게 낮게 말했다.

 "곡반호란 사람은 없던 사람이다. 또한 이곳에서 있었던 일들도 없던 일이지……. 서찰을 주게."

 자심연이 손을 내밀자 아룡이 아림의 글이 적힌 서찰을 건네주었다.

 화르륵!

 순간 서찰이 하얀 재가 되어 먼지처럼 허공중에 사라졌다. 자심연은 다시 입을 열었다.

 "또한 아림과 종무옥은 자월을 죽이라고 사주한 적도 없다. 모두 없던 일이지……."

 그렇게 말한 자심연은 슬쩍 아가정을 쳐다보았다. 그러자 아가정이 만족한 표정으로 고개를 숙였다. 곡반호에 대한 원한은 당연히 있었다. 또한 곡씨세가에 대해서도 원한이 쌓일 수밖에 없었다. 하지만 자심연의 말은 곧 아림의 죄를 덮어둔다는 것으로, 아가의 명예를 지켜주겠다는 뜻이었다. 또한 이 일로 곡씨세가를 핍박하지 말라는 무언의 압력이었다.

 종우루 역시 자심연의 말에 무거운 짐에서 벗어난 듯한 표정으로 허리를 숙였다. 종씨의 명예를 지켜주었기 때문이다.

"오늘 보고 들은 모든 것을 기억 속에서 없애주길 바란다. 만약 이 일이 성 외부에서 내 귀에 들린다면… 나는 이 일을 발설한 자를 찾아내어 기필코 죽일 것이니라."

순간 모두의 안색이 변하였다. 자심연의 입에서 죽인다는 말이 나오는 경우는 드물었기 때문이다. 그만큼 비중있게 생각한다는 뜻이었고 입을 조심하라는 경고였다.

"아 각주."

"예."

아룡이 깊게 허리를 숙였다.

"곡반호는 태워 버리고 이 일에 대해서 알고 있는 시비들이나 하인들은 알아서 처리하게."

"알겠습니다."

아룡의 표정이 굳어졌다. 자심연의 말은 곧 죽음이란 뜻처럼 들렸기 때문이다.

자심연은 냉정한 표정으로 다시 한 번 간부들의 얼굴을 훑어보다 곧 종우루에게 말했다.

"종 단주."

"예, 성주님."

"단주는 아림과 종무옥의 죽음에 대해서 적당히 좋은 이야기를 만들게."

"예? 하오나… 어떻게 해야 할지……."

"그건 단주가 알아서 할 문제가 아닌가? 아림과 종무옥의 죽음에 대해 안 좋은 소문이 날 경우 단주에게 책임을 묻도록 하지."

자심연의 말에 종우루는 등골이 서늘해지는 기분이 들었다. 말속에 뼈가 있었기 때문이다. 곧 그는 깊게 허리를 숙였다.

"명심하겠습니다."

종우루의 대답에 자심연은 고개를 끄덕이며 윤청을 쳐다보았다.

"윤 각주는 가서 종 장로와 곡 장로를 내 방으로 불러오거라."

"알겠습니다."

윤청의 대답에 자심연은 곧 신형을 돌려 자신의 방으로 향했다. 그녀의 뒤로 자선원과 아가정이 따랐다.

방으로 돌아온 곡비연은 한참 동안 방 안을 서성였다. 마음이 심란했기 때문이다. 비록 곡반호를 처음 보았지만 자신에게는 숙부였다. 곡반호의 이름을 모른다면 그건 말이 안 되었다. 그녀도 곡반호의 이름을 몇 번이고 들어봤기에 약간은 알고 있었다. 그가 자신의 가문에서 제명되었다는 것과 그가 백화성을 나갔다는 것 정도? 그에 대해선 다들 말해주지 않았기에 그녀도 자세히 알지는 못하였다.

한참을 그렇게 방 안을 서성이며 마음의 정리를 못하고 있을 때 방 밖에서 시비의 목소리가 들려왔다.
"곡 선생님께서 오셨습니다."
"할아버님이?"
곡비연은 곡씨에서 선생으로 불리는 인물이 할아버지 한 명이란 사실을 잘 알고 있었다.
"모시세요."
"예."
시비의 대답을 들은 곡비연은 아무렇지도 않다는 표정을 만들기 위해 거울을 잠시 쳐다보았다. 어느 정도 마음을 추스른 듯 머리카락을 만지던 그녀는 곧 방문을 나서 객청으로 향했다.
객청에는 곡비연의 할아버지인 곡예가 안절부절못한 표정으로 서성이고 있었다. 반백의 그는 수염을 쓰다듬으며 짧은 숨을 내쉬고 있었고, 주름진 눈에는 근심과 걱정이 담겨 있었다.
발소리와 함께 곡비연이 들어오자 곡예는 재빠르게 신형을 돌리며 곡비연을 바라보았다.
"할아버님."
"내 손녀야… 내 어여쁜 손녀야……."
곡예는 곡비연의 어깨를 잡으며 걱정스러운 표정으로 연신 고개를 저었다. 그의 표정엔 애정과 함께 걱정이 있었다.
"일단 앉으세요."

"그래. 그래야지… 그래……."

곡예는 연신 고개를 끄덕이며 힘들다는 표정으로 깊은숨과 함께 의자에 앉았다. 그러자 곡비연이 말했다.

"걱정이 크신 모양이에요."

"크지… 아주 크지."

곡예는 곡반호의 손에 죽은 아림과 종무옥을 떠올리며 고개를 다시 한 번 저었다.

"좀 전에 성주님을 만나뵙고 오는 길이다."

"아……."

곡비연은 곡예가 급히 찾아온 이유를 대충은 짐작할 수 있었다. 그곳에서 다른 장로들과 함께 이번 일에 대해 여러 이야기를 나누었을 것이다. 그리고 그들이 무언의 압력을 넣었을 거란 생각이 들었다, 바로 자신의 성주 후보 자격에 대해서. 그런 생각이 곡비연의 머리를 스쳤다.

곡예가 그런 곡비연의 생각을 읽은 듯 말했다.

"성주님께선 이 일을 덮어두려 하지만 다른 가문이… 쉽게 잊을 것 같지는 않구나."

"그렇겠지요. 그들에게 저희는 원수나 다름없으니까요."

곡비연은 고개를 끄덕였다. 그러자 곡예가 눈을 빛내며 곡비연의 손을 잡았다.

"네 말처럼 그들에게 우린 원수이나… 내게도 그들은 원수이다. 나 역시 그들만큼이나 가슴이 아프고 하늘이 무너지는 기분이다."

곡예의 목소리가 조금 떨리고 있었다. 곡반호가 비록 가문을 떠난 사람이지만 곡예에겐 아들이었기 때문이다.

"그들은 성주님의 앞이라 크게 언급하지 못했지만 분명 네가 성주가 되는 것을 반대할 것이다. 하지만 이 할아비는 어떤 일이 있어도 그들을 막을 것이다. 우리 가문의 이름을 걸고… 수단과 방법을 다 동원해서라도 말이다."

그동안 아무런 움직임이 없던 곡가였다. 성주 후보가 되어도 특별한 말이 없던 집안에서 갑자기 능동적으로 나오자 곡비연은 잠시 입을 열지 못하였다. 생각지도 못한 말을 곡예가 했기 때문이다. 그들과 싸우기엔 곡가의 힘은 미미했고, 계란으로 바위 치는 격이었기에 절대로 나서는 일이 없었다.

곡비연은 곡예의 말에 기분이 좋았지만 한편으론 걱정이 되었다.

"아니에요. 그럴 필요 없어요. 이 일은 제 일이에요. 제 선에서 풀어야 해요. 그들과 싸울 수는 없어요. 또한 그들은 아원주와 종 당주가 죽은 이상 싸울 명분이 없어요."

"명분은 없어도 원수는 있다."

곡반호를 상기시키며 곡예가 말하자 곡비연은 눈을 빛내며 말했다.

"그렇다 해도 쉽게 물러나지는 않을 거예요. 이제… 남은 시간이 얼마 없어요."

곡예는 그 말에 고개를 끄덕였다. 깊은숨을 내쉰 곡예는 자리에서 일어서며 말했다.

"그래… 시간이 얼마 없지……."

곡예는 수염을 쓰다듬으며 깊은 생각을 하는 듯 보였다. 그러다 천천히 말했다.

"두 아들을 잃었지. 그런데 너마저 잃을까 봐… 그게 두렵구나…… 그런 일이 없길 바란다."

"너무 걱정하지 마세요. 창천궁에서 오는 길에 많은 경험을 했어요. 그 경험들이 제게 어떤 길을 가야 할지 말해주었지요."

곡비연의 눈에 신광이 서리자 곡예는 그녀의 어깨를 다독이며 천천히 신형을 돌렸다. 곡예를 마중한 곡비연은 곧 자신의 방으로 돌아와 깊은숨을 내쉬며 침대에 누웠다.

곡예와 대화를 나누었지만 자신이 어떤 말을 했는지조차 기억나지 않았다. 아직도 머릿속은 하얗게 변한 상태였다. 그렇게 한참 동안 천장을 바라보던 그녀는 곧 잠에 빠져들었다.

    *   *   *

"떠날 생각은 없어."

운소명의 말에 손수수는 안색을 찌푸렸다. 눈에 보이는 걱정 때문이다. 운소명이 걱정스러운 표정으로 쳐다보는 손수수를 향해 다시 말했다.

"내가 떠날 이유는 없어."

강경한 어조로 운소명이 말하자 손수수는 그 앞에 앉으며 냉정한 표정으로 입을 열었다.

"그래, 없지. 딱히 떠날 이유는 없을 거야. 하지만 네가 자월의 아들이란 사실이 다른 사람들에게 알려진다면 어떻게 하지? 아니, 네가 이추결의 아들이란 사실을 놓고 보는 건 어떨까? 내가 볼 땐 그게 더 중요한 것 같은데."

손수수의 말에 운소명은 날카로운 눈빛으로 손수수를 쳐다보다 이내 목이 마른지 차를 한 번에 마셨다. 여러 가지 생각들이 운소명의 머리를 스쳤다. 운소명은 그중에서도 자심연의 얼굴을 떠올렸다.

"나는 아니라고 부정해 봤자… 어차피 이추결의 아들이라고 생각하겠지. 내가 아니라고 우겨도 상대가 맞다고 달려들면 어쩔 수 없이 싸울 테고 말이야. 위험한 상황에 놓이게도 되겠지. 하지만."

하지만이란 말에 손수수가 눈을 빛냈다. 그러자 운소명이 빠르게 다시 말했다.

"지금은 나의 존재에 대해 생각할 겨를이 없을 것 같은데? 거기다 과연 자심연이, 아니, 자 성주가 나에 대해 이야기를 할까? 아니, 절대 안 할 거야. 일이 시끄럽게 될 거란 사실을 누구보다 잘 알 테니까 말이야. 또한 곧 백화성의 성주는 바

청색 구름 23

뀐다. 시대가 바뀌면 세상도 변하고 과거의 일도 사라지지. 그러니 나는 그저 조용히 이곳에서 세상이 변하는 모습을 지켜보겠어."

운소명의 말에 손수수는 미미하게 고개를 끄덕이다 짧게 숨을 내쉬었다. 운소명의 고집을 꺾을 수 없을 것 같았기 때문이다. 또한 운소명과 어딘가로 도망쳐야겠다는 생각도 조금 누그러졌다. 호흡이 안정되자 마음도 차분하게 변하였으며, 얼음물에 발을 담근 것처럼 잠에서 깨어난 기분이었다. 담담한 표정으로 쳐다보자 운소명의 입술이 움직였다.

"이곳에서 조용히 일꾼으로 지내면서… 지켜볼 생각이야. 백화성의 성주가 바뀌는 것과 과연 곡가가 얼마나 대단한 일을 하는지 말이야……."

운소명의 눈은 무수히 많은 말을 하고 있었다. 하지만 그 속에 어떤 말들이 있는지 손수수는 알지 못하였다. 단 하나만 빼고 말이다. 손수수는 자리에서 일어나 운소명을 쳐다보며 말했다.

"너도 사람이군."

"……?"

갑작스러운 말에 운소명이 의문을 표하자 손수수가 '피식' 거리며 말했다.

"입으로는 내 부모가 아니라고 부정하지만 마음은 그렇지 않으니까."

손수수는 곧 신형을 돌리곤 밖으로 나갔다. 그녀가 나가자 운소명은 아미를 찌푸리다 자리에서 일어났다. 손수수의 말이 가슴을 무겁게 누르자 운소명은 쓴웃음을 흘리며 눈을 감았다.

급작스럽게 여러 가지 일이 한꺼번에 터지자 자심연도 심기가 편하지는 않았다. 그녀는 아미에 주름을 그리며 홀로 의자에 앉아 있었다. 창밖으로 보이는 밤의 풍경은 변함이 없지만 사람들의 모습은 변해가고 있었다.

문득 창밖의 정원에서 자신과 함께 서 있던 아림과 종무옥의 어린 모습이 눈앞을 스치고 지나쳤다. 밝게 웃는 그녀들의 모습은 그 어떤 사심도 없어 보였다. 그저 아무것도 모르는 아이처럼 순수했다.

"다… 내 잘못이란 말인가……."

자심연은 자월을 떠올리며 문득문득 자월을 바라보는 아림과 종무옥의 시선이 다르다는 것을 느꼈었다. 왜 자신은 그것이 질투라는 것을 깨닫지 못한 것일까? 자심연은 공평하게 대했다고 생각했지만 받아들이는 사람의 입장에선 달랐을 것이다. 그렇게 간단한 사실을 왜 이제야 생각한 것일까? 세월을 헛살았다는 생각이 들었다.

스륵!

발소리가 미미하게 정원 한쪽에서 들려오자 자심연은 눈

을 반짝였다. 그 발소리의 주인을 알기 때문에 크게 놀라지는 않았다. 그리고 발소리의 주인은 늘 백 장 정도의 거리서부터 자신의 존재를 알리며 다가왔다.

"소인 장자기이옵니다."

창밖의 그림자 사이에서 들려온 목소리였다. 자심연은 씁쓸한 표정으로 중얼거렸다.

"그토록 오랜 시간 동안 살아오면서 참 많은 것을 보는 것 같아. 세상에 대해서 많이 안다고 자부했는데 제자들의 마음조차 알지 못했으니 말이야."

"사람의 마음은 그 누구도 알지 못합니다. 본인의 마음조차 본인이 모르지요. 그게… 사람입니다."

장자기의 차분한 목소리에 자심연은 그 말이 맞다는 듯 고개를 끄덕였다. 그러다 곡비연을 떠올렸다. 곡비연이라면 자신과 같은 고민은 없을 거란 생각이 들었다. 그녀만이 가진 특별한 능력은 그 어떤 무공보다 값진 것이었고, 거짓으로 가득 찬 무림에 필요한 것이라 여겨졌다.

자심연은 잠시 동안 가만히 창밖을 바라보다 말했다.

"무슨 일인가요, 이 시간에?"

"전에 분부하신 운소명이란 자에 대해 조사하던 중 잠시 알릴 게 있어 왔습니다."

"그래요? 무엇인가요?"

"여기… 무림맹에서 찾은 것입니다."

장자기는 품에서 찢겨진 종이 한 장을 꺼내 자심연에게 건넸다. 자심연은 안색을 찌푸리며 종이를 받아 읽었다.

그녀의 눈동자가 굳어졌다.

운소명. 칠 세.
호북성 무한 출생.
부(父) 없음.
모(母) 장림.

"……!"

자심연의 눈동자에 사이한 살기가 맴돌기 시작했다.

"장림?"

자심연은 장림이란 이름이 적혀 있자 수많은 생각을 하기 시작했다. 무엇보다 운소명과 장림이 연관되었다는 것에 놀라고 있었다.

"이게… 뭔가요?"

싸늘한 한기가 그녀의 목소리에 묻어 있었다. 장자기가 얼른 대답했다.

"아주 어릴 때 장림은 그를 무림맹의 무사로 키운 듯합니다."

"아니… 이게 어디 명부에서 나온 것인지 물었어요."

"인사각의 명부이옵니다. 그런데……."

"그런데?"

장자기는 조금 망설이는 듯하더니 낮은 목소리로 말했다.

"그게 장림이 준 것입니다."

자심연은 그 말에 자신이 든 종이를 바라보았다. 그러자 장자기가 고개를 끄덕였다.

"이걸 장림이 직접?"

"그렇습니다."

"그 장가 년… 이미 다 알고 있었어……."

자심연은 입술을 깨물다 자리에서 일어났다. 장림에 대한 분노 때문이다. 하지만 그것도 잠시, 그녀의 입가에 미소가 걸렸다. 재미있다는 듯 자심연은 한참 동안 그렇게 미소를 보이다 의자에 다시 앉았다.

"그 장가에게 크게 뒤통수를 맞았군."

자심연은 자신의 앞에서 크게 부정하던 장림의 얼굴을 떠올렸다. 그 모습에 어디에도 거짓은 없었다. 하지만 이 문서는 도대체 뭐란 말인가? 장림은 아들의 존재에 대해서 처음부터 알고 있었다.

"장림을 만나야겠다."

"안 됩니다."

장자기가 말하자 자심연은 눈을 크게 뜨며 그를 쳐다보았다. 그러자 장자기가 다시 말했다.

"지금은 백화관의 문을 여는 게 더 중요한 일입니다."

"허……."

자심연은 그 말에 크게 숨을 내쉬더니 입술을 깨물었다. 지금은 자신이 움직일 수 없었다. 아림과 종무옥이 죽어 크게 어수선한 상태였으며, 백화관도 열어야 했다. 다른 것은 몰라도 백화관을 여는 것은 자신의 사명이었다.

"이미 다 알고 보낸 것이로군. 내가 움직일 수 없다는 것을 알고 말이야……. 또한 은퇴까지도… 망할 년."

장자기는 자심연의 입에서 두 번이나 욕이 나오자 크게 놀라고 있었다. 평소의 그녀가 아니었기 때문이다.

"두 번입니다, 성주님."

"뭐가?"

"욕을 하신 것 말입니다."

"그게 어때서? 다시 할까? 내 입이 걸걸한 것은 자네가 더 잘 알지 않아?"

그 말에 장자기는 미소를 보였다. 젊을 때의 모습이 여전히 남아 있었기 때문이다.

"그 외엔?"

"아직 조사 중입니다. 그의 성장 과정에 대해서 조만간 알게 될 듯합니다."

"수고 좀 해주게."

"예."

자심연은 장자기에게 나가보라는 듯 손짓을 했다. 장자기는 소리없이 뒤로 물러나 어둠 속으로 사라졌다. 곧 자심연이 옆에 놓인 줄을 잡아당기자 종소리와 함께 시비가 들어왔다.

"암화단주를 불러."

"예."

시비의 대답을 들은 자심연은 움직이지 않은 채 창밖을 쳐다보고 있었다. 자심연은 문득 공기가 차갑다 느껴지자 우습다는 생각을 하였다. 지금까지 살아오면서 밤공기가 차다는 것을 처음으로 깨달은 사람처럼 찬 공기를 깊게 들이마셨다.

스르륵!

옷자락이 스치는 소리가 자심연의 상념을 깨우듯 귓가를 파고들었다. 자심연은 창밖에 부복하고 있는 암화단주 연소월의 모습을 쳐다보았다.

"부르셨습니까?"

"그래."

고개를 끄덕인 자심연은 곧 다시 입을 열었다.

"아가와 종가의 동태를 파악하고 수시로 보고하도록 해라. 혹시라도 그들이 백화관의 입관을 앞에 두고 불미스러운 일을 일으킬지 걱정이구나."

"알겠습니다."

연소월은 대답과 함께 소리없이 사라졌다. 자심연은 아가와 종가가 곡비연에게 해를 가하지 않을까, 그게 걱정되었다.

"후우……."

 절로 입술을 뚫고 한숨이 흘러나왔다. 하지만 자심연의 한숨과는 다르게 백화관의 입관을 앞두고 특별한 일은 더 이상 터지지 않았다. 시간만 소리없이 흘러갈 뿐이었다.

*　　　*　　　*

 둥! 둥! 둥!
 거대한 북소리와 함께 백화성의 아침은 소란스럽게 시작되었고, 수많은 사람들이 축제의 분위기를 즐기려는 듯 바쁘게 움직이고 있었다. 칠십 년 만에 백화관이 열리는 날이었기에 백화성의 성문은 활짝 열려 있는 상태였다.
 성문을 들어서면 수많은 사람들과 함께 술 냄새가 먼저 코를 자극하며 반겨주었다. 여기저기 폭죽이 터지고 축제를 즐기는 사람들로 붐비는 성내엔 이방인도 다수 포함되어 있었다. 하지만 그들은 어디까지나 손님으로 외성까지만 접근이 허락되었으며, 무림인은 성안에 들어올 수가 없었다.
 반 시진에 걸친 검문을 통과한 장우는 즐겁게 웃고 떠드는 사람들 사이를 지나 몇 개의 골목과 문이 닫힌 상가들 사이를 걷다 작은 쪽문으로 들어갔다. 쪽문 안쪽으로 건물이 보였고, 장우는 빠르게 이층으로 올라갔다.
 촤륵!

주렴을 젖히고 안으로 들어간 장우는 자신을 쳐다보는 수하들의 얼굴을 바라보며 빈 의자에 앉았다. 창을 닫아서 그런지 방 안은 짙은 그림자가 깔려 있었고, 모두의 표정은 평소와는 다르게 조금 굳어져 있었다.

"백화성에 들어와서 그런지 다들 얼굴색이 별로군. 긴장한 모양이야?"

장우가 미소를 보이며 말하자 오정이 말했다.

"무림맹에 소속된 무사라면 누구라도 백화성에 들어온 순간 긴장하겠지요."

오정의 말에 장우는 미미하게 고개를 끄덕였다. 곧 노원산이 궁금하단 표정으로 물었다.

"그런데 밖에 나간 일은 어떻게 되었나요? 언제까지 이곳에 있어야 하는지 너무 궁금해요. 빨리 떠나고 싶으니까요."

노원산의 물음에 모두의 시선이 장우에게 향했다. 홍천 사조의 조장인 장우는 그들의 시선을 받으며 미소를 그렸다.

"아쉽게도 모두의 바람과는 다르게 한동안 이곳에 있어야 할 것 같다."

"후우⋯⋯."

"음⋯⋯."

장우의 말이 끝나자 노원산을 비롯한 홍천 사조의 조원들은 일제히 낯빛을 굳히며 짧은 숨을 내쉬었다. 상부의 명령으로 백화성에 잠입하기는 했지만 별다른 목적 없이 그저 대기

하라는 명령만 내려온 상태였다. 그런데 앞으로도 계속 대기해야 한다고 생각하니 왠지 모를 불안감이 가슴에서 떨어지지 않았다.

백화성은 그들에게 적 중에서도 가장 큰 적이고 중심이었다. 그 중심에 들어왔는데 긴장되지 않을 리 없었다. 마치 벌떼 앞에 서 있는 것 같은 기분이 들었다. 조금이라도 움직이면 벌떼에게 쏘여 죽을 것 같은 기분이랄까?

장우는 그런 조원들의 마음을 아는지 모르는지 그저 담담한 표정으로 입을 열었다.

"특별한 명령이 떨어지기 전까지는 대기하라고 하니까, 그리 알도록. 또 휴가 나왔다는 생각으로 생활하라는 명령도 있었다. 푹 쉬자고, 당분간은 할 일이 없을 것 같으니까."

"그렇게 하지요."

대답을 하는 노원산의 목소리는 힘이 없었고 다른 조원들도 그저 무거운 표정으로 고개만 끄덕일 뿐이었다. 장우는 그런 조원들을 둘러보다 자신의 방으로 향했다. 그런 그의 표정이 갑자기 무겁게 변하였다.

'위험한 임무가 떨어지겠지…….'

장우는 이곳에 대기하라는 명령을 듣는 순간 본능적으로 위험을 감지하였다.

*   *   *

외성이 축제 분위기일 때 내성의 백화관 앞은 엄숙한 분위기로 수많은 무사들이 대열을 맞추어 서 있었고, 그 중앙으로 두 명의 흑백 궁장의를 입은 여인들이 느린 걸음으로 걷고 있었다. 그녀들은 고개를 들어 눈앞에 보이는 백 개의 높은 계단을 쳐다보았다. 계단의 좌우로는 백화성의 간부들이 도열해 있었다.

그들의 시선을 받으며 그녀들은 천천히 계단을 올랐다. 그녀들의 시선에 보이는 것은 끝에 열려 있는 검고 거대한 문이었다. 문 앞에는 자심연이 서서 올라오는 그녀들, 곡비연과 묵선혜를 쳐다보고 있었다.

둥! 둥! 둥!

계단을 하나하나 오를 때마다 북이 울렸고 그녀들의 심장도 터질 듯 크게 요동쳤다. 문득 계단을 오르던 곡비연은 잠시 걸음을 멈추었다. 백색 궁장의와 그녀의 길고 윤기 나는 머리카락이 바람에 휘날리기 시작했으며, 그녀의 시선이 한쪽에 서 있던 묵선명과 마주쳤다.

'미안하군요……'

곡비연은 그저 흔들리는 표정으로 잠시 묵선명을 쳐다보았고, 묵선명은 굳은 눈빛으로 곡비연을 바라보았다. 하지만 어깨가 미미하게 떨리는 것을 묵선명 본인도 느끼지 못하고 있는 것 같았다.

슉!

묵선혜가 계단을 오르다 멈춰 서자 곡비연은 곧 그녀의 옆으로 올라섰다. 둘은 다시 보조를 맞추어 계단을 올랐으며, 그녀들의 시선엔 오직 자심연만 들어오고 있었다.

둥! 둥! 둥!

북소리는 멀리 퍼져 운소명의 거처에도 들려왔다. 오늘 하루는 일꾼들에게도 휴식이었기에 운소명 역시 편한 마음으로 방 안에 앉아 쉬고 있었다. 자신의 예상처럼 지난 두 달 동안 큰 변화는 없었다. 오히려 이렇게 남에게 간섭받지 않고 지내는 게 나을지도 모른다는 생각이 들었다.

"곡 원주가 성주가 안 되면 곤란한데……."

가만히 중얼거린 운소명은 문득 며칠 전 자심연과의 만남이 떠올랐다.

"네 일에 대해선 현재 비밀로 해두었다. 시국이 시국인만큼 네 존재를 알려서 좋을 일이 없을 것 같구나."

"예."

짧게 대답한 운소명이었다. 운소명은 예상했다는 듯한 표정이었고 자심연도 더 이상 이유를 설명하지 않았다. 짧은 설명이지만 이 정도만 말해주어도 운소명은 충분히 이해하고 알아들을 수 있을 거라 생각했다.

"네 문제는 이제 나의 손을 떠날 것이다."

운소명이 그 말에 고개를 들자 자심연은 부드러운 미소를 보이며 다시 말했다.

"다음 성주에게 네 문제를 일임할 생각이다. 그리고 누가 될지 모르나 다음 성주가 네 문제를 해결하겠지. 왜, 걱정되느냐?"

말을 들은 운소명의 표정이 좋지 않은 것 같자 자심연은 운소명을 가만히 쳐다보았다. 그런 자심연의 눈엔 깊은 아픔이 담겨져 있었다.

"아닙니다."

운소명의 대답에 자심연은 평소의 표정으로 고개를 끄덕이며 말했다.

"큰 문제는 없을 거야. 네가 조용히 살기를 원하면 조용히 살 수 있는 장소를 제공해 줄 것이고, 네가 부모를 찾겠다면 그 이름을 찾게 도와주겠지. 모든 건 네 선택에 달려 있다."

"예."

"음……."

팔베개를 한 채 누워 있던 운소명은 한숨과 함께 자리에서 일어나 앉았다.

둥! 둥! 둥!

여전히 북소리는 창밖에서 들려오고 있었다. 그러다 어느 순간 북소리가 멈추었고 거대한 함성 소리가 마치 파도처럼 그의 방 안으로 밀려들어 왔다.

운소명의 표정이 굳어졌다.

"와아아아!"

엄청난 함성 소리가 메아리처럼 끝없이 이어지는 것을 들으며 운소명은 자리에서 일어나 마당으로 나갔다. 수많은 지붕들과 담들 너머로 저 멀리에 서 있는 곡비연이 보이는 것 같았다. 그렇게 한참 서 있자 함성 소리가 이내 사라지고 하늘빛이 붉게 변하기 시작했다.

'곡비연이 성주가 된다면… 내가… 빛으로 나갈 수 있을까……?'

문득 그런 생각이 들었다. 그리고 이곳에 남은 진정한 이유가 곡비연이 성주가 되기를 바라는 마음과 함께 자신의 이름이 무림에 남기를 바라는 소망 때문이기도 했다. 부모가 있다면 자신은 더 이상 홍천이라는 이름의 그늘에서 살지 않아도 되기 때문이다. 곡비연은 자신에게 새로운 이름을 줄 것 같다는 생각이 들었다. 그래서 떠나지 않았다.

운소명은 마당에서 어둠이 세상을 삼켜 더 이상 빛이 보이지 않을 때까지 서 있었다.

"이제 우리가 할 일은 그저 기다리는 것만 남았다."

노화와 안여정은 손수수를 바라보며 눈을 반짝이고 있었다.

"우리가 해야 할 일이 모두 끝났다는 뜻이다."

손수수의 말에 노화와 안여정은 조금 걱정스러운 표정을 보였다. 곧 안여정이 물었다.

"그렇다면 저희는 앞으로 어떻게 해야 하는 것인가요?"

"쉬어야지."

"예?"

안여정의 물음에 손수수가 다시 말했다.

"원주님이 나올 때까지 쉬어야 한다고. 당분간 쉬도록 해. 특별한 임무가 있다면 내가 다시 부를 테니까."

"알겠습니다."

"하지만 쉬라고 하니 어떻게 쉬어야 할지……."

노화가 가만히 중얼거리며 난감한 표정을 보였다. 지금까지 일이 끝났다는 말을 들어본 적이 없었기 때문에 어떻게 해야 할지 잠시 갈피를 잡지 못한 것이다. 그러자 안여정이 그런 노화의 어깨를 잡으며 말했다.

"하루 종일 방 안을 굴러다니고 아무것도 생각하지 말고 편히 잠을 자도 된다는 뜻이야."

"아……."

노화가 그 말에 알았다는 듯 고개를 끄덕였다. 그러자 손수수가 말했다.

"암화단으로의 복귀는 없을 테니까. 그리 알고 쉬도록 해. 일이 있으면 부를 테니까 그때까진 그냥 쉬어. 여정의 말처럼 아무 생각 없이 말이야. 나도 한동안 잠을 못 잤으니 오랜만에 마음 편히 쉴 테니까."

"예."

"알겠어요."

노화와 안여정이 웃으며 대답한 후 밖으로 나갔다. 그녀들이 나가자 손수수는 기지개를 켜며 낮에 있었던 입관식을 떠올렸다. 자신은 계단의 중간쯤에 서서 곡비연과 묵선혜가 올라가는 것을 보았다. 계급상 상층 부위에는 올라갈 수가 없었다. 그래도 거대한 백화성의 수많은 간부들 중에서 중간 위치에 설 수 있다는 것은 대단한 신분이란 증거이기도 했다. 영비위란 그런 것이었다.

"피곤해 보이네."

바람에 목소리가 실려와 귓가를 간질이자 손수수는 불을 껐다. 열린 창문으로 어두운 하늘과 서늘한 바람만이 방 안으로 들어오고 있었다. 손수수는 목소리만으로 누구인지 알기에 경계하지 않았다. 아니, 오히려 표정은 밝아졌다고 해야 할까? 손수수는 조금 밝은 표정으로 내실의 안쪽 어두운 그림자 사이에 서 있는 운소명을 쳐다보며 말했다.

"별일이네. 네가 나를 찾아오고."

"그래?"

운소명의 되물음에 손수수는 다시 말했다.

"도망가자고 한 날부터 지금까지 단 한 번도 찾아온 적이 없었으니까."

"음……."

그 말에 운소명은 손수수의 시선을 피했다. 자신이 생각해도 뭔가 잘못한 것 같다는 생각이 들었기 때문이다. 하지만 입은 다르게 말했다.

"내가 찾아오는 것보다 네가 찾아오는 게 더 낫지 않아? 그리고 그게 더 편할 텐데? 이곳까지 오려면 경비의 눈을 피해야 하니까. 거기다 밤 귀가 밝은 두 마리 토끼도 있고."

운소명은 노화와 안여정을 토끼로 비유하며 미소를 보였다. 그러자 손수수가 고개를 저으며 말했다.

"기분이 달라."

"기분?"

"그렇지. 가는 것과 오는 것은 전혀 달라. 그렇지 않아? 찾아가는 기분과 찾아온 사람을 바라보는 기분이 전혀 다르지 않아?"

손수수의 말에 운소명은 미미하게 고개를 끄덕이며 느린 걸음으로 손수수에게 다가가 그 앞에 앉았다.

"전혀 다르지. 아마도. 훗!"

가볍게 입가에 미소를 그리자 손수수는 그런 운소명은 가만히 노려보다 입을 열었다.

"그런데 갑자기 왜 왔어? 영영 안 올 사람처럼 그림자도 안 보이더니."

"글쎄… 그냥… 보고 싶었다고 할까? 한동안 못 봤더니 그냥 보고 싶어서."

"속 보이는 거짓말은 하지 말고. 설마하니 함께 도망가자고 온 것은 아니겠지?"

그 말에 운소명이 눈동자를 반짝이자 손수수는 미소를 보이며 다시 말했다.

"하지만 그 기회는 날아갔어. 그때가 처음이자 마지막 기회였으니까."

"기회는 또 만들면 그만이야."

운소명의 말에 손수수가 안색을 굳혔다. 그러자 운소명이 다시 말했다.

"성주가 누가 되든 곡비연의 미래를 보고 떠나겠어. 물론 기회를 봐서 너와 함께 말이야."

그 말에 손수수는 가만히 입술을 깨물다 말했다.

"거절할 땐 언제고 그사이에 마음이 바뀌었나 봐? 하지만 내 마음은 그때 상처를 입어서 그런지 네 말에 쉽게 움직여지지가 않네."

운소명은 차갑게 말하면서도 그녀의 눈동자가 반짝이고 있다는 것을 읽었다. 그는 미소를 보이며 말했다.

"그 말 하려고 왔어. 그때가 되면 함께 가자고 말이야. 어디라도 좋으니까."

운소명의 말에 손수수는 입을 닫았다. 운소명은 곧 신형을 돌리더니 연기처럼 홀연히 그 모습을 감추었다. 그러자 손수수가 깊은숨을 내쉬며 의자에 등을 기대고 창밖을 쳐다보았다. 밤바람이 그녀의 뜨거웠던 심장을 식히듯 불어오고 있었다.

"그 말을 기다렸지… 오랫동안……. 정말 오랫동안……."

가만히 중얼거리는 손수수의 표정은 한없이 어둡게 변하였으며 수많은 번민들이 담겨 있었다.

* * *

수십 개의 야명주는 거대한 광장을 밝게 비추었고 그 중앙엔 커다란 단상이 있었다. 광장의 좌우 벽에는 십여 개의 돌로 된 문이 있었다. 그 안에 동굴이 있는지 아니면 방이 있는지 그건 아직 모르는 일이었다.

단상 뒤로 오 장 정도 떨어진 곳에 열 개의 계단이 있었고 그 위에 가장 큰 문이 하나 있었다. 유일하게 쇠로 된 강철문으로, 절대 열리지 않을 것 같은 육중함이 보였다.

탕!

소리가 들린 곳은 강철문의 반대편인 석벽 쪽이었다.

강철문 반대편의 이십여 장이나 떨어진 석벽엔 두 개의 석문이 있었는데, 그곳에서 소리가 울렸다.

쿵! 쿵!

육중한 소리가 몇 번 울리고 거의 동시에 두 개의 석문이 열리더니 두 명의 그림자가 거대한 광장으로 걸어 들어왔다.

저벅! 저벅!

걸음을 옮기는 두 사람은 서로의 얼굴을 쳐다보았다. 검은 궁장의의 묵선혜는 놀랍다는 시선으로 곡비연을 쳐다보았고, 곡비연 역시 같은 감정으로 묵선혜를 쳐다보며 광장의 중앙으로 걸어갔다.

곧 둘은 광장의 중앙에 도착하자 단상 위에 올라가 마치 약속이라도 한 듯 앉았다. 그러자 천둥 치는 소리가 강철문에서 울렸다.

우르릉!

천둥소리와 함께 기관이 움직이는 쇳소리가 요란하게 울리더니 움직이지 않을 것 같은 문이 서서히 열렸다. 그리고 그곳에서 한 사람이 천천히 걸어나왔다.

스슥!

낮은 발소리와 함께 분홍빛 궁장의를 입은 자심연이 느린 걸음으로 들어와, 높은 계단 위에서 단상 위에 앉아 있는 두 사람을 쳐다보았다.

"예상보다 빠르군. 적어도 오 일은 더 걸릴 거라 생각했는데… 하긴 둘 다 문(文)과와 매우 친밀한 사이였지."

고개를 끄덕인 자심연은 곧 소매에서 두 장의 문서를 꺼내 펼치더니 묵선혜를 쳐다보며 읽었다.

"혜아는 첫관인 기관진학관과 두 번째인 병법관을 불과 하루 만에 돌파했지만 지략관(智略關)은 삼 일, 예관(藝關) 삼일…… 음, 조금 시간이 걸렸구나… 마지막 재력관(才力關)은 오 일이라……. 생각보다 재력관이 어려웠던 모양이군."

그 말에 묵선혜는 고개를 숙이며 안색을 굳혔다. 마지막 재력관은 이곳에서 멀지 않은 곳에 있었다. 그곳엔 그저 한 줄기 글귀만이 석벽에 새겨져 있었는데, 그 뒤로 구멍이 열 개 뚫려 있었다. 그 구멍에 방 안에 흩어진 수많은 글자들을 끼워 넣어야 했다. 물론 말이 되어야 했고, 정답만이 문을 열어 주는 열쇠였다.

"하지만 잘했구나. 보름 넘게 걸릴 거라 한 오관을 이토록 쉽게 뚫고 오다니 말이야. 아니, 일 년이 걸려도 뚫지 못하는 후보들도 있었다. 그러니 너는 우리 백화성이 배출한 수많은 인재들 중 으뜸이라 해도 과언이 아니야."

그렇게 말한 자심연은 곧 다음 문서를 들고 곡비연을 쳐다보았다.

"연아는 기관진학관과 병법관에서 십일 일을 보냈군… 그리고 나머지 삼 관을 하루 만에 뚫고 올라왔고."

가볍게 미소를 보인 자심연은 곧 문서를 손안에서 삼매진화로 태워 버렸다. 그러자 하얗게 변한 재가 바닥으로 먼지처럼 떨어져 내렸다.

"너희 둘 다 아주 잘했다. 내 마음이 흡족하구나. 이런 기록들로 너희들을 평가하는 것 자체가 무의미하구나."

"과찬이십니다."

묵선혜의 말에 자심연은 고개를 저으며 다시 말했다.

"아니야. 너희 둘은 정말 대단해… 스스로에게 자부심을 가지도록 해라. 그리고 지금부터 내가 하는 말을 잘 들어야 한다."

"예."

둘 다 이구동성으로 대답하며 고개를 들어 자심연을 쳐다보았다. 그러자 자심연은 그녀들의 눈에 강렬한 기백이 보이자 만족한 표정으로 빠르게 말했다.

"백화성의 성주는 과거부터 지금까지 단 하나의 무공만을 익혔다. 그게 백화요결(白花要訣)이다."

백화요결이란 말이 자심연의 입을 통해 흘러나오자 곡비연과 묵선혜의 눈동자가 강렬하게 반짝이기 시작했다. 백화요결은 현 강호의 천하제일이라 불리는 무공이었기 때문이다. 고금을 통틀어 가장 완벽한 무공 중 하나라고 불리는 무공이 바로 백화요결이었고, 백화요결(白花要訣)을 익힌 백화성주는 천하제일인이라 불릴 정도였다. 그러한 백화요결이 자심연의 입에서 나오자 두 사람의 심장이 크게 뛰기 시작했다.

자심연의 목소리가 광장 안에 은은하게 다시 울리기 시작했다.

"백화요결은 모두 칠결(七訣)로 이루어져 있고 하나하나가 독립된 무공이기도 하면서 서로 연계되는 무공이기도 하다. 일결을 대성해야 이결을 익힐 수가 있으며, 이결을 대성해야 삼결을 익힐 수가 있지. 나 역시 육결을 대성하지 못해 마지막 칠결을 익히지 못하였다. 하지만 사결까지만 익혀도 천하에 적수가 없다고 하는 게 백화요결이다."

자심연의 말에 곡비연과 묵선혜의 표정이 굳어졌다. 그리고 현재의 자심연이 얼마나 대단한 인물인지 머릿속으로 그렸다. 오십 년 동안 천하제일인이라 불리며 강호에서 군림한 그녀였다. 그런 그녀가 백화요결의 마지막 칠결을 익히지 못했다는 사실에 더더욱 백화요결이 얼마나 대단한 무공인지 피부로 다가오기 시작했다.

"이제부터 너희 둘에게 백화요결의 일결을 가르쳐 줄 것이다."

"아······."

묵선혜와 곡비연은 침음을 흘리다 서로의 얼굴을 한 번 쳐다보았다. 그리곤 다시 자심연을 쳐다보았다. 자심연이 입을 다시 열었다.

"일결은 바로 살결(殺訣)이다."

"······!"

둘의 표정이 굳어지자 자심연은 그럴 줄 알았다는 듯 말했다.

"살결은 생명을 훔쳐 죽음을 가져오는 것이다. 무공을 익히게 되면 타의든 자의든 생명을 꺾게 마련이다. 너희 둘은 이제부터 살결을 익혀야 하며 또한 겨루어야 한다."

그렇게 말한 자심연의 눈이 미묘하게 웃고 있는 것처럼 보였다. 그녀는 경직된 표정으로 변한 두 사람을 바라보다 다시 말했다.

"살결을 세 번 말할 테니 너희는 머릿속으로 외워야 한다. 그리고 좌우로 보이는 석벽의 살문(殺門)으로 들어가 익혀라. 문은 살결을 오성 이상 익히면 열 수 있을 것이다. 또한 너희들이 문으로 들어가면 지금 앉아 있는 단상 위에 검이 하나 놓여 있을 것이다. 그 검은 단 하나뿐이니 너희 둘 중 먼저 나온 사람이 검의 주인이 될 것이다. 그리고 나는 한 사람만 이곳에서 만나고 싶다. 오직 한 사람만."

"……!"

"……!"

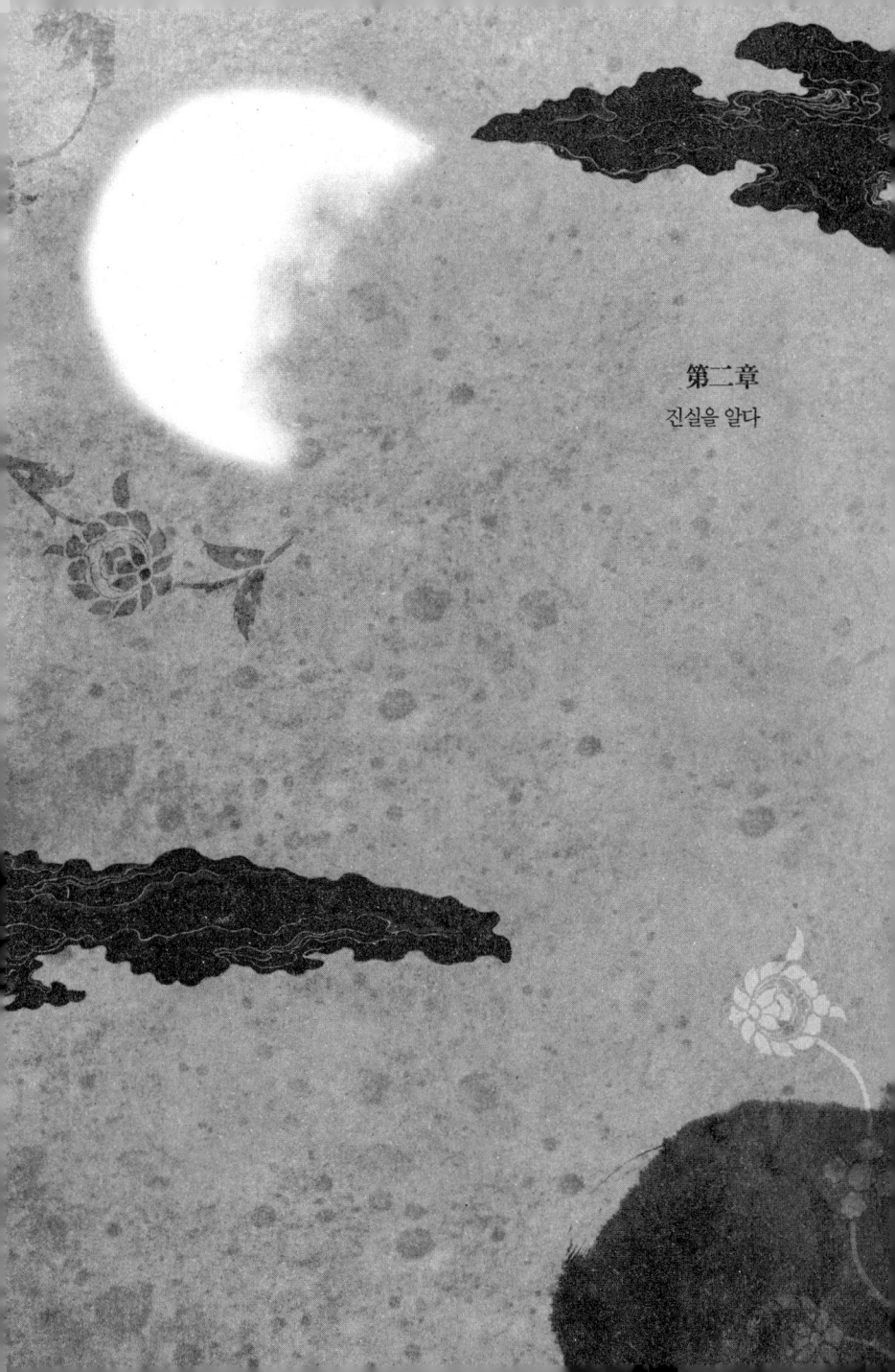

第二章
진실을 알다

진실을 알다

"단 한 사람만이 나와 백화요결의 나머지를 익힐 것이다. 본래 네 명이기에 사결까지 갈 거라 생각했으나 너희 두 사람뿐이니 간단하게 끝날 것 같구나. 누가 과연 이 자리에 서 있을지… 정말 궁금하구나."

그 말에 곡비연과 묵선혜의 어깨가 미미하게 떨리기 시작했다. 두 사람 중 한 사람은 이곳에서 죽어야 했고, 무엇보다 서로가 싸워야 한다는 게 두 사람의 가슴을 무겁게 내리눌렀다.

"이제부터 살결을 들려줄 테니 잘 외워야 한다. 기회는 단 세 번이다."

자심연의 목소리가 맑게 울리자 묵선혜와 곡비연은 눈을 감으며 자심연의 목소리에 온 정신을 집중하기 시작했다. 곧 자심연이 살결을 읊기 시작했고, 곡비연과 묵선혜는 마치 사생결단이라도 하려는 듯 하나하나 머릿속에 쑤셔 넣기 시작했다.

쿵! 쿵!
좌우로 거대한 살문이 닫히자 자심연은 곧 입가에 가벼운 미소를 걸치곤 신형을 돌렸다.
'과연 누가 함정에 걸리지 않을까……'
자심연은 슬쩍 두 사람이 들어간 문들을 쳐다본 후 곧 육중한 강철문을 닫고 어둠 속으로 사라졌다.

'살아야 한다, 기필코.'
묵선혜는 문이 닫히자 곧 머리카락에 꽂고 있던 비녀를 뽑았다.
스르륵!
긴 머리카락이 바닥에 닿았으나 그녀는 개의치 않고 석벽에 자심연이 들려준 살결을 적어나갔다. 단 하나의 글자도 틀리지 않게 적어야 했기에 석벽을 비녀로 파는 그녀의 손엔 큰 힘이 들어가 있었다.
'어떻게 해서라도 검을 먼저 손에 들어야 한다.'

묵선혜의 눈동자가 크게 불타고 있었다.

쿵!
문이 닫히는 소리가 들리자 곡비연은 야광주 하나만이 홀로 비춰는 방 안을 둘러보다 중앙에 앉았다.
"무엇보다 견디기 힘든 것은 외로움이로구나……."
곡비연은 지금까지 오관을 돌파하면서 가장 견디기 힘들었던 게 고독이란 것을 알았다. 겨우 사람을 만났지만 그것도 잠시뿐, 결국 또 혼자가 되어 무공을 익혀야 했다. 결국 백화관은 자기 자신과의 싸움이고, 고독과의 싸움이란 생각이 들었다.
문득 곡비연은 사치스러운 생각을 한다는 듯 고개를 저으며 눈을 감고 백화요결의 일결인 살결을 되뇌기 시작했다.

*   *   *

우르르릉!
천둥치는 소리와 함께 백화관의 문이 열리자 그 앞에서 경비를 서던 십여 명의 무사가 깜짝 놀라 문을 바라보았다. 얼마 지나지 않아 열린 문에서 검은 궁장의를 입은 여인 한 명이 느린 걸음으로 걸어나왔다. 긴 머리카락을 늘어뜨린 그녀는 빛을 보자 잠시 눈을 감으며 비틀거렸다.

"아가씨."

그녀가 비틀거리자 무사들이 놀라 다가왔다. 묵선혜는 그들의 모습을 멍한 시선으로 바라보다 이내 눈을 감으며 옆으로 쓰러졌다. 사람들의 목소리가 저 멀리서 마치 메아리처럼 들려왔다.

"오늘 백화관의 문을 열고 묵 소저가 나왔다고 하네."
"정말인가?"

저녁 식사를 하던 운소명은 일꾼들이 하는 말에 안색을 굳히며 젓가락을 내려놓고 밖으로 나왔다. 그는 잠시 하늘을 쳐다보더니 입가에 미소를 그렸다. 결국 남은 사람은 곡비연이었기 때문이다.

'예상은 했지만 막상 또 되고 나니 걱정이 쌓이네……'

길을 걸으며 생각하던 그는 자신의 방으로 들어와 침상에 누웠다. 좁은 방 안에 덩그러니 침상 한 개가 다인 일꾼들의 방이지만 꽤 오랫동안 살아서 그런지 정이 드는 공간이기도 했다. 운소명은 이제 자신의 집이란 생각에 마음 편히 눈을 감았다. 그러다 순간 눈을 뜬 그는 침상에 앉으며 문 쪽을 바라보았다.

"발소리를 들어보니… 노화는 아니고 여정인가?"
"호오, 바로 아네."

스륵!

문 쪽에서 유령처럼 안여정이 나타나 운소명의 앞에 섰다. 그녀는 잠시 운소명을 쳐다보더니 벽에 기대었다. 운소명은 그런 안여정을 쳐다보며 물었다.

"내가 이곳에 있는 것을 어떻게 알았지?"

"우연히 지나가다가 알게 되었지."

"우연히라……"

운소명은 눈을 반짝이며 중얼거렸다. 그러자 안여정이 말했다.

"일꾼들을 내사하다가 알게 된 것뿐이야."

"아… 그렇군."

운소명은 그 말에 자신의 존재를 알게 된 경위를 대충 짐작하였다.

"그런데 무슨 일로 왔지? 특별히 내게 볼일은 없을 것 같은데?"

"그냥. 언제 떠날 건지 궁금해서."

"그건 모르겠는데… 내 마음이니까 내가 떠나고 싶을 때 떠나겠지."

그 말에 안여정은 아미를 찌푸리며 기분 나쁘다는 표정으로 운소명을 쳐다보았다. 곧 그녀는 팔짱을 끼며 말했다.

"오늘 묵선혜가 백화관을 나왔다고 하는데 들었어?"

"물론."

"그렇다면 곧 원주님이 성주가 된다는 것도 알겠네?"

진실을 알다

"그럼."

다시 한 번 운소명이 고개를 끄덕이자 안여정은 다시 말했다.

"원주님이 백화관을 나올 땐 전혀 다른 사람이 되어 있을 거야. 그리고 백화성의 간부들도 대거 교체되겠지. 어차피 자기 사람으로 할 테니까. 혹시나 그때 한자리 차지하기 위해서 남은 거라면 뭐… 좋은 자리 차지할 수 있을지도 모르지."

말을 하다 약간 망설이던 안여정은 내심 운소명이 한자리 차지할 거란 생각이 들었다. 그리고 어느 정도 위치에 있어야 손수수와 어울릴 거란 생각도 하였다. 손수수는 분명 높은 자리에 앉을 게 분명했다. 적어도 각주 급 이상은 될 것이다. 성주가 바뀌면 성주에게 충성한 사람들로 성의 요직에 앉은 사람들도 바뀌게 마련이었다.

그리고 한 번 바뀌면 거의 성주와 함께 평생을 보낸다.

"그 말 하려고 온 건 아닌 것 같은데?"

안여정의 말에 운소명은 미소를 보였다. 그러자 안여정이 말했다.

"백화성에 충성할 뜻이 있는지 궁금해서. 충성을 맹세하려고 남아 있는 것인지 아니면 어떤 목적을 가지고 남아 있는지 매우 궁금하거든."

"음… 글쎄. 나도 잘 모르겠는데. 한자리 준다면 출세한 것이니 만족하겠지?"

운소명은 간단하게 대답했다. 결국 출세를 위해서라는 뜻이 담겨 있었다. 물론 충성을 맹세한다는 말은 없었지만 그 하나만으로도 충분했다. 안여정은 고개를 끄덕이며 말했다.

"하긴… 중원은 무공도 중요하지만 그것보다 신분을 더 중요시 여기니 네가 출세를 해봤자 한계가 있겠지. 가볼게."

스륵!

말을 마친 안여정은 바람처럼 사라졌다. 그녀가 사라지자 운소명은 고개를 저으며 혀를 찼다. 안여정이 어떤 목적을 가지고 자신에게 그러한 질문을 했는지 대충 짐작이 갔기 때문이다.

'암화단일까… 아니면 개인의 호기심일까……?'

문득 든 생각이었다.

* * *

짹! 짹!

새들의 울음소리가 마치 아침을 알리는 종소리처럼 귓가에 크게 들려오자 누워 있던 묵선혜는 조용히 눈을 떴다. 그녀는 잠시 멍한 시선으로 익숙한 천장과 주변을 둘러보았다.

"내 방……."

묵선혜는 멍하니 중얼거리며 사방을 다시 한 번 둘러보았다. 언제 자신이 이곳에 오게 되었는지 아무것도 기억이 나는 게 없었다. 단지 지난 한 달간이 그저 꿈꾼 듯 긴 시간처럼 느껴졌다.

"어머!"

"헉!"

"아가씨!"

안으로 들어오던 시비들이 묵선혜가 일어나 앉아 있자 눈을 크게 뜨며 제자리에 멈춰 섰다. 그러다 정신을 차린 그녀들은 신형을 돌리며 밖으로 뛰어나갔다.

"아가씨가 일어나셨어요!"

시비들의 큰 목소리가 창을 통해 귓가에 들려오자 묵선혜는 입가에 미소를 그렸다.

"호들갑은……."

혀를 차며 고개를 젓던 그녀는 마치 충격이라도 받은 듯 눈을 부릅떴다.

"그래… 내가… 패했지……."

주륵!

그녀의 눈에서 눈물방울이 하나 흘러내렸다. 잠시 그렇게 소리없이 눈물을 보이던 그녀는 자리에서 일어나 옷을 입기 시작했다. 자신이 일어난 것이 밖에 알려지면 손님들이 올 게 뻔하였기 때문이다.

"누님!"

기쁜 듯한 큰 목소리로 방문을 열고 들어오는 인물은 묵선명이었다. 묵선혜는 자신의 동생이 가장 먼저 올 거란 사실을 알고 있었다는 표정으로 일어나 묵선명을 반겼다.

"어서 와."

"눈을 떴다는 말을 듣고 달려왔습니다. 몸은 어떻습니까? 어디 불편한 곳이라도 있으면 말씀하십시오."

묵선명이 자리에 앉으며 말하자 묵선혜는 고개를 저었다. 그녀는 의자에 앉아 차를 따르며 말했다.

"멀쩡해. 이상하게 기분이 묘한 게… 좋아."

그녀의 말에 묵선명은 오히려 그녀의 기분이 정반대일 거라고 생각했다. 백화관에서 곡비연보다 먼저 나왔다는 말은 곧 성주가 곡비연이란 증거이기 때문이다. 그녀는 떨어진 것이다. 그리고 현재 성은 시끄러운 상태였다. 곡비연을 지지했던 사람들은 환호하며 좋아했지만 그녀를 지지하지 않았던 사람들은 가슴을 졸이며 시간을 보내야 했다.

"그렇군요."

묵선명은 가만히 고개를 끄덕였다. 그러자 묵선혜가 다시 말했다.

"뭐라고 해야 할까. 가볍다고 해야 할까? 이렇게 부질없는 것을 나는 왜 그렇게 오랫동안 어깨에 메고 다녔을까?"

"무엇을 말입니까?"

"성주가 되겠다는 욕심 말이야."

묵선혜의 말에 묵선명은 걱정스러운 표정으로 묵선혜를 쳐다보았다.

"정말 기분이 좋습니까?"

"좋아."

묵선혜는 웃음을 보이며 대답했다. 하지만 그 이상의 대화는 이루어지지 않았다. 긴 침묵이 방 안을 맴돌았고 묵선명도 묵선혜도 특별한 말을 하지 않았다.

우르르르!

얼마 지나지 않아 수많은 사람들의 발소리가 정원에서 들려오자 묵선명은 자리에서 일어섰다.

"손님들이 이제야 오는군요."

"잠시 모여서 회의를 하고 오는 것이겠지, 내가 떨어졌으니 말이야. 이제 곡가에 아부를 하려는 사람들로 곡가의 대문은 문전성시를 이루겠어……."

묵선혜의 말에 묵선명은 긍정하며 말했다.

"뭐 저들이야 이리저리 날아다니는 파리들이 아닙니까? 저녁에 집안 식구들끼리 조용히 식사나 했으면 합니다."

"그래. 그래야지……."

묵선혜가 대답하자 묵선명은 밖을 살피다 사람들이 저 멀리 정자 아래에 모여 있는 것을 보곤 머리를 갸웃거렸다. 안으로 들어오지 않고 있었기 때문이다. 하지만 얼마 지나지 않아 어머니가 모습을 보이자 고개를 끄덕이며 말했다.

"어머니가 오시는군요."

"그래? 그럼 일어나야겠지."

"저는 나가보겠습니다. 저녁에 뵙기로 하지요."

"그래."

묵선혜가 자리에서 일어서며 말하자 묵선명은 곧 인사를 한 후 밖으로 나갔다. 묵선명이 나간 후 묵선혜는 자신의 어머니를 만나야 했다. 그리고 세가의 원로들이 그 뒤를 이었으며 그다음에는 다른 방파의 사람들과 잠시 이야기를 나누었다.

그렇게 빠르게 하루가 가자 어느새 밤이 찾아왔고, 묵선혜는 방 안에 홀로 앉아 창밖을 쳐다보았다.

"시집이라… 마치 기다리기라도 한 모양이야, 어머니는……."

묵선혜는 자신의 시집을 거론하는 어머니를 떠올리며 고개를 저었다. 그러다 문득 안색을 굳히며 눈에서 파란빛을 반짝였다.

"곡비연……."

쾅!

석벽의 문을 먼저 부수고 나온 사람은 묵선혜였다. 그녀는 백화요결의 일결인 살결을 팔성까지 익히고 문을 부수고 나왔다. 그녀는 재빠르게 광장의 중앙으로 달려가 검을 손에 쥐었다. 검을 쥐자 자신감이 충만해졌고 눈빛은 살기로 번들거리기 시작했다.

 무기를 쥔 자가 무기를 들지 않은 자보다 유리한 것은 사실이었다. 맨손으로 무기를 든 사람을 이기기란 여간 쉬운 게 아니었다. 그것을 잘 아는 묵선혜였기에 살결을 팔성까지 익히고는 바로 나온 것이다.

 '대성하지 못한 게 마음에 걸리는구나.'

 그녀는 곡비연이 들어간 문을 바라보며 생각했다. 하지만 그것도 손에 쥔 검의 싸늘함을 느끼자 사라졌다. 이제 곡비연을 죽이는 일만 남은 것이다.

 쿵!

 문이 열리는 소리와 함께 곡비연은 검을 들고 서 있는 묵선혜를 보았다. 순간 바람 소리와 함께 검빛이 번뜩이자 곡비연의 신형이 번개처럼 좌측으로 이동했다.

 쉬쉭!

 검이 공기를 지나치는 바람 소리와 함께 묵선혜의 그림자가 곡비연을 따라붙었다.

 "그만두세요."

 몸을 피하며 입을 연 곡비연은 실제 서로를 죽일 필요가 없다고 생각했다. 그렇기 때문에 싸움도 멈추고 싶었다. 하지만 묵선혜의 눈빛에 살기가 가득 넘치자 안색을 굳혔다.

 "정말 저를 죽일 생각이군요?"

"장난칠 생각은 없어요."

말과 동시에 묵선혜는 곡비연의 상체에 있는 사혈만을 노리며 검을 찔러갔다. 곡비연은 그런 묵선혜의 수많은 사혈들이 마치 붉은 점처럼 눈에 나타나는 것을 보았다.

'살결의 특징이군.'

문득 든 생각이었다. 하지만 생각만 할 수는 없었다. 바람처럼 옆으로 피하며 묵선혜의 어깨를 향해 손을 뻗었다.

팟!

붉은 선이 바늘처럼 어깨로 날아오자 묵선혜는 신형을 돌려 피한 후 재빠르게 곡비연의 상체에 나타난 수많은 붉은 점들을 향해 검기의 환영과 함께 다가갔다. 단 하나의 검기라도 맞게 된다면 분명히 죽을 것이다. 그것을 잘 아는 곡비연이었다. 그렇다고 큰 걱정을 하지는 않았다. 묵선혜의 행동이 눈에 들어왔기 때문이다. 곡비연은 소매를 흔들며 손가락을 뻗었다.

파팟!

소매에선 강한 풍압이 발출되었고 손가락에선 다섯 개의 붉은 바늘이 번개처럼 묵선혜를 향해 날아들었다.

"헛!"

묵선혜는 풍압에 자신의 검기가 날아가자 매우 놀란 듯 눈을 크게 떴다. 그리고 날아드는 다섯 개의 붉은 바늘을 쳐다보며 검을 움직였다.

따다당!

바늘을 쳐내는 그녀의 표정은 무겁게 변하였으며, 뒤로 십여 걸음이나 물러섰다. 곡비연이 날린 바늘의 위력이 엄청 강했기 때문에 검과 부딪치는 순간 그 반탄력을 이기지 못하고 절로 물러선 것이다.

"지공?"

묵선혜는 바늘이 허공중에 사라지자 그것이 지공이란 생각이 들었다. 그러자 곡비연이 고개를 끄덕이며 눈을 반짝였다. 그 순간 가장 먼저 날린 붉은 바늘 한 개가 묵선혜의 등으로 움직였다.

퍽!

"……!"

묵선혜의 왼 어깨로부터 피가 분수처럼 솟구쳤다. 묵선혜는 비틀거리며 어이없다는 표정으로 곡비연을 쳐다보았다. 분명 그녀의 움직임은 없었다. 그런데 어떻게 자신의 어깨를 가격할 수가 있었을까? 설마 눈으로? 묵선혜는 안색을 굳히며 왼팔을 늘어뜨렸다.

"살결을 대성하면 바늘 같은 지공을 날릴 수가 있지요."

"……!"

살결을 대성했다는 말에 묵선혜의 어깨가 미미하게 흔들렸다. 그러자 곡비연이 한 발 다가서며 말했다.

"사혈이 보이는 것도 살결의 특징이지요. 사람은 수많은 사혈들을 몸에 지니고 있어요. 그렇지만 그게 다 사혈이라고 볼 수도 없지요. 움직일 때마다 사혈의 위치는 달라지니까요."

슥!

곡비연은 말을 멈추며 왼손을 앞으로 내밀었다. 그런 그녀의 손끝엔 붉은 점이 찍혀 있는 듯 보였다.

"이 지공의 이름이 저도 무엇인지는 몰라요. 단지 살결을 대성하고 나니 저절로 알게 되더군요. 설마… 살결을 대성하지도 않았는데 문을 열고 나온 것은 아니겠지요?"

묵선혜는 그 말에 곡비연을 노려보며 검을 늘어뜨렸다. 바람도 안 부는 동굴 안인데도 묵선혜의 옷깃은 펄럭이기 시작했으며 그녀의 머리카락이 허공중에 춤을 추었다. 내력을 끌어 모으는 그 모습에 곡비연은 차가운 눈동자로 말했다.

"쓸데없는 짓 하지 않는 게 좋아요. 살결을 대성한 지금… 저는 당신이 두렵지 않아요."

천하제일이라 불리는 백화요결이었다. 비록 일결만 대성했다 하지만 그것만으로도 천하에 둘도 없는 고수가 된 곡비연이었기에 두려움은 없었다. 아니, 왠지 모를 자신감이 가슴을 가득 채웠다.

"설마… 불과 몇 달 만에 이렇게 곡 원주가 내게 무공을 논하게 될 줄이야……."

입을 연 묵선혜는 자신의 주변으로 떠다니는 수십 개의 등

글고 붉은 점들을 둘러보았다. 내력을 키우는 순간 떠오른 붉은 점들로, 자신이 만든 것은 아니었다. 하지만 곡비연의 오른손이 허공중에 무언가를 움켜쥔 듯한 모양을 하고 있는 것은 보였다. 또한 놀라운 것은 허공중에 떠다니는 둥근 점들이 바로 자신이 뿌린 핏방울이란 점이었다.

"백화요결은 정말 대단한 것 같아요. 저도 모르는 무공들이 저절로 몸이 반응해서 펼쳐지니 말이에요."

곡비연은 말하며 무언의 압력을 넣었다. 묵선혜는 자신이 움직이는 순간 수십 개의 핏방울들이 자신의 몸을 뚫어버릴 것 같은 기분이 들었다. 무엇보다 그사이에 곡비연의 손가락에서 날아올 지공을 막을 자신이 없었다.

스르륵!

묵선혜의 주변으로 바람이 사라지고 그녀의 머리카락이 밑으로 내려오자 요동치던 공기가 잠잠해졌다.

토톡!

마치 물방울이 떨어져 내리듯 허공중에 떠 있던 핏방울들이 내려섰다. 잠시 둘은 아무런 말 없이 서로를 쳐다보았다. 무거운 공기가 실내를 맴돌았고 무수히 많은 말들을 눈으로 하고 있었다. 그러다 먼저 입을 연 것은 묵선혜였다.

"곡 원주가 태어나기도 전부터 나는 성주가 되고 싶다는 꿈을 가지고 생활했어요."

말문을 연 묵선혜는 조금 격앙된 목소리였고 눈동자엔 물기가 어려 있었다. 무수히 많은 날들이 그녀의 머릿속을 스쳐 지나갔으며 많은 생각들이 얽혀 있는 실타래처럼 잔상으로 눈앞을 지나갔다.

"정말 많은 밤을 보내며 성주가 된 내 모습을 꿈꿔왔어요."

곡비연은 입을 열지 않았다. 묵선혜의 말에 대답할 말이 떠오르지 않아서였다. 묵선혜는 허탈하다는 듯 미소를 보였다.

"곡 원주는 내 상대가 안 될 거라 여겼는데… 결국 발목을 잡은 사람은 내가 생각하지도 않았던 곡 원주라니……."

묵선혜는 길게 숨을 내쉬며 검을 옆으로 던졌다.

땅

땅바닥을 구른 검은 맑은 검명을 뱉으며 쓰러졌다. 그 모습을 본 묵선혜는 마치 자신이 바닥에 덩그러니 놓여 있는 검 같다는 생각이 들었다, 사람의 손에 의해서만 움직이는 물건처럼. 묵선혜는 고개를 저으며 말했다.

"그거 아니요? 내가 곡반호를 불렀다는 사실을 말이에요."

"……!"

묵선혜의 말에 곡비연의 눈동자가 커졌다. 전혀 생각지도 못한 말을 들었기 때문이다.

"아림과 종무옥을 제거하면 손쉽게 성주가 될 거라 생각했기에 곡반호를 불렀어요. 그리고 그가 분노할 수 있게 도와주었지요. 결국 그는… 배신감에 아림과 종무옥을 죽였어요. 지나온 삶과 시간이 얼마나 후회스러웠을까요?"

진실을 알다

"당신이라니······."

곡비연은 어이없다는 듯 묵선혜를 쳐다보았다. 그러자 묵선혜가 말했다.

"그녀들이 죽으며 더 이상 상대가 없다고 생각했어요. 곡 원주는 가볍게 이길 거라 여겼기 때문이에요. 물론 성주 후보를 모두 죽일 수도 없었지요. 적어도 두 명은 되어야 백화관이 열릴 테니까요. 곡 원주까지 제거했다면 성주 후보를 다시 뽑았을 것이고, 저는 또다시 후보들을 제거하기 위해 머리를 써야 했겠지요."

"도대체 무슨 소리인지 모르겠어요. 당신이 꾸민 음모에 두 분이 돌아가셨다는 게······."

곡비연은 묵선혜의 성격이 그렇게 독하다고 생각지 않았기에 중얼거렸다. 그러자 묵선혜가 차갑게 미소를 보이며 말했다.

"결국 우리 둘이 남았는데 제가 마지막에 곡 원주에게 뒤통수를 호되게 맞았다는 뜻이에요."

"그런······."

곡비연이 미미하게 고개를 흔들었다. 그 모습에 묵선혜는 홀가분하다는 듯 말했다.

"말을 하고 나니 왠지 기분이 좋네요. 그리고 성주 자리를 포기했다고 생각하니 마음이 조금 가벼워진 기분이에요. 이제 시원하게 죽을 수 있을 것 같아요."

그렇게 말한 묵선혜는 양팔을 벌리며 다시 말했다.

"단 한 수에 심장을 찔러주세요. 고통을 느끼고 싶지는 않으니까."

그 말에 곡비연은 안색을 바꾸며 고개를 저었다.

"그렇게 하고 싶지는 않네요."

"……?"

묵선혜가 어이없다는 듯 쳐다보자 곡비연이 다시 말했다.

"당신을 죽일 생각이 없어요."

"하지만 백화요결은 오직 성주만 익힐 수 있는 무공이에요. 그 무공을 익힌 사람이 성에 또 한 명 있다면 그것만으로도 죽을 이유가 돼요. 저는 백화요결의 일결을 알고 있는 사람이에요."

"평생 백화요결을 사용하지 않는다면 죽을 이유가 없지요. 그리고 저는 당신도 잘 알다시피 사람이 없어요. 성주가 된다 해도 믿을 만한 사람이 없다는 뜻이지요. 당신의 도움이 필요해요."

그 말에 묵선혜의 눈이 반짝이기 시작했다. 정말 자신을 믿는 것인지 왠지 모를 의심이 든 것이다. 하지만 곡비연은 진지했고 눈빛에 거짓은 없어 보였다.

"제 도움이요?"

"정확히는 묵가의 도움도 필요하다고 해야겠네요. 그리고 백화성을 위해서라면 성주가 아니더라도 그 능력을 발휘할 수 있는 자리는 있어요."
"함께하자는 뜻인가요?"
"예."
곡비연이 고개를 끄덕이자 묵선혜는 소리없이 웃음을 흘렸다. 그러다 결심을 한 듯 반짝이는 눈동자로 말했다.
"적어도 원주 정도 되게 해준다면 생각해 보지요. 그 아래라면 자결을 하지요."
"백문원주."
곡비연의 말에 묵선혜의 표정이 굳어졌다. 곡비연은 그런 묵선혜를 가만히 쳐다보며 미소를 보였다. 성주가 된다 해서 모든 게 끝나는 것이 아니었다. 성의 실세를 장악하려면 묵가의 힘이 절대적으로 필요했다. 그러기 위해서라도 묵선혜의 존재는 가치가 있었다.
묵선혜 역시 거절하면 자신의 목숨은 없다는 것을 잘 알고 있었다. 살려둘 이유가 그녀에겐 단 하나도 존재하지 않기 때문이다. 하지만 곡비연의 오른팔이 되어준다면 상황은 달라진다.
"좋군요."
묵선혜의 대답에 곡비연은 고개를 끄덕였고, 묵선혜는 떨어진 검을 손에 다시 쥐었다. 그리곤 천천히 들어왔던 동혈 쪽으로 움직이기 시작했다.

'곡비연… 가장 먼저 너를 제거해야 했어. 명아가 마음속에 담아두었다는 이유로 손을 놓은 게 나의 실수라면 실수로구나……'

묵선혜는 어두운 창밖을 쳐다보다 고개를 저었다. 지금까지 살아오면서 가장 큰 실수가 있다면 곡비연을 너무 업신여겼다는 점이었다.

* * *

이른 아침부터 길에 쌓여 있는 낙엽을 쓸던 운소명은 바쁘게 움직이는 무사들의 모습에 한쪽으로 비켜섰다.

'비신각(飛神閣)의 무사들이 왜……?'

운소명은 그들이 들어가는 곳이 백문원이란 것에 조금 의아스럽게 쳐다보았다. 비신각은 백화성 내에 범죄가 일어날 경우 움직이는 곳으로, 백화성의 범죄자를 잡아들이거나 처리하는 곳이었다.

문 쪽에 무사들이 대거 서 있었고 얼마 지나지 않아 시신들이 실려 나오는 모습을 본 운소명은 고개를 돌리곤 하던 일을 하기 시작했다. 살인사건이라면 눈에 안 띄는 게 좋기 때문이다. 하지만 이상하단 생각도 들었다. 누군가 암습하려던 것이라면 그 목표가 있어야 하는데 백문원의 원주는 공석이었고, 백문원 안에 사는 사람은 시비들이 전부였다. 그러다 다른 사

진실을 알다 71

람의 얼굴이 떠올랐다.

'수수……?'

문득 손수수가 목표가 된 게 아닌가 하는 생각이 들었다.

그날 밤 운소명은 자신의 방으로 들어오는 안여정을 볼 수 있었다. 안여정은 평소와는 조금 다른 표정으로, 약간 화가 나 있는 것처럼 보였다.

"오늘은 무슨 일로 오셨나?"

운소명이 창문을 닫으며 묻자 안여정이 다가와 호롱불을 끄고는 완전한 어둠이 방 안을 감싸자 입을 열었다.

"특별한 볼일이 있어서 왔어요."

"특별한 볼일?"

"네. 어젯밤에 언니를 노리는 자객이 숨어들었어요. 물론 언니는 다치지 않았지만 백화성의 내부에서 백문원의 안으로 자객을 보냈다는 게 중요해요."

"자객의 정체는?"

"파악 못했어요. 비신각에서 신원 파악을 못했다고 하네요. 거기다 이미 시신은 사라져 버렸어요. 비신각에서 시신을 그토록 빠르게 처리한 것으로 보아 내부의 적이에요."

"그렇겠지. 내부의 적이 아니라면 이렇게 대담한 짓을 못 할 테니까."

운소명의 말에 안여정은 고개를 끄덕이며 걱정스러운 표

정으로 다시 말했다.

"언니가 세력 다툼에 말려들었다고 봐야 해요. 곡 원주님이 성주가 되어서 나오게 된 지금, 곡 원주님이 백화관에서 나오기 전에 그 수족을 잘라 버리려고 하는 사람들이 있어요."

"기존에 세력을 유지하고 있던 사람들인가?"

안여정은 운소명의 날카로운 질문에 고개를 끄덕였다. 그리고 이 정도만 이야기해도 운소명이 대충 어떻게 상황이 돌아가는지 파악했을 거란 생각이 들었다.

"당연히 그렇겠지요. 아가와 종가에선 여전히 세력을 유지하고 싶어할 테고 그러려면 성의 중요한 자리를 차지해야 하는데, 원주님의 위사셨던 언니가 방해가 된다고 생각한 모양이에요. 백문원과 백무원의 원주가 공석인 지금 그들은 그 자리를 차지하고 싶겠지요."

"하지만 그렇게 대담하게 움직일 정도는 아니라고 생각하는데… 전에 곡반호의 사건만 봐도 말이야. 보복은 없었잖아?"

"그때와 지금은 다르지요. 그때는 시퍼렇게 성주님이 계셨으니까 못 움직인 것뿐이에요."

안여정의 말에 운소명은 미미하게 고개를 끄덕였다. 자심연의 무공은 추측하기 힘들다. 더욱이 그녀가 화를 낸다면 가문 자체가 멸문할지도 모를 일이었다. 하지만 모든 자리가 공석인 지금 곡비연의 수족을 잘라 버린다면 곡비연은 할 수 없이 아가와 종가의 사람들을 뽑아야 했다.
"그래서 나를 찾아온 이유는?"
"언니를 지켜주었으면 해서요. 백문원 안에서 일하던 일꾼들이 죽었어요. 내일부터 백문원에서 일하게 될 테니 혹시 있을지 모를 불미스러운 일이 안 일어나게 해주셨으면 해요."
"대가는?"
안여정은 운소명의 말에 표정을 굳히며 눈을 빛냈다.
"사람이 부탁을 하는데 대가를 원하는 부류는 청부업자들밖에 없어요. 그런 사람이 될 생각은 없다고 보여지는데요?"
안여정의 말에 운소명은 미소를 보이며 고개를 끄덕였다.
"그런 사람이 될 생각은 없어. 거기다 나름대로는 만족하고 있으니까. 숙식을 무료로 제공해 주는 곳이 세상에 몇이나 있을까?"
운소명의 말에 안여정은 고개를 끄덕이며 소리없이 사라졌다. 그녀가 모습을 감추자 운소명은 그녀의 잠행술이 대단히 뛰어나다고 새삼스럽게 생각했다. 그리고 자신의 입장을 다시 한 번 생각했다. 지금 상태라면 그저 방관자에 불과할 뿐이다. 그렇다고 어느 한쪽의 세력에 서서 모습을 드러내고 싶지도 않았다.
'그토록 알고 싶어했던 과거를 알고 나니 갑자기 아무것도 할 게 없구나. 아무것도……'

운소명은 고개를 저으며 잠자리에 들었다.

*　　　*　　　*

가벼운 경장 차림을 한 장림은 무림의 맹주이자 현 강호에서 가장 큰 영향력을 행사하는 추파영의 앞에 앉아 있었다. 추파영은 전과 달리 맹주로서 갖추어야 할 존재감이 커진 듯 보였다. 사람이 자리를 만드는 게 아니라 자리가 사람을 만든다고 하는 옛말이 떠오른 것은 왜일까?

차를 마시는 모습조차 맹주로서 근엄함과 무게감이 있어 보였으며, 무심한 듯 가라앉은 눈동자는 깊이가 있어 보였다. 패자의 기운이 아닌 군자의 기운이 느껴지는 것은 그의 성품을 나타내는 것 같았다.

"어울리네요."

오랜만에 입을 여는 듯 조용한 음성으로 장림이 말하자 추파영은 미소를 보였다.

"무엇이 어울린다는 것이오?"

"모든 게요. 지금의 강호가 맹주님께 어울린다는 뜻이에요."

"대단히 좋은 아부로 들리오."

"칭찬이에요."

장림의 말에 추파영은 고맙다는 듯 고개를 끄덕였다. 그리 곧 낮은 음성으로 말했다.

"우리가 안 지도 벌써 삼십 년은 된 듯하오."

"그렇군요. 벌써……."

장림은 젊은 날의 기억을 떠올리며 상념에 잠겼다. 그런 그녀를 향해 추파영이 다시 말했다.

"좋은 기억도 있고 나쁜 기억도 있소. 우린 서로를 향해 검을 겨눈 적도 있으니 말이오."

"오해는 인간사의 일부분에 지나지 않아요."

오해로 인해 서로 싸운 기억을 말하자 장림은 그저 가벼운 일처럼 흘려버렸다. 추파영 역시 과거의 일로 장림과 싸울 생각은 조금도 없었다. 단지 그만큼 서로 오랜 시간 동안 함께했다는 것을 상기시켜 주었을 뿐이다.

"오해는 일부분이지… 장 소저의 말처럼 말이오. 우리의 과거를 논하기 위해 한 말은 아니었소. 단지 우리가 그만큼 오랜 시간을 함께했다는 말을 하고 싶었을 뿐이오. 우린 서로에 대해서 많은 것을 알고 있소. 너무 많이 아는 것도 좋은 것은 못 되는 것 같소. 그렇지 않소?"

추파영의 말에 장림은 고개를 끄덕였다. 그의 말처럼 많이 안다는 것은 그만큼 상대에게 불리하게 작용하기 때문이다.

"서로에 대해 잘 아니 불리할 것도 없고 좋지 못할 것도 없어요. 단지… 지금 이 순간 맹주인 당신이 내게 그런 이야기를 하는 목적이 궁금하군요."

장림의 말에 추파영은 미미하게 고개를 끄덕이며 본론을 말했다.

"그 운소명이란 자… 장 소저의 손을 피해 백화성에 들어갔다고 들었소."

"이미 보고한 일이에요. 그런데 그 일과 우리가 오래 알았다는 일은 관계가 없는 것 같군요."

"그냥 서로 솔직해지자는 뜻에서 한 말이오. 숨기지 말고 말이오."

"제가 숨기는 일은 없어요. 적어도 공적인 일은……."

추파영은 그 말에 짧게 한숨을 내쉬며 다시 말했다.

"얼마 전 백화성에서 날아온 소식에 의하면 곡반호란 자가 이추결과 자월을 죽였다고 하더이다."

장림의 표정이 눈에 띄게 굳어졌다. 슬쩍 그 얼굴을 본 추파영은 천천히 말했다.

"알고 있었소?"

"모르고 있었어요."

"소식이 늦은 모양이오."

추파영의 말에 장림은 아미를 찌푸렸다.

"당신이 직접 말하려고 제 귀에 닿지 못하게 한 짓이군요."

"그렇소. 소식을 접한 나는 장 소저에게 알리지 못하게 하였소. 혹시라도 장 소저가 감정에 휘둘릴까 싶어서 말이오."

"그랬군요……."

진실을 알다

장림은 안색을 바꾸며 눈을 반짝이기 시작했다. 운소명을 언급한 이유가 무엇인지 알았기 때문이다. 그리고 추파영은 장림의 생각처럼 물었다.

"백화성에 들어간 운소명이 이추결의 아들이오?"

추파영의 물음에 장림은 일순 할 말을 찾지 못한 듯 눈을 부릅떴다. 하지만 그것도 잠시뿐 장림은 차분해진 표정으로 차를 마셨다. 그러자 추파영이 말했다.

"사실이군."

장림은 굳은 표정으로 찻잔을 내려놓았다. 그녀는 이미 추파영이 운소명에 대해서 잘 안다는 것을 알았다. 자월과 이추결을 죽인 사람이 곡반호란 사실을 보고받았다면 그들의 아들이 운소명이란 것도 보고받았을 것이다.

"이미 다 알고 있으면서 묻는 것은 사실을 다시 한 번 확인하기 위함인가요?"

"당신 입으로 듣고 싶었을 뿐이오. 운소명을 홍천에 데리고 간 사람이 당신이니까."

추파영의 말에 장림은 사실이기에 고개를 끄덕였다. 추파영은 사실을 다시 한 번 확인하자 운소명의 존재에 대해서 생각하기 시작했다. 아니, 보고받은 순간부터 다시 생각했었다.

"이건 사적인 질문인데… 하필 왜 홍천이었소? 이추결의 아들이라면 다른 곳으로 데려갈 수도 있었을 터인데?"

"돌아가신 스승님의 뜻이었어요. 세상에 알려지면 시끄러울 테니까요. 또한… 스승님은 자월을 극히 싫어했어요. 백화성의 여자를 좋아할 무림맹의 사람도 없겠지만… 이추결의 아들이면서 자월의 아들이기도 해요. 그런 불씨를 살려두는 것조차 은혜라고 하셨지요. 그래서 보냈어요, 홍천으로."

"그랬군. 홍천에 있으면 언제 죽을지 모르지… 아니, 죽으면 그만인가… 그런데 살았지……."

추파영은 의미심장한 표정으로 장림을 쳐다보았다.

"정확히 말하자면 장 소저가 살려주었소."

"그래서요? 그 말이 사실이라 해도 그게 중요한 일인가요? 중요한 점은 운소명이 이추결의 아들이란 것이에요."

"아니… 그게 중요한 게 아니오."

추파영은 고개를 저으며 차가운 표정으로 다시 말했다.

"그가 본 맹의 비밀을 많이 알고 있다는 점이오. 어두운 비밀을 말이오."

장림은 추파영의 말에 안색을 바꾸었다. 불길한 예감이 들었기 때문이다.

"그를 이용해야 한다고 말한 사람은 당신이에요. 충분히 이용할 만큼 해야 한다고 말이에요."

"본래는 그래야 했으나 사정이 바뀌었소."

"무슨 말인가요?"

장림의 물음에 추파영은 짧게 숨을 내쉬며 말했다.

"아직 알려지지 않았지만 얼마 전 금산장에서 세 구의 시신이 발견됐다고 하오. 그중 두 명은 금산장주인 허영정과 그의 둘째 아들인 허한이오. 또 한 구의 시신은 가용하라 하는 첩인데, 허한이 허영정을 죽이고 가용하와 함께 죽은 듯 보인다 하오."

"그럴 수가……!"

장림은 충격적인 말에 놀란 듯 눈을 크게 떴다. 그러자 추파영이 빠르게 말했다.

"거기다 북부에서 이민족들의 움직임이 심상치 않다 하오. 그렇기 때문에 무림을 감시하던 천단의 눈이 모두 북쪽으로 향했소이다."

"물러섰군요."

"한때일 것이오, 한때. 이민족과의 갈등이 안정되면 다시 황제는 무림에 시선을 돌릴 것이오. 그리고 나는 이 틈을 놓치고 싶지 않소이다."

"무슨 뜻인가요?"

"무림에 잠입한 천단의 다리를 모두 잘라 버릴 생각이오. 무림은 무림일 뿐이오."

추파영의 말에 장림은 고개를 끄덕였다. 늘 그가 말했던 것이기 때문이다.

"그리고 운소명도 처리할 생각이오."

"그와 천단은 관련이 없지 않나요? 또한 백화성에 있다면 이용할 가치가 있어요."

"그는 적인지 아군인지 판단을 못하오. 나에게 충성을 맹세한 사람이오? 아니면 백화성주에게 충성을 맹세한 사람이오?"

장림은 그 말에 입을 닫았다. 추파영의 말이 사실이기 때문이다.

"존재 자체가 위험한 인물이오. 그리고 굳이 우리가 처리할 필요도 없소이다. 어제 백화성주가 나왔다고 하오. 알고 있소? 그가 현 성주의 아버지인 곡현을 죽인 무살이란 것을 말이오."

장림은 올 것이 왔다는 생각이 들었다. 그녀의 표정이 달라지자 추파영은 낮은 목소리로 다시 말했다.

"백화성주와 만날 것이오. 그때 무살의 존재에 대해서 이야기를 할 것이오. 물론 우호를 약속하면서 말이오. 이보다 더 좋은 패가 있겠소?"

"그렇군요. 백화성주인 곡비연을 상대하기엔 가장 좋은 패가 되겠지요."

장림은 무심한 표정으로 창밖을 쳐다보며 작게 중얼거렸다.

'이럴 것 같았기에 가지 말라 했었지……'

장림은 운소명의 모습을 떠올리다 추파영을 쳐다보았다. 추파영은 담담한 표정으로 차를 마신 후 자신을 차가운 시선으로 노려보는 장림을 향해 다시 말했다.

"사실 장 소저를 부른 이유는 이런 이야기나 하려고 부른 게 아니오."

"……?"

"전부터 궁금한 게 있었기 때문에 부른 것이오."

"무엇인가요?"

장림의 물음에 추파영은 살짝 망설이는 듯 입을 열었다.

"왜 운소명을 살려준 것이오?"

장림의 눈동자가 반짝이자 추파영은 다시 말했다.

"장 소저는 몇 번이고 운소명을 죽일 수가 있었소. 그런데 살려주었지 않소? 왜 살려준 것이오? 죽일 수 있었을 텐데도 살려준 그 진정한 이유가 궁금했소이다. 설마… 키워준 정 때문에 살려준 것은 아닐 테고……."

"키운 정 때문에 살려주었어요. 아니… 절대 죽게 놔둘 생각이 없어요."

장림의 차가운 목소리가 강경하게 추파영의 귓가로 파고들었다. 추파영의 눈동자가 빛났으며 표정이 굳어졌다. 그러자 장림은 자신의 가슴에 손을 얹고는 말했다.

"제 가슴에 얼굴을 묻고 잠들었던 아이예요. 제 젖을 물던 아이지요. 나오지도 않는 제 젖에 얼굴을 묻고 눈을 감았던 아이예요. 무슨 말인지 아나요? 아니, 당신은 모를 거예요. 세상에 처음으로 나와 눈을 떴을 때… 그 눈은 저를 보고 있었어요. 피에 젖은 작은 손은 제 얼굴을 만졌지요. 제 품에서 웃던 아이예요. 그게… 이유예요."

장림은 살기까지 보이며 추파영을 쳐다보다 자리에서 일어났다.

"그만 가보지요."

장림이 신형을 돌리자 추파영은 조금 복잡한 시선으로 그녀의 뒷모습을 쳐다보았다. 왜 그토록 그녀가 운소명을 생각하는지 알았기 때문이다. 부모는 아니지만 장림은 운소명에게 강한 모성애를 가지고 있었다. 그 마음을 추파영은 어렴풋이 느꼈다. 하지만 사실을 말해야 했다.

"장 소저의 아들이 아니오."

"알고 있어요. 하지만 당신이 죽이려 한다면 저는 살리겠어요."

장림이 신형을 돌리며 말하자 추파영은 깊은숨을 내쉬며 고개를 끄덕였다.

"만약 그가 살아서 백화성을 벗어나면 장 소저 마음대로 하시오."

장림이 그 말에 매우 놀란 듯 쳐다보자 추파영은 씁쓸한 미소를 그리며 자리에서 일어섰다.

"나는 백화성주에게 무살이 운소명이란 사실만 알려준다고 했지 협조해서 잡아주겠다고 말한 적은 없소."

장림은 그 말에 미미하게 고개를 끄덕였다. 문득 다른 말을 하려다 이내 입술을 깨문 장림은 신형을 돌렸다. 그녀가 문

밖으로 빠르게 사라지자 그 모습을 보던 추파영은 고개를 저으며 창밖을 쳐다보았다. 절로 깊은 한숨이 가슴을 차고 흘러나왔다.

"그랬군… 그랬어……."

추파영은 수심에 찬 표정으로 한참 동안 창밖을 쳐다보았다.

第三章

살심(殺心)

살심(殺心)

새로운 백화성주가 탄생한 백화성은 연일 축제였다. 밤새 웃고 떠드는 많은 사람들로 인산인해를 이루었으며 수많은 무림인사들이 새로운 백화성주를 축하하기 위해 찾아오고 있었다.

성안의 시끄러움과는 달리 백화궁 안은 엄숙했으며 조용했고, 모여 있는 사람들은 간혹 작은 목소리로 이야기를 나눌 뿐이었다.

이렇게 무거운 공기가 된 것은 다른 이유가 아니었다. 태사의에 앉아 있는 곡비연의 표정이 굳어 있었기 때문이다. 그녀의 몸에서 은연중 흘러나온 무거운 기운이 백화궁을 가득 메우고 있었으며 눈동자는 차갑게 반짝이고 있었다.

그녀의 좌측 계단 밑의 가장 상석에는 백무원의 원주가 된 손수수가 앉아 있었고, 우측은 묵선혜가 앉아 있었다. 그녀들의 옆으로 간부들이 줄을 지어 앉아 있었다. 그들의 표정 역시 성주인 곡비연과 마찬가지로 좋지 못하였다. 이는 성주인 곡비연을 향한 것이 아니라 앞으로 들어올 사람들을 향하고 있었다.

"무림맹입니다."

문밖에서 큰 목소리와 함께 십여 명의 무인이 백화궁의 안으로 들어오고 있었다. 그들의 가장 앞에는 선풍비호(仙風飛虎) 추정범이 서 있었으며 그 뒤로 훈풍객 장원동이 서 있었다. 그 뒤로 후지기수들도 보였는데, 남궁진과 모용세가 눈에 띄었다.

"무림맹의 맹주님을 대신해서 인사각주인 추정범이 성주님께 인사드립니다."

"추 각주님이시군요. 특무단에서 자리를 옮기신 모양이에요?"

곡비연은 추정범이란 말에 그가 과거 무림맹의 특무단 단주에 있던 인물임을 기억했다. 추정범은 부드러운 미소를 보이며 대답했다.

"젊은 후지기수들이 워낙 출중하다 보니 몸으로 움직이는 직책에서 한직으로 옮겨진 것이지요."

"젊은 사람이 특무단주가 되었나 보군요? 무림맹의 위세를 생각할 때 특무단주는 중요한 보직인데 추 각주를 밀어내고 앉은 사람이 젊다니 궁금하군요."

"유능한 무인으로, 유신이라 하지요."

"그렇군요."

곡비연은 한 번 들어본 이름이라 고개를 끄덕였다. 그러자 추정범이 고개를 돌렸다. 곧 무사들이 두 개의 커다란 함을 옆에 내려놓은 후 물러갔다. 추정범은 포권하며 말했다.

"새롭게 성주님이 되신 곡 성주님께 드리는 맹의 성의입니다. 또한 맹주님께선 성주님과 함께 추운봉에서 좋은 차를 나누고 싶다는 뜻을 밝히셨습니다."

추정범의 말에 순간 궁 안이 소란스럽게 변하였다. 백화성의 간부들은 차가운 살기를 내보이며 추정범의 일행을 쳐다보았다. 곡비연은 가볍게 손을 들어 소란스러움을 잠재운 후 조용히 말했다.

"저도 맹주님을 한번 뵙고 싶었어요. 좋은 자리가 되었으면 하네요."

"감사합니다."

추정범이 깊게 허리를 숙이자 곡비연은 다시 말했다.

"손님들을 방으로 안내하세요."

그녀의 말에 시비들이 들어와 무림맹의 무사들을 방으로 안내하였다. 그들이 나가자 다시 한 번 궁 안이 소란스럽게 변하였다.

"이곳입니다."
시비들의 안내를 받아 별실의 월동문을 지나온 추정범은 자신들을 특별히 관리하기 위해 별실을 따로 내주었다는 것을 알았다. 잘 꾸며진 정원과 두 채의 집이 따로 떨어져 있었고 사방이 담으로 둘러싸인 감옥 같은 공간이었다. 아담하고 아기자기한 정원 때문에 자신들을 좋게 대우한다고 생각할지 모르나 사방이 막혀 있는 곳인만큼 감시하기도 쉬운 곳이었다. 그것을 잘 아는 추정범이었다.
"성주는 바뀌었어도 그 무공은 남는다라……."
추정범은 객실에 나와 의자에 앉으며 중얼거렸다.
"무공이 남다니요?"
장원동이 옆으로 와 앉으며 묻자 추정범은 눈을 반짝이며 말했다.
"백화성주의 무공 말이네. 백화성주는 대대로 내려오는 비전절기를 익히고 있지."
"백화요결?"
추정범은 고개를 끄덕였다.
"백화요결은 정말 대단한 무공이라 하지. 전대 성주인 자심연도 젊은 나이에 천하제일이란 이름을 얻었지 않은가? 지금 보니 곡 성주의 무공도 상상이 안 갈 정도네. 도대체 백화요결은 어떤 무공이기에······.”

"모르기 때문에 천하제일이고 또 천하제일에 어울리는 만큼 대단한 신공이겠지요.”

장원동의 말에 추정범은 고개를 끄덕였다.

"그렇겠지. 아무튼 절대 이곳을 벗어나지 말게. 애들에게도 그렇게 전하고. 우리를 감시하는 눈이 생각보다 많아.”

"알겠습니다.”

"이곳에서 조금이라도 문제가 생긴다면 우린 아마 맹에 돌아갈 수 없을 것이네.”

추정범의 말에 장원동은 긴장한 표정으로 고개를 끄덕였다. 그리고 이곳이 백화성의 내부라는 것을 다시 한 번 상기했다.

* * *

황혼에 물든 저녁 하늘은 붉은 빛을 만들어 실내를 밝게 비추고 있었다. 그 모습을 가만히 보던 곡비연은 고개를 돌려 앞에 앉아 있는 두 명의 여자를 쳐다보았다. 그녀들은 손수수와 묵선혜로, 현 백화성의 실세라 해도 과언이 아니었다. 무엇보다 묵선혜가 원주가 되어 묵가와 손을 잡은 게 곡비연에겐 상당한 힘이 되었다. 그로 인해 손수수를 백무원주에 임명할 수가 있게 된 것이다.

"무림맹주와의 만남이야 가끔 있던 일이니까 크게 문제될 거라 생각하지는 않습니다. 더욱이 무림맹주 역시 맹주라는 자리에 앉은 지 불과 일 년도 안 되었기에 아직 맹을 추스르지 못한 상태라는 평가입니다. 그런 만큼 성주님과의 만남을 통해 본 성과의 갈등을 어느 정도 해소하려는 의도가 있는 것이 분명합니다."

묵선혜의 목소리에 곡비연은 고개를 끄덕였다. 손수수는 그저 담담한 표정으로 앉아 있을 뿐이었는데, 그녀는 사실 무림맹주와의 만남보다 그 이면에 감추어진 것이 무엇인지 궁금했다. 섣불리 만날 수 있는 사이가 아니었고 그런 신분이 아니었기 때문이다.

"하지만 이십 년 만에 처음으로 있는 일이에요. 그리고 무림맹주와 만나 좋은 일이 있었던 적이 있던가요? 지금까지 단 한 번도 맹주와 만난 이후 좋은 일이 없었던 것으로 알아요. 가장 최근이 이십여 년 전으로 그때도 만남 이후 본 성과 맹은 큰 전쟁을 치렀지요."

손수수의 말에 곡비연은 그 사실 또한 알기에 고개를 끄덕였다. 묵선혜도 안다는 표정으로 입을 열었다.

"그렇다고 안 만날 수도 없지요. 이렇게 정식으로 요청해 왔으니 말이에요."

"그렇지요. 더욱이 꼭 만나야 할 상대예요."

손수수의 마지막 말에 곡비연이 입을 열었다.

"제가 알기론 전 성주님과 전 맹주님은 자주 만난 것으로 알아요. 단지 그게 대외적으로 알려진 상태로 만난 것이냐, 아니면 알리지 않은 채 은밀히 만났느냐에 따라 다르다고 들었어요. 천하에 알린 만남은 화합을 위한 것이고 은밀한 만남은 서로의 목적이 피를 원할 때라 하였지요."

곡비연의 말에 묵선혜와 손수수의 눈빛이 반짝였다. 처음 들어보는 말이었기 때문이다. 하지만 둘의 표정은 큰 변화가 없었다. 예전부터 예상하고 있었던 말이었기 때문이다. 은밀한 만남 한 번 없이 이 강호를 이끌어가기엔 너무 거대한 세상이었다.

"그들도 알 거라 생각해요. 제가 역대 어떤 성주보다 무림맹을 싫어하고 있다는 사실을요. 물론 피를 볼 생각은 없어요. 하지만 피를 볼 경우 주저없이 움직이겠지요."

말을 하는 곡비연의 표정은 담담했으나 눈빛은 차갑게 번들거렸다. 그 모습을 본 손수수는 그녀가 백화요결을 익힌 이후 조금 변했다는 것을 느꼈다. 아니, 백화관을 나온 순간부터 과거와는 조금 다르다고 생각했다. 물론 그것이 성주가 되었기 때문이라 여겼다.

"백문원주는 지금부터 우리가 무림맹과 싸울 경우 어떤 방식을 취해야 하는지 그 계획을 짜도록 하세요. 물론 실제 전쟁을 하려는 건 아니에요. 단지 무림맹과 전쟁을 해야 한다는 가정하에서 계획을 세우도록 하세요. 백무원주는 무림맹주와의 담화를 준비하세요."

"알겠습니다."

"예."

둘은 대답한 후 자리에서 일어났다. 그 모습에 곡비연은 문득 생각난 듯한 표정으로 손수수에게 말했다.

"손 원주는 잠시 자리에 앉으세요. 할 말이 있어요."

"예."

손수수가 자리에 다시 앉자 묵선혜만이 인사를 한 후 밖으로 나갔다. 그녀가 나가고 조용한 침묵이 실내를 맴돌자 곡비연은 빈 찻잔에 식은 차를 따르며 말했다.

"그는 어떻게 지내고 있나요?"

손수수는 그라는 사람이 운소명을 지칭하는 말임을 알고 대답했다.

"현재 백무원에서 잡일을 하고 있습니다."

손수수의 대답에 곡비연은 미소를 보였다. 운소명을 떠올리면 재미있는 사람이란 것과 자신을 구해주었던 은인이란 생각이 들었기 때문이다. 힘든 고비를 함께 넘어온 사람이었기에 그에게도 갚을 빚이 있었다.

"제게 바라는 게 없는 모양이군요. 여전히 잡일만 하고 있다니… 저는 벌써 제게 찾아올 거라 생각했는데 제가 나온 이후로 단 한 번도 안 오네요. 서운하게……."

곡비연의 말속에 운소명을 생각하고 있다는 뜻이 담겨 있자 손수수가 말했다.
"그도 성주님을 위해 노력한 인물이니 그만한 공이 필요하다고 생각합니다."
"그렇지요. 더욱이 그의 무공을 그대로 잡일로 썩히기엔 너무 아깝다고 생각돼요. 현재 백무원에선 좌천대의 대주 자리가 공석으로 되어 있지요?"
"예."
손수수는 고개를 숙이며 대답했다. 과거에 좌천대주인 아홍추를 죽인 기억이 떠올랐기 때문이다. 그때 절반에 해당하는 좌천대가 죽었기 때문에 새롭게 인원을 뽑아야 했다. 그로 인해 좌천대의 대주 자리는 여전히 공석인 상태였다.
"잘되었네요. 안 그래도 믿을 만한 사람이 그 자리에 앉아주었으면 했는데… 무엇보다 손 원주에겐 믿을 만한 왼팔이 필요하잖아요?"
"하지만 맡을지……."
손수수는 운소명과 몇 번 대화를 나누어보았기에 그가 자리에 큰 뜻이 없다는 것을 알고 있었다. 그리고 그의 목적이 도대체 무엇인지도 모르는 상태였으며, 지금은 그저 그의 마음조차 짐작하기 어려웠다. 그저 혼란스럽다고 해야 할까? 손수수는 운소명과 점점 멀어지고 있다는 생각이 들었다. 아니, 전과는 달리 멀어졌다고 생각되었다.
손수수의 표정이 어둡게 변하자 곡비연이 물었다.

"그와 요즘 사이가 좋지 못한 모양이군요?"

"예."

손수수는 부정하지 않은 채 고개를 끄덕인 후 다시 말했다.

"자신이 자월의 아들이란 사실을 알고 난 이후부터… 저를 피하는 것 같습니다."

"그래도 사선을 넘은 사이인데… 너무하군요."

"꽤나 충격이 큰 모양입니다. 아직도 방황하는 것을 보니……"

손수수의 말에 곡비연은 고개를 끄덕였다. 그녀의 말을 충분히 이해할 수 있었기 때문이다. 자신이라도 상당한 충격을 받았을 거란 생각이 들었다. 또한 자신 역시 깨어나기 힘들 정도로 힘든 경험을 한 상태였다.

"그렇겠지요. 저 역시 꽤나 큰 충격을 받은 상태라 여전히 정신을 차리지 못하고 있으니까요."

"예? 그게 무슨……?"

손수수가 곡비연의 의미심장한 말에 놀란 듯 쳐다보자 곡비연은 가볍게 미소를 보이며 고개를 저었다.

"아무것도 아니에요. 좌천대의 대주 문제는 손 원주가 알아서 처리하세요. 안여정과 노화도 대주로서 손색이 없다고 보여지니까요."

"알겠습니다."

"나가보세요."

"예."

 손수수가 자리에서 일어나 밖으로 나가자 곡비연은 굳은 표정으로 눈을 반짝였다. 순간 그녀의 눈동자가 붉은빛을 띠더니 순식간에 사라졌다.

 '운소명······.'

 곡비연은 문득 그와 처음 만났을 때를 떠올렸다. 그때 그의 도움이 없었다면 과연 자신은 이 자리에 앉아 있을 수 있었을까? 분명 그는 자신에게 큰 은인이었다. 또한 자월의 아들이기도 했다. 아직 자씨세가에는 알리지 않았지만 언젠가는 알릴 것이다. 하지만 알리고 싶지 않았다.

 '나는 어찌해야 한단 말인가······.'

 곡비연은 백화관에서의 일을 떠올리며 눈을 감았다.

 홀로 남은 곡비연은 자신을 향해 다가오는 낯선 사람을 발견하곤 경각심 어린 표정으로 쳐다보았다. 육십대로 보이는 초로의 노인이었으며, 인상도 나쁜 편은 아니었다. 어디서나 흔히 볼 수 있는 그런 인상이랄까?

 "안내를 맡은 장자기라고 합니다. 조금 놀라신 모양입니다."

 "예, 그래요. 설마하니 이곳에서 성주님을 제외한 다른 사람을 볼 줄 몰랐으니까요."

 그 말에 장자기는 옅은 미소를 보이며 말했다.

"저는 성주님의 그림자입니다. 있지만 없는 존재지요. 또한 애초부터 없던 존재이지만 있는 그런 존재입니다."

곡비연은 그 말에 고개를 끄덕였다. 그리고 그가 곧 죽을 거란 생각이 들었다. 장자기의 말처럼 성주의 그림자라면 성주와 영원히 떨어지지 못하는 존재이기 때문이다.

"따라오십시오. 기다리고 계십니다."

"예."

장자기의 안내를 따라 곡비연은 안쪽으로 걸어 들어갔다.

쿵!

석벽이 옆으로 열리고 밝은 빛이 동굴 안으로 밀려들어 오자 곡비연은 잠시 눈을 감았다. 곧 눈을 뜬 그녀는 눈앞으로 펼쳐진 풍경에 잠시 주변을 둘러보았다. 방원 삼십여 장의 넓이로 펼쳐진 분지는 이름 모를 꽃들의 수많은 색들이 어우러진 곳이었다. 또한 북쪽으로 작은 연못이 보였는데, 특이하게 그곳에서 수증기가 일어나는 게 눈에 띄었다.

"들어가시지요."

곡비연은 장자기의 말에 한 발 풀밭으로 내디뎠다. 그러다 고개를 돌려 장자기를 쳐다보자 그가 미소를 보였다.

"저는 들어갈 수 없는 곳입니다."

"아……."

곡비연이 곧 인사를 하고 안으로 걸어가자 장자기는 문을 닫았다.

쿵!

다시 한 번 석벽의 굉음이 울리자 잠시 걸음을 멈춘 곡비연은 분지의 중앙에 세워진 집으로 향했다. 곧 문이 열리고 자심연이 모습을 보이자 곡비연은 다가가 허리를 숙였다.

"성주님을 뵙습니다."

"어서 오거라."

자심연이 고개를 끄덕이며 미소를 그렸다.

"네가 와서 다행이다. 마음에 두었던 네가 와서 정말 다행이야."

자심연은 두 번이나 같은 말을 반복하며 애정 어린 시선으로 곡비연을 쳐다보았다.

"들어가자."

"예."

둘은 함께 집 안으로 들어가 내실에 앉았다.

"성내에 이런 곳이 있을 줄은 몰랐어요."

"그래, 아마 아는 사람은 극소수일 것이다. 이곳은 전대 성주들이 머무는 곳으로, 조사당 같은 곳이지. 나 또한 너를 내보내면 죽을 때까지 이곳에서 생을 마감할 것이다."

"……!"

곡비연의 표정이 굳어지자 자심연은 미소를 보였다. 그 마음을 알기 때문이다. 자신 또한 전대 성주에게 같은 말을 들었고 곡비연과 같은 표정을 보였기 때문이다.

"내 걱정은 안 해도 된다. 그러니 너는 이곳에서 백화요결을 완성하는 데에 매진하거라."

"예."

곡비연의 대답에 자심연은 고개를 끄덕이며 다시 말했다.

"네게 할 말은 많으나 중요한 것은 백화요결을 익히는 것이니 본론을 말하마. 백화요결을 익힐 때는 뒤쪽의 태정천(太正川)에 들어가 익혀야 한다. 백화요결은 음에 해당하는 무공으로 여성이 익혀야 한다는 단점이 있다. 본래 모든 자연의 섭리가 음과 양의 조화로 이루어지는 법이다. 어찌 보면 백화요결은 그러한 섭리를 벗어난 무공이라 할 수 있다. 하지만 태정천의 양기는 백화요결의 부족한 양기를 끊임없이 채워주니 백화요결을 익힘에 있어 절대적으로 필요한 곳이란다. 너는 적어도 보름 동안 그곳에서 백화요결을 익히게 될 것이다. 오결까지는 대성할 것이야. 그리되면 천하에 둘도 없는 강자가 되어 백화성을 이끌 것이다."

"아……."

곡비연은 눈을 반짝이며 자심연의 말을 깊이 새겨들었다. 그러다 궁금하단 표정으로 물었다.

"백화요결은 천하에 둘도 없는 절대의 무공이라 들었습니다. 그런데 어떻게 보름 만에 제가 대성할 수가 있겠습니까? 이는… 저를 너무 높게 보시는 것입니다."

곡비연은 천하에 쉬운 무공이 없다는 것을 잘 알고 있었다. 또한 백화요결 같은 절대신공은 더없이 어려울 것이다. 그런데 자심연은 보름 만에 익힐 거라 확신하듯 말하였다. 당연히 걱정이 앞설 수밖에 없었다.

곡비연의 걱정스러운 표정에 자심연은 걱정하지 말라는 듯 부드럽게 미소를 보이며 말했다.

"너는 그런 걱정을 할 필요가 없다. 전대 성주는 그다음 성주에게 백화요결과 함께 절반의 내공을 전해줘야 하기 때문이다. 백화요결의 오결인 심(心)결을 통해 나는 너의 머리에 직접 백화요결의 모든 전문을 각인시킬 것이다. 그때 내 내공의 절반이 자연스럽게 네 몸에 스며들 것이니 너는 보름 후 자연스럽게 백화요결의 오결인 심결까지 대성하게 된다. 이는 우리 백화성의 성주가 천하제일인 이유이며, 오직 성주만이 알고 있는 비밀이다."

"그럴 수가……."

곡비연은 전이대법과 함께 전수되는 백화요결의 무공에 대해 듣게 되자 심장이 크게 뛰는 것을 알았다. 자심연의 내공 중 절반을 차지하게 된다면 천하제일이 되지는 못해도 현 천하에서 적수를 찾기란 쉽지 않을 것이다.

"백화성의 성주가 무공이 낮아서야 어찌하느냐? 당연히 나 또한 전대 성주의 내공을 받았고, 평생 동안 백화요결을 익히며 깨우쳤다. 너 역시 몇십 년이 흐른 뒤 다음 성주에게 나와 같은 일을 하게 될 것이니 이는 사명이라 여기고 익혀야 할 것이야."

"명심하겠습니다."

곡비연의 각오가 담긴 힘있는 목소리에 자심연은 만족한 표정으로 다시 말했다.

"그래… 그래야지. 너라면 백화성의 이름에 어울리는 성주가 될 거라 믿는다."

"그리하겠습니다."

곡비연의 대답에 자심연은 고개를 끄덕이며 말했다.

"수련은 해가 질 때부터 시작할 터이니 그때까지 마음의 준비를 하고 방 안에서 쉬거라."

"예."

곡비연의 대답을 들은 자심연은 자리에서 일어나 태정천으로 걸어갔다. 그 모습을 본 곡비연은 방 안으로 들어가 침상에 앉았다. 문득 심장 소리가 터질 듯하게 들려오는 것을 느꼈다. 평생 살아오면서 이렇게 가슴이 뛰어본 적이 몇 번이나 있었던가? 천하제일의 무공을 손에 넣게 되었다는 감격에 젖어 있었다.

'드디어… 오늘 저녁이면… 내 손에 들어온다…….'

온몸이 터질 듯 떨려왔다. 그런 그녀의 눈빛이 순간 차갑게 번들거리기 시작했으며, 어깨를 미미하게 떨기 시작했다.

"아버지……."

곡비연은 아버지인 곡현의 얼굴을 떠올렸다. 그리고 자신이 성주가 되면 아버지의 복수를 하겠다고 다시 한 번 다짐했다.

스윽!
가늘고 긴 흰 손이 허공중에 가볍게 선을 그리며 움직이자 바람이 일어나 어두운 밤공기를 지나쳤다. 손은 그렇게 몇 번 나비가 춤을 추듯 허공에 나풀거렸고, 바람은 계속해서 일어났다.

"휴……."

깊은 한숨과 함께 손을 거둔 곡비연은 믿어지지 않은 듯한 표정으로 자신의 손을 바라보았다.

"내 몸이… 내가 아닌 듯하구나……."

곡비연은 넘쳐 나는 힘을 느끼며 고개를 저었다. 천하에 자신의 적은 없어 보였고, 자신감으로 충만하였다. 이제 그 누구도 두렵지 않다는 생각이었고 어떤 사람도 그저 지나치는 벌레처럼 하찮게 보였다. 그렇다고 인간이 하찮은 게 아니라 무공이 하찮았을 뿐이지만.

스륵!
발소리가 십 장 밖에서 들려오자 곡비연은 눈을 반짝였다. 십 장까지 접근한 후 발소리를 일부러 내었다는 것은 자신을 찾아왔다는 뜻으로, 은밀히 움직이는 사람임을 뜻했다.

"누구신가요?"

곡비연의 목소리에 창밖으로 장자기의 모습이 나타났다. 그가 나타나자 곡비연은 조금 놀란 표정으로 쳐다보았다.

"성주님을 뵙습니다."

"어르신이군요."

곡비연은 그를 어르신이라 불렀다. 전대 성주인 자심연의 심복이었으며 그림자였기에 높여 부른 것이다. 장자기는 황송하다는 표정으로 부복하며 말했다.

"제가 나타나는 일은 이번이 마지막일 것입니다. 성주님께도 저와 같은 그림자가 내일 나타날 것입니다. 그자의 이름은 야휘(夜輝)로, 제 손자입니다."

"그걸 알리기 위해 나타나셨군요."

"그렇습니다. 또한 이걸……."

슥!

장자기는 품에서 작은 서찰을 꺼내 내밀었다.

"무엇인가요?"

곡비연이 궁금하단 표정으로 묻자 장자기가 대답했다.

"자 성주님께서 시키신 것으로, 마무리가 되어 보고를 드리는 것입니다. 본래 자 성주님께 보여야 하나 성주님은 은거 중이시기에 어떠한 연락도 외부에서 전하지 못합니다. 그러하기에 곡 성주님께 전하는 것입니다."

장자기의 말에 곡비연은 서찰을 받아 쥐었다.

"어떠한 조사였나요?"

"성주님께선 자월의 아들인 운소명의 행적에 대해 대단히 궁금해하셨습니다. 성주님의 명으로 그자에 대해서 조사하였고 간단하게 정리할 수가 있었습니다."

"그랬군요. 그런데 어르신은 백화관에 있었으면서 용케도 이런 조사를 할 수가 있었군요?"

곡비연의 물음에서 장자기는 그녀가 성주도 모르는 세력이 자신에게 있는지를 묻는 것임을 알았다. 장자기는 미소를 보이며 대답했다.

"제가 한 게 아니라 제 손자인 야휘가 한 일입니다."

"아… 그랬군요."

"저는 전하는 일만 할 뿐입니다."

"그 야휘라는 사람… 대단히 뛰어난 사람인가 봐요. 혼자서 이런 조사를 하다니……."

"야휘가 직접 조사하는 게 아니라 다른 조직의 정보를 그저 빼내어 오는 것뿐이랍니다. 그리고 그러한 결과를 조합해 보고를 올립니다."

"그렇군요."

곡비연의 표정이 바뀌자 장자기는 자리에서 일어섰다.

"저는 그럼 이만 가보겠습니다. 제 소임은 여기까지입니다. 다만 한 가지……."

"무엇인가요?"

"역대 성주님들의 특징이 백화요결을 익히고 성주가 된 후 십여 년 동안 살심을 억누르지 못해 많은 피를 손에 묻히셨습니다. 육결을 대성하게 되면 살심을 다스릴 수가 있기에 지금까지 모든 성주님들은 백화요결을 익히는 데 매진하셨습니다. 제가 드린 서찰은 육결을 대성하신 후에 뜯으셨으면 합니다."

그 말에 막 서찰을 보려던 곡비연의 손이 멈추었다.

"상당히 중요한 내용이 담겨 있는 모양이군요?"

"그렇습니다."

"재미있네요. 알겠어요. 이 서찰의 내용을 빨리 확인하기 위해서라도 저는 무공에 매진해야겠어요."

곡비연이 미소를 보이며 서찰을 화장대 바로 밑 서랍에 넣었다. 호기심이 일어났지만 장자기의 말처럼 자신도 모르게 살기를 표출하고 있다는 것을 은연중 알고 있었기 때문이다. 또한 백화요결의 육결을 대성하는 일이 무엇보다 중요하다고 생각했다. 조만간 무림맹주와 만나게 된다. 적어도 무림맹주보단 강해야 한다고 스스로 생각하고 있었다.

"저는 이만 가보겠습니다. 그럼······."

"조심히 들어가세요."

신형을 돌리는 장자기에 곡비연은 낮은 목소리로 말했다. 두 번 다시 장자기의 모습은 볼 수 없을 것이다. 그리고 내일이면 야휘가 자신의 곁에 나타날 것이다. 야휘 역시 자신의 곁에서 평생을 보내다 장자기처럼 함께 죽을 것이다. 어찌 보면 야휘라는 사람의 삶도 대단히 슬픈 운명일 수도 있었다.

           *   *   *

　가부좌를 한 채 방 안에 앉아 있던 운소명은 눈을 뜨며 창틈새로 들어오는 햇살을 쳐다보았다. 요즘 들어 잠 대신 운공으로 밤을 보내고 있었다. 소명신공과 반혼도법이 눈앞에 잡힐 것처럼 다가왔기 때문이다. 두 무공을 대성하면 자신의 길이 끝에 닿을 것처럼 생각되었다.
　살아오면서 지금처럼 마음이 붕 뜬 적은 없었다. 그러한 기분을 무공으로 달래고 있었으며, 무공을 대성하면 길이 보일 것처럼 느껴졌다. 그렇기 때문에 하루 일과를 마치면 늘 운기를 하며 잠을 청하였다.
　"오늘도 비질의 시작인가……."
　운소명은 비질이 싫지 않았다. 과거 홍천에서 무림맹에 들어와 있을 때 늘 비질을 했었기 때문이다. 그때 함께했던 사람들은 지금 이 자리에 아무도 없었지만 외롭다는 생각은 없었다. 추억이라 말할 만한 일은 없었기 때문에 그리움도 없었다.
　슥! 슥!
　백무원에서 한 달 가까이 비질을 하다 보니 오가는 사람들을 대충 파악할 수 있게 되었고, 발자국 소리만 들어도 누구인지 파악할 수 있었다. 한정된 인원만이 오가기 때문이다.

"......?"

운소명은 발소리만으로 그게 남자이고, 또한 백무원에서 남자가 이렇게 힘있는 발소리를 내면서 다니는 사람이 몇 없다는 것을 알고 고개를 들었다.

'우천대주였지……'

백무원 좌우천대 중 우천대의 대주인 환영쌍검(幻影雙劍) 신유가 저 멀리서 걸어오고 있었다. 운소명은 길을 비켜서며 우천대주가 지나가는 모습을 보았다. 운소명이 옆에 서 있자 신유는 슬쩍 운소명을 한 번 보곤 안으로 걸어 들어갔다. 신유의 모습이 완전히 사라지자 운소명은 인상을 찌푸리며 비질을 다시 하였다. 그가 자신을 지나칠 때 은연중 강한 기도를 발산했기 때문이다.

'무림맹도 인재가 많지만 백화성 역시 인재가 많아……'

운소명은 이곳에서 생활하면서 백화성과 무림맹을 비교하곤 했다. 둘이 만약 싸운다면 저울의 기울기가 어디로 내려갈지 궁금했기 때문이다. 눈에 보이는 것만 가지고 둘의 힘을 비교하는 것 자체가 어리석은 짓이겠지만 그래도 심심할 때는 나름 재미있기도 했다.

또다시 발소리가 들리자 운소명은 그것이 여자라는 것과 누구인지도 알았다. 운소명은 안여정과 노화가 지나가자 눈을 반짝였다. 지나가는 순간 안여정의 전음이 들렸기 때문이다.

[정오에 후원에서 봐요.]

빠르게 지나쳤지만 전음은 큰 소리로 귓가에 앉아 있었다.

해가 중천에 떠서 밝게 빛나고 있을 때 운소명은 백무원의 후원에 빗자루를 들고 나타났다. 그는 천천히 주변을 둘러보며 비질을 하다 작은 연못 주변에 정자가 있자 그곳에 앉았다. 주변의 시원한 공기가 코를 간질일 때 발소리와 함께 손수수가 눈에 들어왔다.

손수수는 운소명을 발견하자 빠른 걸음으로 다가와 정자의 난간에 기대어 섰다.

"오랜만이군."

"그러게."

"요즘 많이 바쁜 모양이야?"

"아무래도 백무원주가 된 지 얼마 안 되었으니 바쁠 수밖에 없지. 설마 성주님께서 나를 원주로 삼을 줄은 몰랐거든."

손수수의 목소리는 담담했고 특별한 감정이 담겨 있지 않았다. 운소명도 미묘한 그 변화를 읽은 후 씁쓸히 고개를 저었다.

"그런데 무슨 일로 불렀어?"

"성주님과 만났는데 좌천대주의 자리가 공석이니 그 자리에 네가 앉았으면 한다네."

"내가?"

운소명이 조금 의외라는 표정으로 묻자 손수수가 고개를 끄덕이며 말했다.

"백화성에 충성을 해야 한다는 조건이지만."

그 말에 운소명은 미소를 보이며 물었다.

"백화성에 충성하는 게 아니라 곡 성주에게 충성하면 안 되는 건가?"

"물론."

손수수의 당연하다는 말에 운소명은 자신도 모르게 옅은 비웃음을 입가에 걸었다.

"전에는 그래도 된다는 듯 말하더니… 자리가 사람을 바꾸는 건지. 하긴… 어차피 그거나 이거나 나에겐 큰 상관이 없는 이야기지만."

"무슨 말인데?"

"상관없다고. 할 생각이 없으니까."

운소명의 말에 손수수가 인상을 굳히며 말했다.

"성주님께서 직접 언급한 자리인데 거절이라니… 더욱이 좌천대의 대주라면 하고 싶어도 못하는 자리야. 거기다 내 옆에 있을 자리고."

"지금도 네 옆에는 있잖아?"

운소명은 손수수의 실망스러운 표정에 미소를 보였다. 그러자 손수수가 다시 말했다.

"지금하고 좌천대의 대주가 되었을 때하곤 많이 다르지."

"무슨 뜻인지 알아. 하지만 무림맹에서 살던 나야. 아무리 내가 무림맹을 싫어한다고 하지만 백화성의 사람으로 살기는 힘들어."

운소명의 말에 손수수는 눈을 빛내며 말했다.

"백화성의 사람으로 살라는 게 아니라 그냥 내 옆에 있어 달라는 뜻이야. 그것도 잡일꾼이 아니라 무인으로. 그 정도도 못해줘? 거짓으로 충성을 맹세할 수도 있잖아? 그런 거 잘하잖아, 남을 속이고 죽이는 일 말이야."

손수수의 말에 운소명의 표정이 굳어졌다. 과거에 대해서 말을 했기 때문이다. 애써 지워가고 있는 과거였다.

"더 이상 거짓으로 살기 싫어서 그런 거야."

운소명의 목소리가 조금 잠기자 손수수는 화난 표정을 풀었다. 자기가 생각해도 말을 심하게 한 것 같았기 때문이다. 하지만 사과하지는 않았다. 운소명에 대해서 그만큼 실망하고 있었기 때문이다.

"거절했다고 보고할게. 그리고 조만간 떠나. 더 이상 이런 관계… 아니, 너와의 관계나 너에 대한 내 감정이 불분명한 건 싫으니까."

손수수는 차갑게 말한 후 잠시 운소명을 쳐다보았다. 마음으로는 운소명이 자신의 손을 잡아주기를 바라고 있었다. 잡아만 준다면 지금 당장에라도 함께할 것이라고 마음먹었다. 하지만 운소명은 손을 잡지 않았고 그저 담담한 표정으로 연못만 쳐다볼 뿐이었다.

"흥!"

손수수는 싸늘한 표정으로 신형을 돌리며 걸어나갔다. 그녀의 모습이 멀어지자 운소명은 깊은숨을 내쉬었다.

"후우……!"

긴 숨소리에 수많은 감정들이 담겨 있는 듯 무겁게 가라앉았다. 운소명은 안색을 굳히며 주변을 둘러보았다. 누가 있어서 그런 게 아니라 심란했기 때문이다. 백화성에 와서 특별한 일이 없었다면 당장에라도 손수수와 함께했을 것이다. 하지만 자신의 부모가 누구인지, 누가 죽였는지 안 이상 생각이 달라질 수밖에 없었다.

지금은 그저 방황하고 있었다. 이런 경험을 겪어본 적도 없었고 이런 경험을 겪을 때 어떤 방법으로 헤쳐나가야 하는지 배운 적도 없었다. 그래서 방황했다. 결론을 내야 했기 때문이다. 아무리 부정한다 해도 마음이 흔들리는 것은 어쩔 수 없는 일이었다. 얼굴도 본 적 없기 때문에 차갑고 냉정하게 부모라는 덫을 피할 수도 있지만 발은 이미 덫에 걸려 버렸다.

* * *

성주로서 살아가는 생활이 처음에는 어색하고 자기 자신이 아닌 것 같은 기분이 들 때가 많았다. 그런 시간도 한 달이 지나 두 달째가 되자 이제는 자신이 이렇게 살아가기 위해서 태어난 게 아닐까 할 정도로 변해가고 있었다.

하루의 일과를 마치고 방에 들어왔을 때, 창문을 통해 찬바람이 불어오는 것을 느낀 곡비연은 잠시 걸음을 멈추고 창밖을 쳐다보았다. 마치 저 멀리 거울이 있는 것 같았고 그 거울이 자신을 비추고 있다는 기분이 들었다.

"음……."

문득 곡비연은 불어오는 찬바람 속에 담겨 있는 한줄기 살기에 안색을 굳혔다.

"놀랍군."

자신도 모르게 낮은 목소리로 중얼거렸다. 자신이 머무는 백화원까지 들어와서 은연중 살기를 보이는 인물은 없었다. 있다 해도 자신의 존재를 알리면서 다가왔다. 이는 성주인 곡비연에 대한 예우였고 또한 그녀의 신경을 거스르지 않겠다는 뜻이었다.

무엇보다 자신이 부르지도 않았는데 불쑥 나타난 살기라 더욱 기분이 나빠졌다.

'경비를 강화해야겠어.'

곡비연은 어둠이 내려앉은 창밖을 쳐다보며 은연중 자신

의 존재를 알리듯 기도를 뿌리기 시작했다. 그러자 상대도 그러한 곡비연의 강경한 기도를 알았는지 살기를 거두고 발소리를 내며 다가왔다.

"스륵!"

반쯤 어둠 속에 가려진 이는 곡비연도 익히 아는 인물이었다. 무엇보다 눈에 띈 것은 손에 들고 있는 유엽도였다. 도집도 없이 유엽도를 들고 나타난 운소명의 모습에 곡비연은 여러 가지 생각들을 정리할 수 있었다.

도집도 없이 나타난 것으로 보아 자신에게 볼일이 있다는 뜻으로, 운소명과 자신의 관계에서 그가 이렇게 나타날 정도의 일은 부모에 대한 일뿐이었다.

"놀랍군요. 아무리 당신의 무공이 대단하다 해도 이곳까지 무단으로 들어올 수는 없을 텐데 말이에요."

곡비연은 무공이 높아도 사람의 눈을 피할 수는 없다는 것을 잘 알고 있었다. 무엇보다 백화성의 정예무사들이라 불리는 이밀단의 무사들을 피해 왔다는 것이 대단하게 생각되었다.

이곳에 이밀단의 무사들을 피해 올 수 있는 인물은 암화단과 야휘뿐일 것이다. 그렇다면 운소명도 그들처럼 은신술과 잠행술을 익힌 것일까? 야행술을 익혀도 오기 힘든 곳을 운소명이 수월하게 왔다는 점에서 곡비연은 분명 그가 익히고 있을 거라 생각했다.

"잠시 이야기 좀 나눌 수 있겠소?"

운소명의 물음에 곡비연은 고개를 끄덕였다.

"물론이에요. 거기다… 저를 찾아올 거라 생각했었어요."

곡비연의 말에 운소명은 다시 말했다.

"이왕이면 아무도 없는 곳이 좋을 것 같은데……."

"그래요."

곡비연은 선선히 고개를 끄덕이며 밖으로 나와 운소명과 함께 어디론가 걸어가기 시작했다.

휘이이잉!

소나무 숲 사이로 바람이 강하게 불고 있었으며 바람을 따라 숲을 지나자 넓은 공터가 나타났다. 공터에는 백색 궁장의를 입은 곡비연과 삼 장의 거리를 두고 서 있는 운소명이 있었다.

자연스럽게 흘러나오는 두 사람의 기운이 부딪쳐 일어나는 바람이 사방으로 퍼지는 듯했다. 숲의 바람이 자연스럽게 생긴 것이 아니라 두 사람이 만드는 것처럼 보였다.

"여긴 아무리 소리를 질러도 아무도 안 오는 곳이에요. 성주만이 무공을 수련할 때 오는 장소니까요."

운소명은 주변에 아무도 없다는 것을 알았기에 고개를 끄덕였다.

"백화성의 성주만이 오는 곳에 내가 왔으니 영광으로 알

살심(殺心) 115

겠소."

"처음이에요, 여자가 아닌 남자가 이곳에 온 것은요."

곡비연의 의미심장한 말에 운소명은 굳은 표정을 보였다. 그러자 곡비연은 미소를 입가에 그렸다. 그 모습이 여유있어 보여서 그런 것일까? 운소명은 그녀가 조금 변했다는 생각이 들었다. 아니, 기도를 처음 느꼈을 때부터 그녀가 변해 있다는 것을 감지하고 있었다.

"성주가 되더니 좀 더 키가 큰 것 같소."

"환골탈태를 했으니 그런 게 아닐까요?"

"분위기부터 모든 게… 확실히 달라 보이오."

운소명의 말에 곡비연은 자신의 손을 들어 보며 말했다.

"저도 제가 달라진 게 아직 익숙지 않아요. 하지만 한 가지는 알겠어요, 제가 성주라는 사실이요."

곡비연의 말에 운소명은 그녀의 살기 짙은 칼날 같은 기도에 조금 놀란 듯 그녀의 모습을 눈에 담았다. 전체를 보아야 그녀가 어떤 행동을 하는지 볼 수 있었고, 그에 따라 자신도 대응할 수가 있었기 때문이다. 그만큼 곡비연은 경계해야 할 상대로 바뀌어 있었다.

"늦게나마 성주가 된 것을 감축드리오."

"고마워요."

고개를 끄덕인 곡비연은 여전히 미소를 보이며 물었다.

"그런데 저를 보자고 한 이유가 무엇인가요? 설마 부모님에 대한 복수 때문이가요? 얼굴도 기억에 남아 있지 않은 제 숙부가 죽여서? 그 원한을 풀고 싶어 부른 것인가요?"

운소명은 곡비연의 물음에 아무런 대답도 하지 않았다. 너무 정확하게 정곡을 찌르는 질문이었기 때문이다. 또한 은연중 일어난 살기가 이미 곡비연에게 말보다 먼저 대답을 들려준 상태였다.

"복수는 하고 싶은데… 복수할 상대는 죽었고. 기분은 여전히 복수를 하고 싶고… 그러니 그 칼날이 친척에게 돌아가겠지요. 그게 백화성의 성주라 해도 말이에요."

운소명은 여전히 대답하지 않았다. 그리고 무언이 긍정이란 것도 곡비연은 잘 알고 있었다. 또한 자신도 그런 기분을 느끼면서 살아왔기에 운소명의 마음을 다는 아니라도 어느 정도 알고 있었다.

"힘을 얻었는데 그 힘이 어느 정도인지 저도 궁금했어요. 그런데 마침 시험할 상대가 나타났으니 기분이 좋군요."

"죽일지도 모르오."

운소명의 담담한 목소리에 곡비연은 싸늘하게 눈을 반짝이기 시작했다. 하지만 목소리에 담긴 한없이 차가운 한기는 지금까지 겪어보지 못한 강렬함이었다. 그만큼 운소명의 냉기는 차가웠다.

"기분이 풀릴 때까지 손속을 겨루어보아요. 당신의 진정한 실력이 궁금하군요."

살심(殺心)

"그렇게 할 생각이었소."

쉭!

말이 끝남과 동시에 먼저 움직인 것은 운소명이었다. 그의 신형이 전광석화(電光石火)처럼 잔상을 남기며 곡비연의 복부를 지나쳐 갔다.

第四章
기분 나쁜 만남

기분 나쁜 만남

파팡!
 공기가 터져 나가는 듯한 소리가 숲 사이로 흘러들어 갔다. 그 속에서 두 명의 그림자가 빠르게 움직이고 있었고, 뇌전이 피어나는 듯한 빛이 가끔 두 사람 사이에서 피어나고 있었다.
 땅!
 금속음과 함께 뒤로 날아간 운소명의 신형이 공터의 중앙에 내려섰다. 그 앞으로 바람처럼 다가온 곡비연은 양손을 늘어뜨린 채 서 있었다. 소매에 가려진 손이 어떤 모양인지 궁금한 듯 운소명은 그녀의 상체를 눈에 담았다. 다른 이유가 있어서가 아니라 손에서 흘러나오는 경기가 상당히 강력했기 때문이다.

"무슨 무공이오?"

운소명은 붉은 빛이 반짝거리는 것을 끊임없이 막으며 공격을 감행했지만 여지없이 반격이 들어오자 상당히 놀라고 있었다. 자신의 무공에 대한 파훼법을 마치 다 알고 있는 사람처럼 보였다.

"백화성의 성주가 사용하는 무공은 백화요결밖에 없어요. 운 소협의 무공은 무엇인가요? 상당한 쾌도이던데?"

곡비연의 물음에 운소명은 자신도 모르게 미소를 보였다.

"소명도법이오."

도법의 이름을 말하니 왠지 모르게 창피한 기분이 들었다. 도법의 이름을 자신이 사용하는 이름으로 했기 때문이다. 그 말에 곡비연도 미소를 보였다. 운소명의 이름과 같았기 때문이다.

"자신의 이름을 붙였다는 것은 자신이 만들었다는 뜻인데… 정말 대단하세요. 당신은 어쩌면 천재일지도 몰라요. 아니, 천재라고 봐야지요. 무학의 대종사가 아니라면 무공을 창조하기 어려우니까요."

곡비연의 칭찬에 운소명은 계면쩍은 표정으로 손을 저었다.

"그렇지도 않소. 거기다 이 무공은 내가 만든 게 아니라 그저 있던 것에 조금 살을 붙인 것뿐이오."

운소명의 말에 곡비연은 그래도 대단하다는 표정을 보이더니 곧 미소를 거두며 말했다.

"그럼 다시 시작해 볼까요? 한 가지 말하고 싶은 게 있는데 소명도법은 조금 식상하군요. 저는 이상하게도 한 번 본 무공은 금세 기억해서요."

곡비연의 말에 운소명은 눈을 빛내며 살기를 뿌리기 시작했다. 어떻게 보면 정말 거만하고 광오한 말일 수 있으나 곡비연이 한 말이라 그렇게 들리지도 않았다.

"불과 몇 달 전만 하더라도 꽃 한 송이 꺾지 못할 것 같던 사람이 이렇게 변하다니, 절로 감탄할 뿐이오."

"저도 놀라고 있어요. 그리고 시험하고 싶어요. 이게 끝은 아니지 않나요?"

곡비연의 말에 운소명은 미미하게 고개를 끄덕이며 도를 잡은 손에 힘을 주었다. 그러자 강한 살기가 푸른 빛으로 유형화되어 나타나기 시작했다.

쉭!

바람처럼 먼저 움직인 것은 운소명이었다. 곡비연은 다가오는 운소명을 향해 반보 옆으로 피하며 손가락을 튕겼다.

피핏!

세 개의 혈빛이 번뜩이며 운소명의 미간을 향했고, 운소명은 강한 도기를 발산하며 일 장의 거리에서 곡비연을 반쪽으로 만들듯 내리찍었다.

팟!

 순간 번개 같은 섬광과 함께 거대한 푸른 도가 세 개의 혈빛을 집어삼킨 채 곡비연의 머리를 강타했다. 곡비연의 손이 붉은 강기에 감싸이며 위로 올라간 것도 그때였다.

 쾅!

 폭음과 함께 뒤로 물러선 운소명은 자신의 도강이 순식간에 붉은 강기에 사라지는 것을 알곤 깜짝 놀란 표정을 지었다. 마치 바위에 계란이 부딪쳐 깨지듯 자신의 도강이 갈라지는 듯한 기분이었다.

 피핏!

 순간 두 개의 붉은 점이 날아들었다. 곡비연의 특기인지 아까부터 그녀는 지공을 보였고, 운소명은 당황함을 감추며 도면을 들어 막았다.

 쿵! 쿵!

 도면에 닿아 사라지는 지공의 힘이 큰 충격음과 함께 육중한 무거움을 동반해 강타했다. 운소명의 신형이 절로 뒤로 세 걸음이나 물러섰다.

 "혈점지(血漸指)라 불려요. 어울리지 않나요?"

 곡비연의 목소리에 혈점지와 부딪친 도면을 본 운소명은 마치 못에 찍힌 것처럼 움푹 파여 들어간 모습을 확인할 수 있었다. 자신의 내력에 둘러싸인 강철로 된 도에 이런 홈을 만들 정도의 위력이라면 적어도 호신강기는 우습게 뚫을 수 있다는 뜻이었고, 웬만한 무기들은 그냥 뚫고 들어간다는 뜻이기도 했다.

무기도 호신강기도 뚫을 수 있을 정도로 혈점지는 강력한 지공이었고 눈앞에 서 있는 곡비연은 대단한 무인이었다. 그것을 새삼스럽게 다시 알게 되자 절로 눈에 한기와 함께 강렬한 살기가 감돌기 시작했고 전신의 근육이 팽팽하게 당겨지기 시작했다.

"과연 백화성주의 무공이 어느 정도인지 눈으로 확인하겠소."

자세를 살짝 낮춘 운소명의 전신에서 지금까지와 다른 투기(鬪氣)가 발산되자 곡비연이 안색을 바꾸었다. 하지만 여전히 표정은 여유가 있었고 담담했다.

"당신 눈이 아니라 마음에 기억되게 하고 싶군요."

자세를 바꾼 곡비연의 전신으로 아지랑이 같은 기운이 회오리치듯 전신을 감싸고 돌기 시작했다. 그 모습에 운소명의 눈동자가 퍼렇게 빛나더니 어느 순간 곡비연의 눈앞으로 뇌전(雷電)의 푸른빛과 함께 날아들었다.

쉬악!

바람을 가르고 날아드는 거대한 푸른 도의 모습에 곡비연은 자신의 허리에 차고 있던 연검을 꺼내 들었다. 순간 붉은빛이 검에서 피어나더니 찔러오는 거대한 도를 정면으로 찔렀다.

기분 나쁜 만남 125

쿵!

 육중한 소리와 함께 둘의 신형이 발목까지 땅 밑으로 꺼졌다.

 쩡!

 마치 유리가 깨지는 듯한 소리와 함께 거대한 푸른 도와 붉은 검영이 조각나 허공중에서 사라졌다. 그 찰나의 순간 운소명의 신형이 낮게 회전을 그리며 하체와 상체를 동시에 베어가자 거대한 도가 순간적으로 나타나 곡비연을 삼 등분하였다.

 파팟!

 공기를 가르는 날카로운 소리와 함께 도강의 범위를 어느새 벗어난 곡비연은 자신의 잔상이 베어지는 것을 보곤 왼손으로 혈점지를 날린 후 빠르게 다가갔다.

 쉬쉭!

 바람처럼 날아드는 두 가닥 혈점지와 그 뒤로 바람처럼 따라오는 곡비연의 모습을 동시에 눈에 담았다.

 운소명은 푸른 도강 속에 자신의 모습을 감추며 반혼도법의 이초인 나락이도(奈落二刀)를 펼쳤다. 거대한 푸른 도가 혈점지를 좌로 베어버리고, 또 하나의 거대 도가 급작스럽게 위에서 아래로 내려치듯 나타나 곡비연을 찍었다. 순간 곡비연의 오른손에서 붉은 검영이 거대하게 번뜩였다.

 팍!

공기가 터지는 듯한 소리와 함께 푸른 도가 산산이 조각나 사라졌고 곡비연은 사라지는 도강 사이로 날아와 운소명의 목을 찔렀다. 운소명은 붉은 검의 모습에 그 검이 악마처럼 느껴졌다. 자신의 도강을 그것도 두 번씩이나 파괴한 검이었기 때문이다.

'마치 혈귀(血鬼) 같구나.'

차가운 표정으로 검끝이 가까이 다가오는 것을 본 운소명은 마치 땅으로 꺼지듯 사라졌다. 순간 곡비연의 전신으로 세 개의 거대한 푸른 도가 찔러갔다. 반혼도법의 삼초인 단혼삼도(斷魂三刀)였다.

"......!"

곡비연도 상당히 놀란 듯 눈을 부릅뜨며 번개처럼 백화요결의 사결인 변결(變結)을 이용해 몸을 움직였고, 동시에 이결인 파결(破結)로 검강을 펼쳤다.

파파팟!

세 개의 거대 도 중 두 개가 파결의 기운이 담긴 검강과 부딪쳐 조각나듯 사라졌다. 하지만 나머지 하나는 파괴하지 못하였다.

쾅!

강한 폭음과 함께 먼지가 일어나면서 곡비연의 잔상이 흐릿하게 사라지자 그 자리에 십여 개의 도광과 함께 운소명의 모습이 나타났다. 도광은 피어나는 먼지를 베어버렸고 곡비연의 잔상을 흩어지게 하였다.

"흠……."

운소명은 삼 장이나 떨어진 곳에 서 있는 곡비연을 발견하곤 눈을 빛냈다. 그녀의 양 소매가 수십 조각으로 갈라져 있었기 때문이다. 자신의 도강을 완전하게 피하지는 못하였다는 것을 알았다.

"제가 아끼는 옷인데……."

곡비연은 자신의 소매를 둘러보며 고개를 저었다. 그런 그녀의 표정은 전과는 다르게 상당히 굳어져 있었다. 지금까지 백화요결의 일결인 살결과 이결인 파결만을 이용해 운소명을 상대하고 있었는데, 이제는 그것만으로 부족하다는 것을 알았기 때문에 내심 놀라고 있었다.

파결은 상대의 내력을 파괴하는 목적의 무공이었다. 물론 검강을 이끌어낼 만큼의 내력도 필요하지만 살결의 도움도 필요했다. 인체의 사혈만을 보는 살결을 극성으로 익혀야 기의 흐름을 끊어놓을 수 있는 절맥(絶脈)도 볼 수 있게 되기 때문이다. 극성의 살결과 파결은 운소명이 반혼도법을 펼칠 때 푸른 도강의 절맥을 보여주었다.

곡비연은 그 절맥을 찔러 운소명의 도강을 조각내어 버렸고 내부에 파결의 힘을 심어 내상을 유도했다. 하지만 운소명의 내력도 범상치 않아 파결의 힘이 닿았는데도 내상을 입히지는 못하였다.

"당신은 알면 알수록 대단한 사람이군요."

곡비연은 자신도 모르게 중얼거렸다. 자신과 내력이 비슷한 수준이 아닐까 하는 생각도 잠깐 들었다. 파결은 분명 내상을 입혀 상대를 죽이는 내가중수법인데 운소명에겐 세 번의 파결이 모두 통하지 않았기 때문이다.

"과찬이오."

"아니에요. 설마하니 제가 백화요결을 이렇게까지 오랫동안 쓸 줄은 몰랐어요. 부디… 제 무공을 모두 시험하게 해주세요."

스르륵!

말이 끝나자 그녀의 연검이 허공에 떠오르며 붉게 변해 마치 붉은 막대기 하나가 떠 있는 것처럼 보였다.

'이기어검?'

운소명은 문득 검공의 최고봉 중 하나라는 이기어검이 머릿속에 스쳐 갔다. 그때 더욱 놀라운 일이 일어났다. 붉은 검영이 세 개가 더 생겨났기 때문이다. 그렇게 네 개의 붉은 검영은 곡비연의 주변을 맴돌기 시작했다.

곡비연은 백화요결의 삼결인 산결(散結)을 펼쳤다. 설마 운소명에게 삼결까지 쓰게 될 줄은 몰랐다. 전대 성주도 평생 살면서 산결을 펼친 적이 손에 꼽았다고 들었기 때문에 펼칠 리 없다고 여겼다. 그만큼 운소명은 어려운 상대라는 뜻이었다.

웅! 웅!

네 개의 붉은 검영이 만들어내는 울음소리가 심상치 않았다. 운소명은 내력을 극성으로 끌어올리며 호신강기를 단단하게 함과 동시에 도를 더욱 강하게 움켜잡았다.

"조심하세요. 저도 제어하는 데 자신없으니 말이에요."

곡비연은 친절히 말하며 이내 눈을 번뜩였다. 순간 네 개의 붉은 검영이 '쉬아악!' 거리는 강한 바람 소리와 함께 운소명을 향해 날아들었다.

"핫!"

운소명은 기합성과 함께 강력한 도기를 펼치며 빠르게 회전하였다. 그러자 회풍과 함께 백색 도기가 하나씩 생겨나더니 이내 회풍에 휘감겨 회오리치는 도막을 만들었다. 소명삼식의 삼식인 풍사륜(風絲輪)을 극성으로 펼치는 중이었다. 운소명은 자신이 아는 가장 강한 방어 초식을 펼친 것이다.

휙!

곡비연이 오른손을 위로 올리자 날아가던 네 개의 검영이 허공으로 솟구쳤다. 풍사륜의 강력함을 자신의 검강이 뚫고 들어갈 수는 있다고 믿었으나 운소명에게 치명적인 상처를 줄 수 없다고 판단했다. 곡비연은 오른손을 위로 들어 올림과 동시에 왼손을 앞으로 내밀었다.

쉬쉬쉭!

바람 소리와 함께 혈점지가 다섯 개의 번개처럼 풍사륜을 펼치는 운소명의 회풍 속으로 쏟아져 갔다. 동시에 주변에 굴러다니던 수십 개의 돌 조각들이 허공중에 떠올랐다. 곡비연의 눈이 번뜩이자 허공에 떠 있던 돌 조각들이 마치 약속이라도 한 듯 운소명의 회풍을 향해 폭사해 갔다.

콰콰쾅!

강력한 폭음과 함께 풍사륜의 도막이 찢어지며 운소명의 신형이 회전을 멈추었다. 운소명이 낮은 자세로 모습을 보이는 순간, 곡비연의 오른손이 밑으로 내려왔다.

슈아악!

순간 바람을 가르며 사방을 점한 네 개의 검영이 기다렸다는 듯이 운소명을 향해 폭사해 갔다. 운소명의 눈이 퍼렇게 빛남과 동시에 땅을 향해 도를 찍었다.

쾅!

폭음과 함께 허공중으로 네 개의 거대한 도가 마치 사방을 방패처럼 막아주듯 솟구쳤다. 반혼도법의 일초식인 심혼일도(心魂一刀)를 연속적으로 펼친 것이다.

콰콰쾅!

붉은 검영과 거대한 도강이 부딪치자 강력한 폭음과 거대한 먼지구름이 솟구쳤다.

쉬악!

바람처럼 먼지를 가르며 운소명의 신형이 굳은 표정으로 서 있는 곡비연을 향해 날아들었다. 곡비연은 운소명의 모습이 거대한 도에 가려 사라진 것을 확인하자 눈을 빛내며 오른손을 앞으로 내밀었다.

"……!"

그때였다. 운소명은 곡비연의 손에 연검이 없다는 것을 확인했다. 좀 전에 자신의 도강과 부딪쳐 사라진 네 개의 검영 중 분명 하나는 손에 쥔 연검이었다. 그 연검이 손에 없다는 것을 이제야 본 운소명은 '아차!' 하는 마음으로 주변에서 연검을 찾았다. 그리고 자신의 바로 위에 있다는 것을 느낀 운소명은 급박하게 몸을 뒤집었다.

쉭!

"흡!"

허공에서 얼굴로 떨어져 내리는 붉은 번개의 모습에 절로 호흡을 들이마신 운소명은 내력을 모아 받아쳤다. 두개의 거대한 푸른 도가 땅에서 솟구치듯 운소명을 지나 붉은 검영과 부딪쳤다.

쾅!

강력한 폭음과 함께 땅이 꺼지듯 주저앉으며 먼지가 솟구쳤다.

곡비연은 허공에서 떨어지는 연검을 손에 쥐며, 방원 삼 장여의 공간이 둥글게 파고들어 간 구덩이를 쳐다보았다. 그 안에 누워 있는 운소명의 모습이 눈에 들어왔다. 헝클어진 머리카락은 바람에 휘날리고 있었으며 옷은 군데군데 구멍이 나 있었고 핏자국이 보였다. 강기무공이다 보니 옷이 터지면서 살이 터진 듯했다. 호신강기가 약해진 부위가 다친 것이다.

"저는 만족했는데 운 소협은 아닌가 보군요."

여전히 줄지 않는 운소명의 투기에 곡비연은 말했다. 운소명은 자신의 도를 들다 모래처럼 흩어지는 도의 모습에 아미를 찌푸렸다.

"백화요결은 소문으로 듣는 것보다 직접 몸으로 체험해야 그 위력을 알겠소."

운소명은 낮은 음성으로 중얼거리며 천천히 일어섰다. 그는 옷에 묻은 흙과 먼지를 털며 고개를 저었다.

"대단한 것 같소."

운소명의 말속에 진심이 담겨 있는 듯하자 곡비연은 고개를 미미하게 끄덕였다.

"저도 놀라고 있어요. 이렇게 마음 놓고 무공을 펼쳐 본 적이 없었기에 더욱 스스로에게 놀라고 있어요."

"사과하리다."

"무엇을요?"

곡비연이 급작스러운 운소명의 말에 눈을 동그랗게 떴다. 그러자 운소명이 말했다.

"실전 경험이 전무하다고 생각해 사실 좀 가볍게 여긴 마음도 있었소. 미안하오. 하지만 마지막은 진심으로 싸웠소이다."

운소명의 말에 곡비연은 고개를 끄덕이며 미소를 보였다.

"그럼 이제 복수심에 대해선 마음 놓아도 되는 것인가요?"

"물론이오."

운소명은 고개를 끄덕였다. 서로의 손속을 교환하면서 자신의 마음을 진심으로 알아버린 듯했다. 부모님에 대한 복수심보다 백화성주가 사용하는 백화요결에 대한 호기심이 더욱 컸다는 점을 말이다. 자신도 조금씩 무인이 되어가고 있다는 사실을 실감하였다. 그것만 있으면 된다고 여겼다. 무인이 되고 싶었고 무인이 되기를 바라고 있었기 때문이다.

"운 소협은 강한 사람이에요. 제가 진심으로 무공을 펼쳤으니까요."

"고맙소."

"그렇기 때문에 놓치고 싶지 않군요. 저와 함께 백화성을 이끌어주세요."

곡비연의 진심 어린 말에 운소명은 살짝 아미를 찌푸리다 말했다.

"조금… 아주 조금 생각할 시간을 줄 수 있겠소?"

"물론이에요."

곡비연은 흔쾌히 고개를 끄덕이며 승낙했다.

"고맙소."

말을 한 운소명은 안색이 바뀌더니 곧 피를 토하며 기침을 하기 시작했다. 곡비연은 이미 그가 내상을 입었다는 사실을 알았기에 가까이 가려다 자신이 성주라는 사실을 자각하고 냉정한 표정으로 신형을 돌렸다.

"그럼 저는 가볼게요. 운기를 하신 후 조용히 처소로 돌아가세요."

"알겠소."

운소명은 곧 눈을 감고 자리에 앉아 운기하기 시작했다. 운소명의 숨소리가 고르게 변하자 곡비연은 천천히 자신의 방으로 걸음을 옮기기 시작했다. 그런 그녀의 뇌리엔 운소명의 무공이 떠나지 않고 있었다.

* * *

반혼도법을 이토록 마음먹고 펼쳐 본 적은 처음이었다. 상대가 상대이다 보니 최선을 다할 수밖에 없었고, 그 결과 상대의 무공에 놀라야 했다. 반혼도법은 자신이 아는 한 최강의 도법이었다. 그런 도법을 쉽게 파괴하는 백화요결의 힘은 무엇일까? 운소명은 운기를 마치고 자신의 방으로 돌아와 백화요결에 대해서 생각하기 시작했다.

'특별하다고 해야 하나?'

운소명은 반혼도법의 도강을 손쉽게 파괴하고 오히려 자신의 호신강기마저 뚫고 들어온 곡비연의 내력을 떠올렸다.

물리적으로 이해할 수가 없는 일이었고 강기를 산산이 조각 내는 무공에 대해선 들어본 적이 없었다. 하지만 백화요결은 분명 자신의 강기를 마치 유리 조각처럼 부숴놓았다. 그게 백화요결의 파결이란 사실을 잘 모르는 운소명이었기에 궁금할 수밖에 없었다. 언제 다시 자신의 강기를 산산이 조각 내는 내력을 소유한 인물과 만날지 모르기 때문이다. 그에 대한 대비를 하기 위해서 고민하였다.

'힘들구나, 힘들어······.'

운소명은 자신이 아는 여러 종류의 무공들을 떠올리며 곡비연의 무공과 겨루었지만 쉽게 이기지 못하였다.

머릿속은 엉망이 되었고 많은 생각 때문에 산만하기 그지없었다. 그런 가운데 날이 밝아오자 운소명은 깊은 한숨과 함께 잠을 청하였다. 오늘은 몸이 피곤해 아무것도 못할 것 같았다. 일어나기도 힘들었고 온몸의 근육이 아직도 경직된 상태에서 풀리지 않았다. 그만큼 곡비연과의 일전은 그에게 힘든 일이었다.

'부모님에 대한 복수보다 백화성주의 무공이 더욱 신경 쓰이는 이유는 내가 부모님에 대해서 그만큼 적게 생각했기 때문일까? 아니면 얼굴도 모르는 사람임에도 굳이 자식의 도리를 지키려 하는 인간 본연의 마음 때문일까? 후후··· 내가 그렇게 따뜻한 사람이었던가?'

운소명은 씁쓸한 표정으로 고개를 저으며 잠을 청했다.

운기를 마치고 눈을 뜨자 해는 이미 중천을 지나고 있었다. 곡비연은 대주천을 하고 나서야 몸이 어느 정도 안정된 것을 느끼곤 새삼스럽게 운소명의 무공이 대단하단 생각을 했다. 머릿속은 여전히 반혼도법의 위력이 떠나질 않고 있었다. 눈앞에서도 푸른빛의 거대한 도가 자신을 겨누고 있는 것 같은 환영이 보이자 곡비연은 아미를 찌푸렸다.

"무슨 도법이기에……."

곡비연은 강호에 무수히 많은 무공이 있다는 것을 알지만 극상승의 무공 중에 강기로 유형화된 푸른 도의 이야기는 들어본 적이 없었다.

"백무원주가 왔습니다."

"곧 가지요."

문밖에서 시비의 목소리가 들리자 곡비연은 방을 나와 객실로 향했다.

"아침부터 와서 기다리는 중이었습니다."

"그랬군요."

곡비연은 자신이 새벽에 방에 들어올 때 손수수를 부른 사실을 떠올렸다. 설마하니 운기를 하는 동안 이렇게 시간이 흐를 줄은 몰랐다. 곡비연은 빠른 걸음으로 객실에 들어섰다.

"기다리게 해서 미안해요."

곡비연이 들어오자 자리에서 일어선 손수수는 곡비연의

말에 고개를 저으며 대답했다.
"아닙니다."
"앉지요."
 곡비연이 자리를 권하고 앉자 뒤이어 앉은 손수수는 곡비연의 표정이 조금 밝아진 것을 느꼈다. 왠지 모르게 마음속에 쌓아두었던 울화를 모두 다 풀어버린 사람처럼 보인다고 할까? 어제와는 달리 상당히 맑은 눈동자였다.
"무슨 좋은 일이라도 있는 모양입니다."
"그렇게 보이나요?"
"네, 그렇습니다."
 손수수가 고개를 끄덕이며 미소를 보이자 곡비연은 마주 웃으며 말했다.
"음… 몸에 쌓였던 악기(惡氣)가 빠져나간 기분이랄까? 마음껏 몸을 움직였더니 상쾌한 기분이 된 거라고 할까요? 후후."
 가만히 미소 짓는 곡비연의 모습에 손수수는 간밤에 성주인 곡비연에게 기분 좋은 일이 있었다고 확신했다.
"무슨 일이 있었군요?"
 손수수의 물음에 곡비연은 고개를 끄덕이며 말했다.
"그래요. 간밤에 운 소협하고 신나게 싸웠지요. 그렇게 한 번 신나게 싸우고 났더니 왠지 기분이 좋네요. 몸에서 땀이 나서 그런가요? 이런 기분 때문에 무공을 수련하는 것 같아요."

"그랬군요."

손수수는 조금 놀란 표정으로 바라보다 이내 무언가를 생각하는 듯 대답했다.

"어디 다치신 곳은 없으십니까?"

"아니에요. 다친 곳은 없어요."

"설마 그자가 불경한 의도로 성주님을 공격한 것은 아니지요?"

"설마요. 오랜만에 찾아와서 조금 손속을 겨룬다는 게 열중하다 보니 땀을 흘리게 되었네요."

곡비연의 대답에 손수수는 속으로 안도의 한숨을 내쉬었다. 혹시라도 운소명이 곡비연에게 암습이라도 가했다면 큰일이기 때문이다. 무엇보다 운소명은 암습에 관해선 최고였고, 아무리 과거의 기억을 숨기려 해도 몸은 여전히 기억하고 있을 것이 분명했다.

거기다 무공까지 높아진 지금 그가 마음먹었다면 과연 천하에 몇이나 그의 비수를 피해갈 수 있을까? 거의 없다고 봐도 무방했다.

"어제의 일로 운 소협도 마음의 짐을 어느 정도 던 것 같으니 다시 한 번 그에게 백화성에서 함께 지내자고 권유를 해보세요."

"그렇게 하지요. 하지만 또 권유를 무시하면 더 이상 그가 백화성에 남기를 바라면 안 될 것 같습니다."

"그렇겠지요. 몇 번이고 권유를 했는데도 거절을 하니… 이번이 마지막이라 생각하세요."

"예. 그럼 그가 거절할 경우에는 어떻게 할까요? 본 성에서 지낸 이상 다른 곳에 가는 것을 그냥 묵과할 수는 없습니다."

손수수는 자신의 감정을 숨기고 냉정하게 말했다. 그러자 곡비연은 의외라는 듯 손수수를 쳐다보았다. 그녀는 자신과는 다르게 운소명과 어느 정도 인연이 있는 사람이었기 때문이다. 그런 그녀가 냉정하게 말하자 둘 사이에 무슨 문제가 있는 듯 보였다.

"그의 무공은 확실히 대단해요. 죽이기엔 아깝지요. 거기다 나이도 젊고 앞으로 미래가 있는 사람이에요. 또한 머리도 좋은 듯해요. 인재를 죽인다는 건… 정말 아까운 일이에요."

곡비연은 낮은 목소리로 말하며 잠시 갈등했다. 그가 백화성을 떠난다면 그의 처분을 어찌해야 할지 몰랐기 때문이다. 그렇다고 죽일 수도 없었다. 그에겐 마음속의 빛이 있었기 때문이다.

"그가 떠난다면 그것도 어쩔 수 없는 일이지요. 일단 본 성에 대해 어떠한 말도 꺼내지 않겠다는 각서를 받은 후에 보내도 보내야 할 거예요."

"알겠습니다. 하나 무림맹으로 간다면 본 성의 입장에선 위험한 자입니다."

"무림맹에서 그를 받아주지 않을 거예요. 그들은 아무리 능력이 좋아도 출신을 따지기 때문이죠. 그의 출신은 절대 무림맹이 원하는 바가 아니에요. 그가 무림맹에 간다면 그의 출신에 대해서 무림맹에 알려주면 그만이에요. 반쪽 피가 백화성인 그자를 무림맹이 가만히 둘 리 없으니까요."

곡비연은 이미 운소명이 이곳에 남지 않을 거란 걸 예상하고 있었는지도 모른다. 문득 손수수는 그런 생각이 들었다. 그리고 곡비연의 말처럼 그리 대처한다면 그가 무림맹으로 가는 것은 막을 수 있을 것이라 판단했다.

"잘 알겠습니다."

"그리고 이왕이면 이번 무림맹주와의 회담에 일꾼으로 그를 데려갔으면 해요. 혹시 모르니 비밀위사는 필요하잖아요."

"예, 알겠습니다."

손수수는 곡비연의 결정에 반대하지 않았다. 한 사람이라도 더 안전을 위해 곁에 있다면 좋기 때문이다.

"과연 무림맹주가 어떤 말을 할지 기대가 되네요."

곡비연은 밝은 미소를 보이며 마치 소풍이라도 가는 듯한 표정으로 말한 후 내부에 관한 여러 가지 일들에 대해 이야기를 나누기 시작했다.

저녁이 돼서야 성주의 거처에서 나온 손수수는 곧장 자신의 방으로 향했다. 그녀가 나오자 기다렸다는 듯이 안여정과 노화가 따랐다. 안여정은 며칠 전 좌천대의 대주가 되었고, 노화는 부대주가 되어 손수수를 보좌하게 되었다.

"좌천대는 요즘 분위기가 어때?"

손수수는 좌천대의 기존 대원들과 새롭게 충원된 인원들 간의 갈등이 있지 않나 궁금했다. 그녀의 물음에 안여정과 노화는 살짝 아미를 찌푸렸다.

"아무래도 처음으로 밑에 사백이라는 대단위의 수하들을 거느리다 보니 생각만큼 그들을 다스리는 게 쉽지는 않아요. 하지만 노력해야죠."

"아직 어수선한 편이에요. 빠른 시간 안에 안정을 취하도록 할게요."

"그래… 그렇군."

손수수는 낮은 목소리로 말하며 고개를 끄덕였으나 표정은 굳어 있었다. 좌천대는 백무원의 좌우 날개라고 할 수 있는 정예였다. 좌우천대의 막강함은 전 중원에 널리 알려져 있었다. 그런데 그런 좌천대가 흔들리고 있으니 걱정이 안 될 수가 없었다. 그렇다고 힘으로 제압해 강제로 화합하게 할 수는 없었다.

"시간을 들여 천천히 정예화를 시키라고. 도움이 필요하면 언제든지 말하고 말이야."

"예."

안여정이 대답하자 손수수는 고개를 끄덕인 후 노화에게 말했다.

"노화는 가서 운소명을 불러와. 긴히 할 말이 있으니까."

"예. 알겠습니다."

노화가 대답한 후 재빠르게 방향을 돌려 운소명의 거처로 향했다. 그러자 안여정이 궁금하단 표정으로 물었다.

"그 녀석은 또 무엇 때문에 보려는 것입니까?

"성주님께서 중용하고 싶어하셔서 보자고 한 것뿐이야. 다른 건 몰라도 그의 무공은 뛰어나잖아? 그냥 두기엔 아깝다고 생각한 모양이셔."

그 말에 안여정은 살짝 입술을 내밀며 인상을 찌푸렸다. 사실 좌천대의 대주 자리는 그의 자리였다. 하나 그가 거절했기에 자신이 앉을 수 있었고, 그 사실을 정확히 알고 있는 안여정이었다. 그러다 보니 자연스럽게 운소명을 경계할 수밖에 없었다.

"사람을 다스리는 일은 쉬운 게 아니야. 위엄도 있어야 하지만 언제나 수하들의 목숨이 네 손에 달려 있다는 점을 기억해야 할 거야."

"알겠습니다."

손수수의 말에 안여정은 고개를 숙이며 기억해야 한다는 듯 눈을 반짝였다. 곧 둘은 백무원의 집무실로 들어섰다. 그러자 미리 와서 기다렸다는 듯이 우천대주인 신유가 자리에서 일어나 허리를 숙였다.

"신유가 인사드립니다."

"앉으세요."

신유는 곧 자리에 앉으며 반대편에 앉은 안여정에게 가볍게 눈인사를 하였다. 좌우로 둘을 놓고 중앙에 앉은 손수수가 천천히 입을 열었다.

"무림맹주와의 회담에서 우천대가 저와 함께 가기로 했으니 준비해 주세요."

"영광입니다."

우천대주인 신유는 성주인 곡비연의 호위로 백무원에서 우천대가 나간다는 말에 상당히 고무된 표정이었다. 성주인 곡비연을 호위하는 것 자체가 명예였기 때문이다. 반대로 안여정은 살짝 실망한 표정을 보였으나 대주가 된 지 얼마 안 돼 어쩔 수 없다는 것을 알기에 무리없이 받아들였다.

"그리고 좌천대의 남은 부대주의 자리에 누구를 임명할지도 고민인데… 신 대주는 혹시 추천할 만한 인물이 없나요? 오 년 동안 우천대주에 있었으니 좌천대에 대해서 저희보다 더 잘 아실 것 같아 물어보는 거예요."

"예, 원주님."

신유는 대답하며 머릿속으로 여러 인물들을 떠올리다 생각난 듯 말했다.

"좌천대의 십부장 중 우근이란 인물이 있습니다. 그는 이십 년 동안 좌천대에 있었고 무엇보다 본 성에 대한 충성심이 높은 인물입니다. 또한 최고참이면서 인망도 좋아 그를 좋아하는 대원들이 상당합니다."

"그렇군요. 그렇다면 우근이란 자를 좌천대의 남은 부대주에 임명하는 것이 좋겠어요. 좌천대주는? 봤을 텐데 그자에 대해서 어떤 느낌이 들었지?"

"나이답지 않게 맑은 눈을 가진 자입니다."

손수수는 안여정의 대답에 그녀가 반대하지 않는다는 것을 읽곤 고개를 끄덕였다.

"그럼 우근을 남은 좌천대의 부대주로 임명할 테니 그렇게 전하고."

"예."

"신 대주는 돌아가면 우천대와 함께 출발 준비를 해주세요. 미리 추운봉으로 출발해 성주님이 오시기 전까지 주변을 정리해야 하니까요."

"알겠습니다. 그런데 저희 말고도 어디에서 추운봉으로 가는지 알 수 있겠습니까?"

신유의 물음에 손수수가 대답했다.

"일단 정해진 것은 성주님의 직속인 이밀단과 호법장로님이세요. 그 외에 칠성당과 칠각은 아직 정하지 않았어요. 무림맹의 인원이 아직 파악되지 않았기 때문에 저희도 정하지 않았어요. 그들이 정보를 알려주면 저희도 거기에 맞추어 인

기분 나쁜 만남

원을 조절할 생각이에요. 백문원주님은 성주님이 부재시니 이곳에 계실 거구요."

손수수의 말에 신유가 말했다.

"알겠습니다."

신유는 대답하며 손수수의 표정을 살폈다. 무심하면서도 투명한 눈동자가 그의 눈에 들어왔다. 문득 손수수가 백무원주가 되었을 때 그녀와 대결했던 기억이 떠올랐다. 백무원주로 인정받을 만한 실력인지 직접 눈으로 확인하고 싶었기 때문이다.

그리고 그녀의 놀라운 실력에 감탄하며 패배를 인정해야 했다. 무엇보다 그녀가 검강을 구사하는 고수라는 사실이 놀라웠고 전대 원주인 아림에 비해 떨어지는 실력이 아니라는 것을 알았다.

검강을 자유로이 구사할 정도의 실력자였기 때문에 백무원주가 된 것을 알게 된 신유는 다시 한 번 백화성의 벽이 높다는 것을 실감했다.

"노화입니다."

신유는 막 자리에서 일어서려다 안으로 노화가 들어오자 다시 앉았다. 그런 그의 눈은 노화의 옆에 서 있는 운소명을 향했다. 잡일꾼인 그가 무공을 익히고 있다는 사실은 알고 있었지만 지금 같은 상황에서 들어왔다는 게 조금 의외로 보였다.

"앉지."

손수수가 짧게 말하자 운소명은 노화 옆에 앉았다.

"무슨 일로 불렀소?"

운소명의 물음에 손수수는 빠르게 말했다.

"다른 게 아니라 다시 한 번 더 권유해 보라고 해서 말이야."

"백화성에서 함께하자는 말?"

운소명의 물음에 손수수가 고개를 끄덕였다. 그러자 운소명은 짧게 숨을 내쉬며 고개를 저었다.

"싫은 건 아니지만 갑자기 뭐 좀 알아볼 게 생겨서 조만간 나가야 할 것 같은데?"

운소명의 말에 손수수가 안색을 굳히며 말했다.

"쉽게 나갈 수 있다고 생각한 것은 아니겠지?"

손수수의 강한 기도에 곁에 있던 신유와 안여정의 안색도 바뀌었다. 곧 손수수는 낮게 그들에게 말했다.

"나가보세요."

손수수의 말에 신유와 안여정이 자리에서 일어나 인사한 후 밖으로 나갔다. 신유는 운소명의 갑작스러운 등장에 많은 궁금증을 가슴에 품었다. 하지만 그건 어디까지나 자신의 궁금증일 뿐 안여정에게는 묻지 않았다. 언젠가는 다 알게 될 거라 생각했기 때문이다.

노화까지 나가자 둘만 남은 집무실에선 무거운 공기가 맴돌고 있었다. 손수수는 아무런 말 없이 운소명을 노려보고 있었으며, 운소명은 그러한 손수수의 시선을 회피하듯 창밖으로 시선을 던졌다.

"쉽게 나갈 수는 없을 거야."

손수수의 무거운 목소리에 운소명은 미미하게 고개를 끄덕였다. 자신도 쉽게 나갈 수 있다고 생각하지 않았기 때문이다.

"도대체… 왜 온 거야? 내가 보고 싶어서 온 게 아니었어? 나하고 함께한다고 한 것은 거짓말이었어?"

손수수의 차가운 목소리에 운소명은 미안한 표정으로 한숨을 길게 내쉬었다. 하지만 어떤 말을 해야 할지 몰라 침묵하였다. 그러자 손수수가 표정을 바꾸며 정색한 표정으로 말했다.

"좋아. 그래… 네 마음대로 해."

마치 포기했다는 표정으로 말하자 운소명은 의외라는 듯 손수수를 쳐다보았다. 손수수는 절대 포기를 모르는 여자였기 때문이다.

"성을 나가겠다면 굳이 말리지는 않겠어. 하지만 조건이 있어."

"그럴 줄 알았지."

운소명은 마치 예상이라도 한 듯한 표정으로 고개를 끄덕였다. 그러자 손수수가 다시 말했다.

"일단 백화성에서 본 모든 것을 외부에 알리지 않는다는 각서를 써야 하고… 또 하나는 무림맹주와 성주님의 회담이 있는데 그 자리에 호위로 가주었으면 해. 그 조건만 들어주면 나가는 것도 막지 않겠어."

"호위?"

"내 마차의 마부가 되어주면 좋겠는데?"

손수수의 말에 운소명은 흔쾌히 승낙했다. 손수수는 성격상 무언가 음모를 꾸미거나 자신을 성에 남게 하기 위해 계략을 꾸밀 여자가 아니었다. 그것을 잘 알기에 운소명은 특별한 의심도 없었다.

"그런 조건이라면 굳이 거절할 필요가 없겠지."

"갔다 오면 각서를 쓰고 나가도록 해. 잡지 않을 테니까."

손수수의 목소리에 담긴 한기에 운소명은 씁쓸한 표정으로 고개를 저으며 말했다.

"내가 정말 떠난다고 생각한 것은 아니겠지?"

그 말에 손수수의 눈이 살짝 빛났다. 하지만 여전히 표정은 차가웠고 냉랭한 기운을 뿌리고 있었다. 그러자 운소명은 살짝 미소를 보이며 다시 말했다.

"잠시 볼일이 있어서 나갔다 오겠다는 것뿐이야."

"그럼 그 이후에 다시 이곳에 오겠다고?"

"물론이지. 네가 있는데……."

운소명의 말에 손수수의 표정이 조금 풀린 듯했다. 하지만 마음속에선 진심으로 믿지 못하겠다는 듯 눈빛은 변함이 없었다.
"잠시 나갔다 오는 것뿐이야, 잠시……."
"그 말을 믿어주지. 하나… 만약 오지 않는다면 전에 내게 한 맹세처럼 사지를 찢어 죽이겠어."
냉정한 손수수의 말에 운소명은 문득 등줄기로 솜털이 서는 듯한 기분이 들었다. 하지만 기분은 나쁘지 않았다. 지금까지 살아오면서 자신 곁에 적어도 한 사람은 있기 때문이다.
"그러지."
운소명의 미소에 손수수는 어느 정도 기분이 풀린 듯 고개를 끄덕이다 자리에서 일어나 말했다.
"마부로 갈 거니까 기다리고 있어. 조만간 출발해야 하니까."
"그렇게 알고 있지."
운소명도 자리에서 일어나 눈인사를 주고받은 후 곧 밖으로 나갔다.

운소명은 밖으로 나가자 은행나무 아래 그늘진 곳에 서 있는 신유를 발견하곤 잠시 멈춰 섰다. 다른 이유가 있어서가 아니라 신유의 주변에서 흘러나오는 기도에 투기가 담겨 있었기 때문이다. 자신에게 볼일이 없는 이상 그런 투기를 발산할 이유가 없었다.

"내게 볼일이 있는 모양이오?"

운소명이 걸음을 멈추고 묻자 신유는 고개를 저었다.

"그냥 한번 본 것뿐이오."

신유의 말에 운소명은 그가 자신에 대해 궁금해한다는 것을 알았다. 말과 달리 눈동자는 진지했기 때문이다.

"볼일이 없다면 이만."

운소명이 인사하며 지나가려 하자 신유가 빠르게 물었다.

"이름이 무엇이오?"

"운소명이라 하오."

신유는 이름을 듣자 고개를 끄덕이더니 이내 빠른 걸음으로 운소명을 지나쳐 갔다. 운소명은 멀어지는 신유의 뒷모습을 쳐다보며 안색을 찌푸렸다. 왠지 모르게 신유가 자신을 경계하고 있는 듯했기 때문이다. 물론 그것은 당연할지도 모르지만 운소명은 그와의 만남이 썩 기분 좋게 다가오지 않았다.

며칠 뒤 섬서와 감숙의 경계에 있는 서산 추운봉으로 향하는 사백의 우천대와 화려한 사두마차 한 대가 백화성의 정문을 빠져나갔다. 또한 무림맹에서도 선발대로 평정원의 사당 중 현무당의 고수들이 서산 추운봉으로 향했다.

중원 천하에 무림맹주와 백화성주와의 만남에 대한 소문은 파다하게 퍼진 상태였다. 그렇기 때문에 호기심 많은 사람들은 추운봉으로 모였고, 추운봉 아래에 있는 대야평의 넓은 평야엔 많은 사람들이 붐비고 있었다.

두두두두!

천지를 진동할 것 같은 말발굽 소리에 사람들은 놀란 표정으로 저 멀리 동쪽을 바라보았다. 그들의 시선 안으로 무림맹의 커다란 깃발이 들어왔다. 순식간에 주변은 소란스럽게 변하였으며, 그들은 자연스럽게 남쪽으로 이동하기 시작했다.

무림맹의 무사들이 대야평에 도착하자, 사람들은 그들을 구경하기 위해 주변으로 다가갔으나 어느 정도 거리밖에 접근할 수 없었다. 무사들이 뿜어내는 강한 기도 때문이었다. 무림맹의 무사들은 익숙한 듯 재빠른 동작으로 수십 개의 천막을 만들고 짐을 풀기 시작했다.

두두두두!

또 한 번 천지가 진동할 것 같은 말발굽 소리와 함께 서쪽에서 먼지구름을 동반한 백화성의 무인들이 모습을 보였다. 사람들은 다시 한 번 눈을 크게 뜨며 구경하기 시작했다.

사람들의 시선에 아랑곳없이 백화성의 무사들은 무림맹과 오십 장의 거리를 두고 천막을 치기 시작했다.

"무림맹이 먼저 온 모양입니다."

신유가 마차에서 내리는 손수수에게 말하자, 손수수는 시선을 돌려 무림맹 측을 쳐다보았다. 그런 그녀의 눈이 반짝이기 시작했다. 무림맹의 무사들이 입고 있는 옷이 남색이고 백색으로 현무라는 글이 보였기 때문이다.

 손수수의 뒤로 서문각주인 윤청도 모습을 보였다. 오각 중 서문각과 무성각이 이번에 나오기로 되어 있었으며, 서문각 주인 윤청은 같은 여자인 손수수를 따라 미리 나왔다.

 손수수가 곧 가장 눈에 띄는 커다란 막사 안으로 들어가며 말했다.

 "현무당이군요."

 "그런 것 같습니다."

 "거기다 도착한 지 얼마 안 되었네요. 저들의 옷에 아직 먼지가 묻어 있으니 말이에요."

 손수수의 말에 신유는 고개를 미미하게 끄덕였다. 그의 눈에도 아직 먼지를 털지 않은 무림맹의 무사들이 보였기 때문이다.

 "식사 준비부터 하지요."

 "예."

 신유가 대답한 후 밖으로 나가자 윤청이 손수수의 옆에 앉으며 말했다.

 "현무당이 왔다면 평정원주도 왔다는 뜻일 거예요."

 "평정원주라…… 평정원의 원주라면 무림맹에선 최고 고수겠지?"

 "물론이지요. 현 맹주 역시 평정원 출신이니까요."

 "지금은 누가 평정원주이지?"

기분 나쁜 만남 153

"남궁세가의 남궁효가 평정원주가 되었다고 들었어요."

"냉철심군(冷鐵心君)이라……."

손수수는 냉철심군 남궁효에 대해서 떠올렸다. 현 남궁세가주의 동생인 그는 무림에서도 손에 꼽히는 고수였다. 충분히 평정원주의 자리에 앉을 만한 거목임이 분명했다.

"백무원이 나왔다라……."

차를 마시며 의자에 앉아 백화성의 무사들을 쳐다보는 남궁효의 눈은 강한 빛을 발하고 있었다. 그의 옆에 현무당의 당주인 장원동이 서 있었다.

"현 원주는 손수수라 불리는 여자로, 나이는 스물여섯입니다. 어린 나이에 백무원의 원주가 된 만큼 실력은 있는 여자라 생각됩니다. 백화성에선 취월검(翠月劍)이라 불리고 있으며 최고의 검객이라 들었습니다."

"최고의 검객이라…… 겨루고 싶군."

같은 검을 쓰는, 백화성 최고의 검고수라는 소리를 듣자 남궁효는 상대에 대한 궁금증이 더욱 커졌다. 무인의 본능처럼 호승심이 일어났다.

"뭐… 기회가 되면 볼 수 있겠지."

가만히 중얼거린 남궁효는 눈을 반짝이다 곧 장원동에게 다시 물었다.

"그런데 맹주님은 어디쯤 계시지?"

"현재 무당산을 지나고 계시다 합니다. 삼 일 후에 도착할 예정입니다."

"백화성은?"

"아마 비슷하지 않을까요?"

"삼 일이라… 그동안에 한번 겨루고 싶은데……."

남궁효가 중얼거리자 장원동은 가만히 미소를 보였다.

"맹주님께선 절대 백화성과 마찰을 일으키지 말라 하셨습니다."

"대련도?"

"예."

장원동의 말에 남궁효는 실망한 듯 짧은 한숨과 함께 고개를 저으며 말했다.

"맹주님이 그렇게 하라 하셨으니 그리해야지."

남궁효는 아쉬움이 많은 눈으로 백화성의 무사들을 쳐다보았다.

마부로 온 운소명은 우천대의 대원들이 천막을 치고 식사를 준비하는 동안 천천히 추운봉으로 올라갔다. 혹시 무림맹에서 암습하기 위한 준비를 했는지 알아보기 위함이다. 물론 손수수가 부탁한 것도 아니었고, 그렇다고 곡비연이 명령한 것도 아니었다.

단지 본능처럼 그렇게 발걸음을 옮기며 주변을 살피고 있었다.

"무림맹주가 먼저 만나자고 한 것도 그렇지만 왜 추운봉일까. 이곳은 이렇다 할 특징도 없는 곳인데······."

운소명은 무림맹에서 먼저 추운봉에서 보자고 했다는 말을 떠올리며 중얼거렸다. 추운봉은 지금까지 단 한 번도 이러한 회담이 없던 장소였다. 운소명은 무림맹의 의도가 궁금해졌다. 그런 마음 때문에 주변을 살피는 운소명의 눈은 날카롭게 빛나고 있었다.

"흐음······."

한참 동안 주변을 살피며 정상으로 오른 운소명은 추운봉의 정상에서 한눈에 보이는 대야평을 쳐다보았다. 한쪽은 무림맹이고 반대편에 백화성이 있다면, 밑으로는 꽤 많은 사람들이 보였다. 그들은 낭인들부터 시작해 호기심 많은 강호의 사람들일 것이다.

"잘 보이는군, 잘 보여."

운소명은 예상외로 추운봉의 경치가 좋다는 것에 고개를 끄덕였다. 또한 주변 십여 장의 넓은 평지가 그의 눈에 가득 담겼다. 이 정도라면 충분히 좋은 자리였고 사람들의 움직임도 파악할 수 있으니 기습에 몸을 보호하는 데 있어서 큰 무리는 없을 듯했다.

슥!

운소명은 추운봉의 정상으로 한 사람이 나타나자 눈을 반짝였다. 상대는 무림맹의 인물로, 익히 아는 얼굴이었기 때문이다. 하나 상대는 자신을 모르고 있었다.

'무림맹… 밀영대주 은성검(銀星劍) 무휴…….'

운소명은 밀영대주가 직접 이곳에 나타났다는 것에 조금 놀랐지만 무림맹주도 올 것이기에 그가 나올 이유는 충분하다고 판단했다.

"누군가, 백화성?"

무휴의 물음에 운소명은 가볍게 미소를 입가에 그렸다.

"그렇소."

"신분을 증명하게."

"그러는 당신은 누구시오? 무림맹?"

"그렇다."

무휴가 대답하자 운소명은 틈도 안 주고 빠르게 물었다.

"정말 무림맹이오? 무림맹 소속인지 확인해야겠소. 신분패라도 보여주시오."

그 물음에 무휴는 가느다란 미소를 입가에 걸었다. 물론 그 미소에는 살기가 맴돌았다.

"신분을 밝힐 수는 없지만 무림맹인 것은 확실하지."

"나도 마찬가지인 것 같소."

운소명의 말에 무휴는 더욱더 짙은 살기를 뿌리기 시작했다. 그 살기에 화답하듯 운소명이 말했다.

"그런데 밑에 수하들이 좀 많은 것 같소이다. 이곳에서 피

냄새가 진동한다면… 과연 무림의 두 거성들께서 좋아하실지 모르겠소."
 "맹주님의 안전을 생각해서 잠시 둘러보는 것뿐이지 피를 볼 생각은 없다."
 무휴는 당연하다는 표정으로 말하며 신형을 돌렸다.
 "네놈도 이곳에서 내려가는 게 좋지 않을까?"
 "물론 그럴 것이오."
 운소명은 고개를 끄덕였다. 그러자 무휴가 비웃음을 입가에 보이더니 이내 천천히 추운봉의 밑으로 내려갔다.
 '무휴는 냉정한 인물이다. 분명 저자는 나를 죽이려 들겠지. 하나… 밀영대는 밀영대일 뿐…….'
 운소명은 무휴가 아무리 자신을 죽이려 한다 해도 직접 움직이지 않고 수하들을 시켜 자신의 뒤를 밟을 거란 사실을 알고 있었다. 그 수하들만 죽이면 자신의 흔적은 사라질 것이다. 물론 그의 눈에 얼굴은 각인되었으니 언젠가는 마주칠지도 모른다. 하나 그때는 무휴가 죽을 것이다.
 스슥!
 그림자가 움직이는 소리가 들린 것은 무휴가 내려가고 얼마 있지 않아서였다. 운소명은 애써 인기척을 무시한 채 천천히 추운봉을 내려가기 시작했다. 자신이 할 일은 다 했기 때문이다. 어차피 주변을 정찰하기 위해 올라온 것이었기에 잠시만 살펴보고 내려갈 생각이었다.

스슥!

운소명은 인기척 소리가 계속 귓가에 맴돌자 잠시 걸음을 멈추었다. 다른 이유가 있어서가 아니라 자신을 향한 인기척이었기 때문이다. 운소명은 눈살을 살짝 찌푸렸다.

"볼일이 있다면 빨리 끝냅시다."

운소명의 말소리가 낮게 울리자 숲 사이로 한 사람이 모습을 보였다. 운소명은 자신과 비슷한 나이로 보이는 청년을 쳐다보며 눈을 반짝였다. 그가 다가올 때 보인 움직임이 암도술이었기 때문이다. 운소명의 주변에서 은은한 살기가 맴돌기 시작했다.

"처음 뵙겠소. 장우라 하오."

"반갑소."

운소명은 짧게 대답했다. 하지만 자신의 이름을 밝히지는 않았다. 이미 자신의 이름을 알고 있을 거라 여겼기 때문이다. 그렇지 않았다면 이렇게 모습을 보일 이유가 없다고 판단했다.

"내게 볼일이 있소?"

운소명이 묻자 장우가 고개를 끄덕였다.

"물론이오. 지금 당장 이 길로 중원으로 들어가 숨으라는 말을 전하러 왔소."

"호오……."

운소명은 장우의 말에 호기심 어린 표정으로 미소를 보였다.

도발적인 말로 들려왔기 때문이다. 이유도 없이 갑작스럽게 나타나 무작정 도망가라고 하니 기분이 나쁠 수밖에 없었다.

"이유는?"

"나도 잘 모르오. 나는 단지 천주의 말을 전달했을 뿐이오."

천주라는 말에 운소명의 눈빛이 날카롭게 빛났다. 장우가 홍천에 소속되어 있다는 자신의 예상이 맞았기 때문이다.

"홍천인가?"

장우는 미미하게 고개를 끄덕였다.

"그런데 나를 죽이지 않는군?"

"죽이라는 명령은 없었소."

"그것도 흥미롭군."

자신을 죽이라는 명령이 없었다는 게 이상하단 표정으로 운소명이 말하자 장우가 무심한 음성으로 말했다.

"명령이 내려졌다면 벌써 몇 번이고 왔을 것이오. 하나 그런 명령은 없었소."

"훗!"

장우의 말에 운소명은 재미있다는 듯 미소를 보였다. 그러다 궁금한 표정으로 물었다.

"천주는 누구지?"

"말할 수 없소."

"하긴… 괜한 걸 물었군. 당연한 대답인데."

운소명은 고개를 끄덕였다. 그리곤 천천히 걸음을 옮겨 내려가기 시작했다. 그러자 장우가 운소명의 뒤통수를 향해 다시 말했다.

"나는 분명히 전했소이다."

"명심하지."

운소명은 짧게 대답한 후 느리게 내려갔다. 그리고 인기척이 사라지는 소리를 들은 후 안색을 바꾸었다. 머릿속으로 수많은 생각들이 스치고 지나갔다. 갑작스럽게 나타난 홍천 때문이다. 또한 그는 분명 자신을 알고 있었고, 자신에 대해 잘 아는 사람처럼 말했다.

'문홍인가······.'

문득 홍천의 천주가 문홍이라는 생각이 들었다. 자신에 대해 아는 인물은 그녀밖에 없었기 때문이다. 물론 문홍이 홍천과 연관되어 있다는 생각은 안 했다. 하지만 왜 갑자기 죽은 문청청의 쌍둥이 동생이 떠오른 것일까? 운소명은 그러다 장림의 얼굴도 떠올렸다. 장림도 홍천을 알고 있는 사람이었기 때문이다.

'내가 위험하다고?'

운소명은 재미있다는 표정을 지은 채 추운봉에서 모습을 감추었다.

기분 나쁜 만남

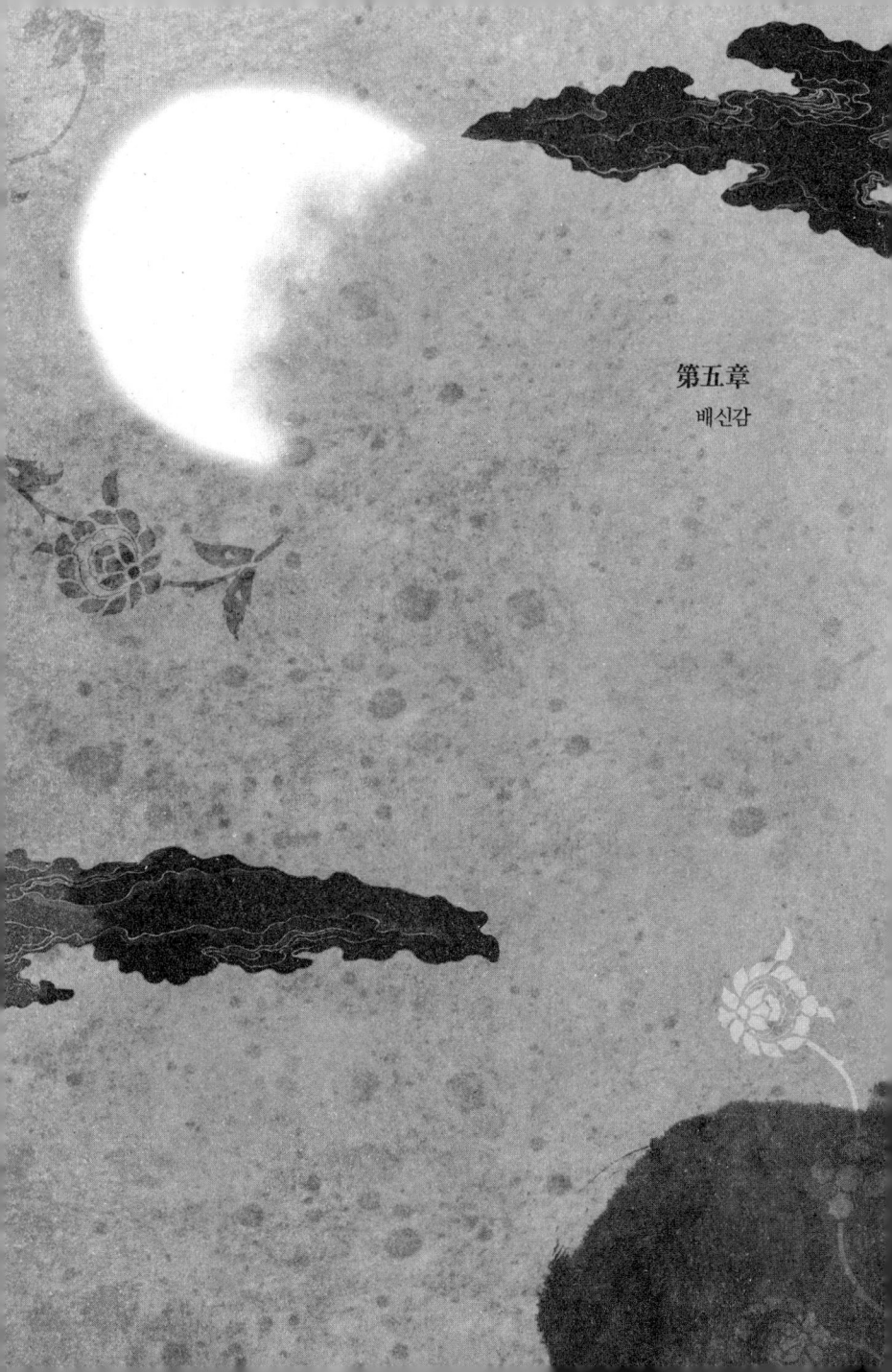

第五章
배신감

배신감

대야평에 모인 수많은 사람들은 무림맹과 백화성의 무인들이 서로를 쳐다보고 있는 모습을 흥미롭게 지켜봐야 했다. 그들은 마음속으로 두 거대 세력이 한바탕 신나게 싸우는 모습을 상상했을지도 모른다. 하지만 그들의 바람과는 다르게 두 진영은 조용했고, 고요함마저 맴돌고 있었다.

추운봉의 정상에는 작은 다탁과 의자가 두 개 놓여 있었다. 다탁 위엔 간단한 다과와 함께 찻주전자와 찻잔이 두 개 있었다. 누가 산 정상에 이렇게 자리를 마련한 건지는 모르나 이곳까지 다탁과 의자를 나르느라 고생 좀 했을 것 같았다.

저벅! 저벅!

가벼운 산들바람이 약간은 서늘한 공기를 머금은 채 추운봉의 정상에 불고 있을 때 발소리와 함께 청색 장포를 입고 왼손에 검을 든 추파영이 모습을 보였다. 그는 잠시 걸음을 멈추고 맞은편을 쳐다보았다. 그곳엔 백색 궁장의를 입고 서 있는 곡비연이 보였다. 곡비연의 손에는 작은 단소가 하나 들려 있었는데, 색이 검은 게 입고 있는 옷과 반대로 상당히 눈에 띄었다.

"반갑소이다. 추파영이라 하오."

"곡비연이에요."

둘은 가볍게 인사를 한 후 자리에 앉았다. 추파영은 곡비연이 나이에 비해 상당히 앳되어 보인다고 생각했다. 추파영은 시선을 곡비연의 손에 들린 단소로 향했다.

"묵죽으로 만든 모양이오?"

단소를 지적하며 말하자 곡비연은 고개를 끄덕였다.

"묵죽을 어디서 구했는지 모르나 소리가 좋아 손에 들고 다니네요. 하지만 잘 불지는 못해요. 그러니 부탁하셔도 불 수가 없을 것 같군요."

"그거 아쉽구려. 곡 성주의 음을 들어보고 싶었는데 말이오."

표정의 변화 없이 말하는 추파영의 목소리에는 높낮이도 없었다. 그래서일까? 곡비연은 추파영에게서 알 수 없는 이

질감을 느끼고 있었다.

"무림맹과 백화성은 오랜 시간 동안 관계가 좋지 못하였소. 아마 앞으로도 좋지 못할 것이오. 하지만 그게 계속될 필요도 없지 않겠소?"

가볍게 운을 뗀 추파영은 곧 지금의 무림에 대해서 이야기를 하기 시작했다. 곡비연 역시 자신의 생각을 말하며 긴 시간 동안 서로의 입장을 풀기 시작했다.

어느새 해가 서산으로 넘어가기 시작하자 둘은 이야기를 어느 정도 마무리 지었다. 중원 천하의 두 지배자가 어떤 이야기를 나누는지 사람들은 궁금해할 것이다. 하지만 아쉽게도 그 이야기를 들을 수 있는 사람은 현재 이 자리에 없었다. 오직 두 사람만의 대화일 뿐이었다.

"우리가 지닌 실타래는 너무 많이 얽혀 있소이다. 그러한 실타래를 하나씩 풀다 보면 언젠가 이렇게 적대하는 것도 끝나지 않겠소? 그러니 천천히 노력해 봅시다. 무림에 큰 야욕이 없는 이상 우리가 싸울 일이 어디에 있겠소이까?"

"그렇지요. 하지만 개인적인 원한에 의해 일어난 일들에 대해서는 어찌할 수가 없지 않겠어요?"

곡비연의 말에 추파영은 고개를 끄덕였다. 개인적인 원한 때문에 일어난 사건에 관해서 맹과 성이 무력 충돌까지 발전하지 않게 하자는 뜻도 있었으며, 그러한 일들에 대해선 나서지도 않겠다는 뜻이었다.

"개인적인 일까지 크게 확대할 수는 없지요. 그게 곡 성주에 관한 개인적인 일이라 해도 말이오."

추파영의 말에 곡비연의 눈빛이 살짝 빛나면서 표정이 바뀌었다.

"제 개인적인 일이라니요?"

곡비연이 던져 준 먹이를 물어오자 추파영은 입가에 미소를 그렸다.

"아버님의 죽음… 곡 성주는 의문이 많을 것이라 생각하오."

곡비연의 표정이 눈에 띄게 달라졌다. 순간 그녀의 눈빛이 청색으로 물들다 사라졌다. 추파영은 일순간 그녀의 눈빛을 마주하다 자신도 모르게 본능적으로 내력을 끌어올렸다. 그의 강력한 기도가 사방으로 퍼지자 곡비연은 가만히 미소를 지으며 말했다.

"제 아버님에 관한 일은 아직도 의문이 많아요. 관심이 없다면 거짓이겠지요."

곡비연은 순간적으로 천안신공을 발휘했다. 그리고 추파영의 말이 거짓이 아니라는 사실을 알게 되자 심장이 크게 뛰기 시작했다. 아버지에 관한 일을 설마하니 추파영의 입에서 듣게 될 줄은 꿈에도 몰랐기에 놀라움은 더욱 컸다. 하지만 표정은 여전히 여유가 있어 보였다.

추파영은 자신의 기도를 받고도 표정 하나 변하지 않는 곡비연을 잠시 바라보다 이내 내력을 거두었다.

"내가 실수를 좀 한 모양이오. 사죄하리다. 무인이란 게 다 본능적으로 몸이 움직이는 것 아니겠소?"

"그렇지요. 그것보다 제 아버지의 죽음이라니… 아시는 게 있는 모양이군요?"

곡비연의 말에 추파영은 고개를 끄덕였다.

"당시 무살로 인해 피해를 입은 곳이 어디 백화성뿐이겠소? 본 맹도 인명 피해를 입었소이다. 무엇보다 그가 죽었다는 것을 믿지 못해 조사를 계속 하고 있었소이다."

"저 역시 시신을 직접 보지는 않았어요. 하나 그가 죽었다는 사실은 보고를 받았지요. 전 성주님도 확인하셨기 때문에 공식적으로 그가 죽었다고 결론이 났지요. 물론 눈으로 확인하지 못했기 때문에 개인적으로 확신하지는 않았어요."

"그럴 거라 생각했소."

추파영의 미소 띤 말에 곡비연은 눈을 반짝이며 다시 말했다.

"그런데 저는 무살의 생사(生死)엔 관심이 없어요. 추 맹주님의 입에서 그가 살아 있다는 말을 들어도요. 제가 관심있어 하는 것은 과연 그 무살의 배후가 어떤 세력인가… 아니면 어떤 자인지, 그게 관심있을 뿐이에요. 과연 얼마나 큰 간을 가지고 있는지 말이에요. 무림맹 또한 그렇지 않나요?"

곡비연의 말에 추파영은 안색을 바꾸며 곡비연에 대해서

다시 생각했다. 그저 어리기 때문에 자신이 쉽게 봤다는 기분이 든 것이다.

"우리 역시 그 배후가 누구인지 궁금하오. 하나… 그 배후를 알려면 무살이 살아 있어야 하오. 그렇지 않소?"

"그렇지요. 하지만 죽었다고 들었어요. 저는 제 수하들의 보고를 신용하는 사람이에요."

그 말에 추파영은 미소를 보였다.

"그건 백화성주인 곡 성주의 신념일 것이오. 하나 나는 맹의 사람들을 믿지 않소이다. 그리고 무살은 살아 있소이다. 그것도 백화성주인 당신이 잘 아는 사람일지도 모르겠소."

"그래요? 그거 상당히 재미있군요. 그자가 누구인가요?"

곡비연은 내심 매우 놀라고 있었으나 얼굴엔 미소까지 보이고 있었다. 그 모습에 추파영은 웃으며 말했다.

"그자의 이름은 운소명이라 하오. 또한 내가 보고받은 바로는 백화성에 있다고 들었는데……."

추파영의 말에 곡비연의 안색이 순간적으로 바뀌었으나 그것도 잠시뿐이었다. 하지만 눈빛은 강렬한 광채를 머금고 있었다. 그것을 모를 추파영이 아니었다.

"혹시 아는 자이오?"

"글쎄요. 처음 들어보는 이름이군요."

곡비연의 말에 추파영은 가만히 미소를 보이더니 이내 고개를 끄덕였다.

"그럴 거라 생각했소."

"그런데 그자가 무살이란 확실한 증거가 있나요?"

곡비연은 아무리 생각해도 추파영의 모든 말이 의심스러웠다. 무림맹은 어떻게 무살의 존재를 파악한 것인지 궁금했으며, 운소명이 무살이란 증거가 있는지도 의심스러웠다. 무엇보다 백화성도 알아내지 못한 것을 무림맹이 알아냈다는 것이 기분 나빴다.

"확실한 증거는 무림맹의 맹주인 내가 하는 말이오. 내가 거짓을 말할 것 같소이까? 이 일로 인해 잘못하면 백화성과 무림맹이 충돌할지도 모르는데 말이오."

조금 강한 어조로 추파영이 말하자 다시 한 번 곡비연의 눈동자가 청색으로 빛났다. 곡비연은 추파영의 마음속에 추호의 거짓도 없다는 것을 간파하곤 미소를 거두며 자리에서 일어섰다.

"우리의 만남은 여기서 마무리하지요. 즐거웠어요."

"즐거웠소이다."

추파영도 미련없이 자리에서 일어나 곡비연에게 다시 말했다.

"그자를 잡게 되면 우리에게 넘겨줄 수 있겠소? 우리도 물어볼 게 있어서 말이오."

"글쎄요… 그건 잘 모르겠군요. 일단 제 손에 있으니까요."

배신감 171

곡비연의 말에 추파영은 미소를 보이며 신형을 돌렸다.

곡비연은 잠시 자리에 서서 멀어지는 추파영을 쳐다보다 입술을 살짝 깨물고는 곧 신형을 돌렸다. 그런 그녀의 머릿속엔 온통 운소명의 얼굴뿐이었고 다른 생각은 아무것도 나지 않았다. 좀 전에 추파영과 이야기한 무림에 대한 일들도 까맣게 지워져 버린 상태였다.

'운소명… 운소명이라…….'

곡비연은 굳은 표정으로 추운봉을 내려갔다.

* * *

추운봉에서 무림맹주와 만난 후 급하게 백화성으로 돌아온 곡비연은 자신의 방에서 나오지 않았다. 사람들은 무림맹주와의 회담에서 어떤 이야기가 오갔는지 궁금했으나 성주인 곡비연이 방에서 나오지 않았기에 알 길이 없었다. 그래서일까? 백화성의 분위기는 조금은 차갑게 냉각된 상태였다.

백화원의 객청에 들어선 손수수는 자리에 앉아 있는 묵선혜를 보자 가볍게 인사하며 의자에 앉았다. 묵선혜와는 벌써 삼 일 동안 함께 객청에서 만났다. 그녀도 손수수와 마찬가지로 성주인 곡비연을 만나기 위해 왔으나 얼굴도 못 보고 가는 처지였다.

"도대체 무슨 일 때문에 저러시는지 모르겠군요."

묵선혜가 고개를 저으며 천천히 먼저 입을 열자 손수수는 굳은 표정으로 대답했다.

"때가 되면 알려주시겠지요."

손수수는 그저 담담히 답할 뿐이었다. 둘은 긴 침묵 속에서 오직 곡비연이 나타나기만을 기다렸다. 하지만 곡비연은 그녀들의 바람과는 다르게 해가 져도 나오지 않았다.

손수수와 묵선혜는 길게 한숨을 내쉬며 담소를 나누다 백화원을 나와야 했고, 둘이 나오자 백화원의 밖에 서 있던 많은 간부들도 고개를 저으며 긴 한숨만 내쉴 뿐이었다.

방 안에 앉아 있던 곡비연은 운기를 마치고 눈을 떴다. 그런 그녀의 눈동자엔 밝은 기광이 서려 있었으며 강한 기도가 뿜어져 나오고 있었다. 감추려 해도 기분이 좋지 않아 감출 수가 없었다.

"밖에 누구 있나요?"

곡비연의 낮은 목소리에 시비 둘이 급하게 방 안으로 들어왔다. 그녀들은 곡비연의 기도에 긴장한 표정이었다.

"부르셨습니까?"

"씻고 싶군요."

"준비하겠습니다."

시비들은 빠르게 대답한 후 급한 걸음으로 밖으로 나갔다. 시비들이 나가자 길게 기지개를 한 번 켜던 곡비연은 문득 생각난 표정으로 서랍장을 열었다.

슥!

서랍장에서 서찰을 꺼내 든 그녀는 장자기의 얼굴을 떠올렸다.

"운소명의 행적에 관해 조사한 것입니다."

장자기의 말들이 머릿속에서 울리자 자신도 모르게 살기를 드러낸 곡비연은 입술을 깨물었다. 왜 장자기가 백화요결의 육결을 대성하고 열라고 했는지 어느 정도 짐작이 갔기 때문이다.

'그때… 열었어야 했어…….'

곡비연은 자신도 모르게 흔들리는 손으로 봉투를 열고 안에 들어 있는 내용을 펼쳤다.

운소명.

출생 불명, 나이 불명, 소속 불명, 이름조차 진짜인지 의심스러움.

일 년 전 나타난 그는 금산장주의 암살을 기도했으나 실패함. 그 과정에서 무림맹 전대 장로 천풍비도(天風飛刀) 한유 살해, 녹영마조 살해, 강호 삼귀 중 도귀와 적귀 살해함. 의도적으로 백화성에 접근한 것으로 파악됨.

일 년 전 이전의 과거를 조사하기 위해 타 세력에 잠입했으나 소득없음.

관에 잠입, 무림을 관리하는 공부(公府)를 조사함. 그 결과 운소명이란 이름을 발견, 살수로 판명, 무림에서 무살로 알려진 인물로 확인됨.

운소명과 손수수와의 연관성을 발견하지 못함. 손수수의 삼 년 공백이 의심스러움.

"으음……."

가만히 내용을 보던 곡비연은 자신도 모르게 삼매진화를 일으켜 종이를 모두 태워 버렸다. 재가 되어 먼지처럼 날아가는 모습을 잠시 쳐다본 곡비연은 주먹을 움켜쥐곤 몸을 떨어야 했다.

'냉정해져야 한다… 냉정해져야 해…….'

곡비연은 스스로를 타이르듯 하며 고개를 저으면서 깊게 심호흡을 하기 시작했다. 문득 운소명과의 만남과 행동들이 머릿속을 스쳐 지나갔는데, 그와의 모든 일들이 거짓처럼 머릿속을 뒤집어놓기 시작했다.

"야휘……."

곡비연은 마음을 고쳐 잡고는 방으로 들어가 간단한 경장으로 갈아입더니 이내 방 안에서 모습을 감추었다.

"성주님, 목욕 준비가 다 되었습니다."

방으로 들어온 시비가 곡비연을 찾았으나 그녀의 모습이 어디에도 없자 고개를 갸웃거렸다.

*　　*　　*

북새통을 이루던 시장도 어느새 해가 지자 사람들이 모두 사라지고 고요함만이 감돌고 있었다. 시장에서 잡화를 팔던 장영도 가게의 문을 닫고 부엌에서 간단한 식사를 준비해 이층의 방으로 올라갔다.

막 주렴을 헤치고 안에 들어가던 그는 십대 후반으로 보이는 소녀 한 명이 홍색 경장의를 입은 채 앉아 있자 안색을 굳혔다. 그의 눈이 재빠르게 소녀의 손에 들린 단소로 향했고, 소녀의 신비스러울 정도로 반짝이는 눈빛에 부복했다.

"성주님을 뵙습니다."

"야휘."

"예."

장영은 그녀의 급작스러운 방문에 놀라고 있었다. 특별한 일이 아니면 그녀가 직접 자신을 찾는 경우가 없었기 때문이다.

"관에 들어갔던 일에 대해서 알고 싶어요."

"관이라 하심은?"

"운소명."

곡비연의 짧은 말에 장영은 표정이 굳어졌다.
"보신 모양이군요……."
"그래요."
곡비연의 목소리는 여전히 차가웠다. 기분이 몹시 좋지 않다는 것을 안 장영은 빠르게 말했다.
"운소명에 대해선 공부의 비밀문서 보관실에 들어가 알아낸 것입니다. 운소명의 출생이나 인적 사항 등은 알 수 없었으나 그의 행적은 알 수 있었습니다."
장영의 말은 계속 이어졌고 곡비연은 고개를 끄덕이며 그의 말에 귀를 기울이기 시작했다.

아침에 눈을 뜬 손수수는 기분이 썩 좋지 않았다. 간밤에 조금 안 좋은 꿈을 꾸었기 때문이다. 하지만 꿈의 내용은 기억나지 않았다.
씻고 옷을 갈아입은 그녀는 식사를 위해 식당으로 향했다. 막 식당에 들어서던 그녀는 잠시 걸음을 멈추고 먼저 들어와 앉아 있는 곡비연에게 고개를 숙였다.
"성주님을 뵙습니다."
"같이 먹어요."
곡비연이 가만히 미소를 보이며 말하자 손수수는 기분이 좋지 않았다. 자신에게 미소를 보인 그녀의 눈이 웃고 있지 않았기 때문이다. 입가심을 위해 차를 한 잔 마신 손수수는 찻잔을 내려놓자 곡비연의 시선을 느껴야 했다.
"무슨 일이라도 있으십니까? 며칠 전부터 뵙기를 청하였습니다."
"일이 있긴 있었지요."
곡비연은 고개를 끄덕이며 담담한 목소리로 차를 따라 마셨다.
"무림맹주와 만나 어떤 대화를 한 것 같은데 기억이 안 나네요. 왜 그럴까요… 제 머리가 그렇게 나쁜 것도 아닌데 말이에요."
곡비연의 말에 손수수는 입을 열지 못했다.
"그런데 기억나는 것이 하나 있어요."
"무엇인가요?"
손수수가 궁금한 듯 바라보자 곡비연은 미소를 보이며 말했다.
"무림맹주의 입에서 운소명이란 이름이 나오더군요."
순간 손수수의 안색이 바뀌었다.
"운소명이 무살이라고 하던데… 알고 있었나요?"
곡비연의 물음에 손수수의 눈동자가 빛나기 시작했다. 순간 곡비연의 눈동자가 청색으로 반짝이는 것을 본 손수수는 그녀의 천안신공을 떠올렸다.
"무살은… 죽었습니다."
"그래요. 보고를 한 사람은 손 원주니까요. 손 원주의 입장에선 그렇게 보고를 했기 때문에 죽었다고 주장해야지요."

고개를 끄덕이며 말하는 곡비연의 표정은 차가웠으며 눈빛은 살기가 넘치고 있었다. 손수수는 심장이 멈출 것 같은 기분이 들었다. 가장 알리면 안 되는 일 중의 하나였고 절대 알아서도 안 되는 일이 운소명에 관한 일이었기 때문이다.

손수수의 표정이 차분하게 바뀌더니 방 안의 공기가 차갑게 식어가기 시작했다.

"다 아셨군요."

곡비연은 가만히 고개를 끄덕였다.

"저는 운소명이 무살이란 사실을 부정해요. 아니라고 믿고 싶네요."

손수수는 입을 닫은 채 침묵했다. 어떠한 말도 곡비연의 앞에서는 할 수 없었기 때문이다.

"아니라고 말해주세요. 손 원주의 말이 사실이라고요. 손 원주가 지금까지 나를 속인 게 아니라고 말이에요."

곡비연의 다그치는 듯한 말에 손수수는 무심한 표정으로 입을 다물었다. 그녀의 모습에 곡비연은 짧게 숨을 내쉬며 고개를 저었다. 손수수의 행동은 곡비연의 말이 모두 사실이라는 뜻이었다. 부정조차 못하는 그녀의 성격을 알기에 곡비연은 더욱 화가 났다.

"언제부터 알았나요, 그가 무살이란 사실을?"

"처음부터 알고 있었습니다."

"처음부터? 그 처음이 언제부터란 말인가요?"

손수수는 이미 모든 걸 들켜 버린 이상 숨길 게 없다는 듯 담담한 표정으로 대답했다.

"무살을 잡았을 때부터."

손수수의 말에 곡비연은 입을 닫은 채 살기를 보이기 시작했다. 무엇보다 손수수에게서 느껴지는 배신감이 더욱 컸다. 곡비연은 마치 무언가를 결정한 듯 냉정한 눈빛으로 차갑게 다시 말했다.

"저는 손 원주를 믿고 있어요. 그리고 손 원주의 보고 또한 믿고 있지요. 아니, 곧 손 원주의 보고처럼 될 거라 생각해요. 그렇지 않나요?"

"······!"

곡비연의 말이 끝나자 손수수의 표정이 굳어졌다. 곡비연은 손수수에게 운소명의 목숨을 요구하고 있었다. 그녀의 말은 자신이 한 보고를 정당히 하라는 뜻이었고, 그렇게 하려면 무살을 죽여야 했으며 운소명을 죽여야 했다.

"그러고 보니 운소명을 데리고 온 사람이 손 원주였지요? 설마… 두 사람 사이에 어떤 감정이 있는 것은 아니지요?"

손수수는 곡비연의 물음에 아무런 대답도 못하였다.

곡비연은 자신의 예상처럼 두 사람 사이에 감정이 있다는 것을 알게 되자 더욱 화가 났다. 그녀는 어금니를 깨물며 더욱더 차가운 한광을 눈에 담았다.

"제가 화나는 것은 그가 무살이라는 게 아니라 배신감 때문이에요. 이 배신감을 어떻게 풀어야 할까요? 그러니… 손원주를 믿겠어요."

"성주님."

손수수는 어렵게 입을 열다 강한 살기에 안색을 바꾸며 그녀가 진심이란 것을 다시 한 번 깨달았다. 곡비연은 다시 말했다.

"이번 일이 실패하면… 손 원주를 비롯해, 아니, 그놈과 연관되었던 본 성의 모든 자들을 죽여 버리겠어요."

손수수는 곡비연의 말에 자신도 모르게 어금니를 깨물어야 했다. 수많은 생각들이 머리를 스쳤으며 많은 기억들이 주마등처럼 그녀의 눈앞에서 펼쳐졌다. 그리고 곡비연이 왜 저렇게 분노하는지도 이해했다.

"저 혼자의 죄입니다. 만약 운소명을 죽이지 못한다면… 제 목 하나로 만족해 주십시오."

담담하고 낮은 목소리로 손수수가 말했다. 곡비연은 그녀의 목소리에서 비장함을 느꼈지만 애써 모르는 척 입을 열었다.

"저는 손 원주의 보고만 믿을 뿐이에요. 무살의 죽음… 그 이외에는 그때 가서 결정하지요."

곡비연은 할 말을 다 했다는 듯 자리에서 일어나 밖으로 걸어나갔다. 손수수는 자리에서 일어나지도 못한 채 그녀가 나가는 소리를 들어야 했다. 혼란한 정신이었기에 아무런 생각도 나지 않았고 마치 머릿속이 백지처럼 하얗게 탈색된 기분이었다.

"그때… 함께 나갔어야 했어……."

문득 곡반호가 죽었을 때를 떠올리며 손수수는 낮게 중얼거렸다.

    *   *   *

짐이라고 해봐야 별거없었다. 그저 옷가지만 잘 챙겨 입으면 그만이었고 넉넉하게 은자나 가지고 있으면 충분했다. 운소명은 자신이 머물던 방 안의 모습을 잠시 살폈다. 지난 몇 개월 동안 집처럼 지내온 방이었기에 막상 떠나려 하니 아쉬움이 남았다.

'다시 온다면 이곳이 아니라 화려한 방에서 머물고 싶군.'

운소명은 속으로 생각하며 어두운 밤하늘을 지붕 삼아 백화성을 빠져나가기 시작했다.

운소명은 백무원이 자리 잡은 방향을 쳐다보았다. 정확히 말하면 손수수의 거처를 바라보며 씁쓸히 고개를 저었다. 떠날 때면 알리라 했지만 굳이 알리지 않았다. 그럴 필요가 없었고 거기다 어차피 다시 돌아올 생각이었다. 손수수가 이곳에 있는 이상 돌아올 곳은 그녀가 있는 곳뿐이었다.

'서운해하겠지……'

운소명은 그녀의 슬픈 표정을 떠올리며 한숨을 길게 내쉬었다. 하지만 떠나지 않을 수가 없었다. 자신은 자월의 아들이지만 이추결의 아들도 되었다. 그렇다면 이추결에 대해서 자세히 알 필요도 있었다. 그것은 정말 자신이 그들의 자식인지에 대한 확인이었고 의무였다.

'장림……'

운소명은 이추결과 사제지간이었던 장림의 얼굴을 떠올리고 있었다. 그녀는 처음부터 모든 걸 알고 있었다는 생각이 들었다. 그리고 그녀가 자신에게 왜 그렇게 잘해주었는지 어느 정도 이해가 되었다.

'내가 이씨라……'

운소명은 여전히 그 사실에 대해서 부정하고 있었다. 하지만 마음속 깊은 곳에선 그들이 부모였으면 좋겠다는 생각도 들었다. 적어도 부모를 모르는 것보단 아는 게 좋았고, 자신도 누군가의 자식이란 사실만이라도 가지고 싶었다. 어릴 때부터 가장 가지고 싶었던 것이 부모였기 때문이다.

스슥!

바람결에 움직이는 옷자락 소리가 귀를 스쳤다. 운소명은 눈을 빛냈지만 크게 신경 쓰지 않았다. 늘 자신의 곁에는 감시자들이 몇몇 존재했기 때문이다. 그렇다고 그들을 죽일 생각은 없었다. 그들이 보고하는 사람이 손수수라는 것을 잘 알기 때문이다.

'오랜만에 움직여 볼까?'

팟!

운소명의 신형이 나무의 그림자 속으로 꺼지듯 사라졌다. 순간 검은 그림자 두 개가 번개처럼 운소명이 사라진 지역으로 나타났다.

"놓쳤나?"

두 복면인은 당황스러운 눈빛으로 서로의 눈을 쳐다보았다.

"어떡하지?"

"어떻게 하긴… 보고해야지."

두 복면인은 곧 고개를 끄덕이곤 빠르게 사라졌다.

휘릭!

백화성의 담을 넘은 운소명은 천천히 나무 그늘 사이로 들어가 조금씩 이동하기 시작했다. 무림맹이 있는 남창으로 가는 길은 이미 머릿속에 그려져 있는 상태였다. 과거에 곡현을 죽이고 도망쳤던 길이 머릿속에 남아 있었다.

한참을 어두운 숲의 그림자 속을 지나가던 그는 대로가 보이자 곧 모습을 나타냈다. 도망치는 것은 아니지만 그래도 손수수에게 알리지 않은 게 마음에 걸렸기에 이왕이면 손수수

모르게 중원으로 가고 싶었다.

"슥!"

대로를 조금 걷던 운소명은 구름에 가려진 달이 모습을 드러내며 밝은 빛이 대로를 비추자 저 멀리 한 사람이 서 있는 걸 볼 수 있었다. 자색 피풍의가 휘날리는 모습과 긴 흑색 머리카락은 강물에 흘러가듯 넘실거리고 있었다. 운소명의 안색이 굳어졌다.

"수수······."

운소명은 조심스럽게 손수수의 앞으로 걸어갔다. 삼 장까지 다가간 운소명은 손수수의 강한 기도에 걸음을 멈추고 더 이상 접근하지 않았다.

손수수는 운소명을 감시하던 수하에게 보고를 받자 급하게 성을 빠져나왔다. 그녀가 운소명을 쉽게 발견한 이유는 그가 중원으로 가려 한다는 사실과 그러기 위해서는 남문대로를 통해 가는 게 빠르다는 것을 알았기 때문이다.

물론 다른 길을 통해 우회할 수도 있다는 생각에 수하들을 내보낸 상태였지만 지금 서 있은 남문대로가 가장 유력했기에 자신이 직접 온 것이다.

"이 야심한 밤에 어디를 가지?"

"잠시 강남에 좀 가보려고. 조용히 가려 했더니··· 말도 없이 나와서 화가 난 모양이야?"

운소명은 살짝 미소를 보이며 말했다. 미안한 감정 때문이다. 적어도 손수수에게는 말을 하고 가야 했다.

"성을 나갈 때는 나에게 말하라고 했잖아."

손수수의 차가운 목소리에 운소명은 고개를 끄덕였다.

"그랬는데… 어차피 금방 돌아올 생각이었기 때문에 안 알렸지. 거기다 알리면 분명 내 뒤에 꼬리를 달 것 같았으니까, 지금처럼……."

운소명은 기이한 표정으로 손수수를 쳐다보았다.

스스슥!

어둠 속에서 움직이는 수많은 사람들의 인기척이 느껴졌는데, 그들의 살기가 예사롭지 않았다. 손수수를 쳐다보던 운소명의 눈빛이 달라졌다. 하지만 여전히 웃는 표정이었다.

"말없이 나가서 미안하다니까. 금방 올 거니까, 너무 걱정하지 말고. 화가 난 것은 이해하는데 나도 할 일이 있어서 그런 것뿐이야. 절대 백화성의 일에 대해서 발설할 생각은 없어."

"나는 화를 내고 있는 게 아니야."

운소명은 손수수의 검을 잡은 손이 살짝 떨리고 있는 사실에 무언가 자신의 생각과는 전혀 다른 일이 생겼다는 것을 직감했다. 손수수의 손 떨림이 멈추자 강한 살기가 운소명을 찔러왔다.

"너를 죽이려는 거야."

"……!"

쉭!

 순간 손수수의 검이 십여 개의 잔상을 만들며 운소명의 전신을 찔러왔다. 번개처럼 빠른 동작이었고 급작스러운 일이었기에 운소명은 너무 놀라 눈을 부릅떴다. 완벽한 기습이었다.

 퍼퍽!

 손수수의 검이 운소명의 몸을 찌르는 찰나 마치 연기처럼 운소명의 몸이 허공중에 흩어지더니 손수수의 머리를 넘어 뒤에 나타났다. 그 귀신같은 모습에 손수수의 안색이 굳어졌고, 운소명 역시 주먹을 움켜쥐었다. 지금 펼친 손수수의 한수는 거짓이 아닌 진심에서 우러난 살심이었기 때문이다.

 "왜……."

 손수수는 검을 내리며 신형을 돌려 운소명을 쳐다보았다. 운소명의 왼 소매가 바람에 흩어지더니 수십 개의 거미줄 같은 붉은 선들이 일어났다. 살이 베이지는 않았으나 호신강기에 부딪친 검기로 인해 살짝 부었다.

 "성주님이 다 아셨어, 네놈에 대해서……."

 "……!"

 운소명은 다시 한 번 놀란 표정으로 눈을 크게 뜨다 이내 차가운 표정으로 말했다.

 "그래서 나를 죽이라고 했나?"

 손수수는 입술을 깨물며 고개를 끄덕였다. 그 모습에 운소명은 어이가 없다는 듯 말했다.
 "목숨을 구해주고 성주가 되게 도와주었더니… 결국 자기 원한이 먼저로군. 사람이었어, 그 계집도."
 자신의 목숨을 노린다는 말에 운소명의 입에서 곡비연에 대한 말이 낮아졌다. 화가 났기 때문이다.
 손수수가 싸늘한 목소리로 말했다.
 "내 손으로 죽이라더군."
 "음……."
 운소명은 침음을 삼키다 재빠르게 신형을 돌리곤 경공술을 발휘했다.
 팟!
 그의 신형이 땅을 차고 삽시간에 멀어지자 손수수는 그럴 줄 알았다는 듯 외쳤다.
 "쫓아!"
 그녀의 외침에 수십에 달하는 우천대의 무사들이 질주하기 시작했으며, 우천대의 대주 신유가 마지막에 손수수를 향해 인사했다.
 "사로잡기 힘드니까 죽여."
 "예!"
 신유가 힘차게 대답한 후 수하들의 뒤를 따라 빠르게 이동했다. 그들이 사라지는 모습을 본 손수수는 다리에 힘이 풀린 듯 비틀거리다 무릎을 잡고는 길게 숨을 내쉬었다. 떨리는 손으로 자신의 검을 쳐다보았다.

"결국 이럴 걸 알았으면서……."

아무리 냉정해지려 노력해도 떨리는 것은 어쩔 수가 없었다. 가슴을 부여잡고 숨을 몰아쉬어도 진정이 되지 않았다. 단지 머릿속은 앞으로 어떻게 해야 하는지에 대한 생각뿐이었다. 그런데… 과연 자신이 운소명을 죽일 수 있을까? 과거의 자신이라면 망설임도 없었을 것이다. 하지만 지금은 그렇지가 못했다. 그때와 지금의 자신은 너무 달라져 있었다.

저벅! 저벅!

빠른 발걸음 소리와 함께 내실로 들어온 묵선혜의 표정은 굳어 있었다. 삼 일 동안 침묵했던 성주인 곡비연이 갑작스럽게 불렀기 때문이다. 침묵을 깨고 나왔다는 것에 기분이 좋았지만 이런 야심한 시각에 자신을 부른 게 마음에 걸리기도 했다.

"백문원주입니다."

묵선혜는 시비가 문을 열어주자 안으로 들어가 의자에 앉아 있는 곡비연에게 인사했다. 그런 그녀의 눈빛이 살짝 빛났다. 곡비연이 백색 궁장의가 아니라 홍색 경장 차림이었기 때문이다. 외출을 하려는 듯 보였고, 그것도 다른 사람들은 모르게 하려는 것 같았다.

"앉으세요."

"예."

묵선혜가 자리에 앉자 곡비연은 빠르게 말했다.

"무림맹주와는 별다른 이야기를 안 했어요. 지금처럼 잘 지내자는 이야기가 전부였지요. 사사로운 원한 때문에 일어난 사건에 백화성과 무림맹이 직접 움직일 필요는 없다고 하더군요."

"예……."

묵선혜는 그 긴 시간 동안 한 대화를 단 몇 마디로 요약해 알려주자 조금은 아쉬운 기분이 들었다. 그녀도 무림맹주와의 대화가 궁금했고 자세히 알고 싶었기 때문이다.

곡비연은 차를 따라 마시더니 다시 말했다.

"저는 볼일이 있어서 잠시 나갔다 올 생각이에요. 그동안 묵 원주께서 저를 대신해 주셨으면 좋겠군요. 물론 다른 사람들에겐 아직도 침거 중이라 말하세요."

"예, 알겠습니다. 그런데 어떤 일 때문에 나가시는 것인지 알 수 있을까요?"

"별일 아니에요. 금방 돌아올 생각이고… 잠시 이 자리에서 벗어나 자유를 느끼고 싶을 뿐이에요."

"좀 전에 나간 백무원주와 연관된 일인가요?"

묵선혜의 물음에 곡비연은 눈을 빛내며 미소를 보였다. 그러자 묵선혜가 다시 말했다.

"제가 주제넘은 말을 한 것 같습니다."

"아니에요. 관련이 없다면 거짓말이겠지요. 묵 원주라면 충분히 알 거예요, 지금 제 말이나 행동만 보아도 말이에요."

묵선혜는 가만히 침묵했다. 하지만 그녀도 어떤 이유 때문에 성주인 곡비연이 나가는지 알 수는 없었다. 단지 연관이 조금 있다는 정도만 예측할 뿐이었다.

"이 기회에 실전 경험도 하고 싶은 마음도 있구요."

곡비연의 미소에 묵선혜는 조금 걱정스러운 표정으로 말했다.

"홀로 나가시면 안 됩니다. 호위장로라도 데리고 나가시는 게 좋을 듯합니다."

"그건 제가 알아서 하겠어요. 너무 걱정하지 마세요."

"예."

묵선혜는 곡비연의 말에도 조금 불안하다는 표정이었다. 백화성의 성주가 홀로 움직인다면 절대 무림맹이 가만히 둘 리가 없다고 생각했기 때문이다.

"거기다 금방 돌아올 생각이에요."

"알겠습니다."

묵선혜는 자신이 반대할 수 없다는 것을 알기에 대답했다.

"그럼 잘 부탁할게요."

곡비연이 먼저 자리에서 일어나자 묵선혜도 따라서 일어났다. 밖으로 나가는 곡비연의 뒤를 따르며 말했다.

"연락책이라도 두셨으면 합니다."

"이미 손을 써놨어요. 암화단주가 따를 테니 그 부분에 대해서는 걱정하지 마세요."

"예."

묵선혜는 암화단이란 말에 눈을 반짝였다. 그리고 생각보다 곡비연이 하려는 일이 크다는 생각이 들었다. 하지만 알려 하지 않았다. 왠지 모르게 자신이 알면 위험해질 것 같았기 때문이다.

第六章

뜨거운 눈물

뜨거운 눈물

파팟!
 재빠르게 다리를 움직이며 마치 질주하는 호랑이처럼 힘차게 앞으로 전진하는 운소명의 눈빛은 차갑게 번들거리고 있었다. 오랜만에 느끼는 긴장감에 심장이 터질 것 같았으나 왠지 모를 흥분이 전신에 활력을 불어넣는 것 같았다. 문득 코끝으로 물 냄새가 지나가자 운소명의 눈이 반짝였다.

"이강(理江)을 넘은 것 같습니다."
 수하의 보고에 신유는 흘러가는 강물을 쳐다보며 눈살을 찌푸렸다. 이강을 넘으면 섬서로 향하는 단구성이 나오기 때문이다. 그곳에서 섬서로 넘어가면 중원으로 가는 길이 수월할 것이다.

"음… 이강을 따라 내려가면 어디지?"

"백가성이 있습니다."

"백가성이라……."

신유는 백가성을 떠올렸다. 백가성은 감숙성의 중심으로, 백화성으로 깊숙이 들어오는 것과 마찬가지였다. 감숙성을 벗어나지 않는 이상 백화성의 손에서 벗어나기 힘들었다.

"강 너머에 흔적은 없고?"

"아직 수색 중이나 없는 듯 보입니다."

"귀신같은 놈……."

신유는 인상을 찌푸리며 중얼거리다 수하들에게 말했다.

"부단주는 삼단과 사단을 데리고 강 너머 단구로 향하게. 나는 일단과 이단을 데리고 백가성으로 갈 테니 말이야."

"예."

대답과 함께 수많은 우천대의 무인들이 강을 넘어 단구 쪽으로 이동하기 시작하자 신유는 곧 남은 이백의 수하들과 함께 남하하기 시작했다. 혹시 모르기 때문이다. 어차피 인원은 충분했고 전력을 반으로 나눈다고 해서 문제가 될 거라 생각지 않았다. 그만큼 자신의 우천대에 대한 자신이 있었고 절대고수를 만난다 해도 두렵다는 생각이 없었다.

'도대체 그자가 어떤 죄를 지었기에…….'

문득 신유는 운소명이 어떤 이유로 이렇게 되었는지 궁금해졌다. 그자는 분명 손수수의 호위였고, 무림맹주를 만나고 오는 동안 함께한 사람이었다. 듣기로는 성주님과도 친분이 두텁다고 하였다. 그런 자가 이제 와서 왜 이렇게 된 것일까? 신유는 그러한 궁금증을 감출 수가 없었다. 하지만 궁금하다고 알 수 있는 것도 아니었기에 지금은 그냥 시키는 일만 하기로 했다.

쉬쉭!

바람처럼 대로를 지나가던 손수수는 길이 두 개로 나뉘자 잠시 걸음을 멈추었다. 그러자 그녀의 옆으로 안여정과 노화가 연기처럼 나타났고 얼마 지나지 않아 사백의 좌천대 대원들이 모습을 보였다.

"우천대는 백가성과 단구 쪽으로 향했다 합니다."

"그래?"

손수수는 안여정의 말에 고개를 끄덕이다 곧 생각난 표정으로 말했다.

"그렇다면 너희들은 천수로 가거라. 천수에서 배를 타고 이동할 가능성도 높으니까."

"예, 알겠습니다. 그런데 원주님은 어찌하실 생각입니까?"

"나는 백가성으로 가봐야겠다. 백가성에서 우천대와 함께 천수로 가지."

"알겠습니다."

안여정은 대답한 후 좌천대와 함께 우측의 천수 방향으로 움직이기 시작했다. 홀로 남은 손수수는 좌측의 대로를 따라 이동하기 시작했다.

'천리향······.'

손수수는 며칠 전 운소명이 입고 있던 모든 옷에 천리향을 뿌려둔 상태였다. 그가 언제 떠날지 몰라 불안했고, 그러한 불안감 때문에 미리 손을 쓴 상태였다. 물론 추적을 위한 것이었지만 그때 천리향을 뿌려둘 때와는 상황이 달랐다. 그때는 자기가 함께 가겠다는 의지를 가지고 뿌려둔 것이었다. 하지만 지금은 운소명을 추적하기 위한 목적으로 바뀐 상태였다.

슥!

손수수의 신형이 바람을 따라 흩어지듯 사라졌다.

그녀가 사라지자 얼마 지나지 않아 그 자리에 검은 그림자 하나가 소리없이 나타났다. 머리부터 발끝까지 검은색 일색을 한 인물은 호리호리한 몸매에 가슴이 볼록한 것으로 보아 여자임이 분명했다. 복면에 뚫린 두 개의 눈에서 붉은 광채가 번들거리기 시작한 것도 손수수의 흔적을 발견한 직후였다.

"손 원주가 운소명이 어디에 있는지 알고 있는 것 같나요?"

복면인은 뒤에서 들린 말소리에 신형을 돌려 십대 후반으로 보이는 그림 같은 소녀를 향해 부복했다.

"아직까지는 판단하기 어렵습니다, 성주님."

"그런가요? 하지만 따라가면 운소명을 만날 수 있지 않을까요?"

"예."

복면인의 대답에 곡비연은 다시 말했다.

"손 원주가 운소명을 못 죽이면, 아민… 당신이 손 원주를 죽이세요."

곡비연의 급작스러운 말에 장아민의 눈동자가 흔들렸다. 암화단에서 함께 밥을 먹던 사이였으며, 한때는 자신의 상관이었기 때문이다. 아무리 냉정한 장아민이라 하나 손수수와 정이 두터웠다. 하지만 거절할 수가 없었다.

"예, 알겠습니다. 그렇다면 운소명은 어찌 처리할까요?"

"그건 걱정 마세요, 제가 처리할 테니까. 당신은 그저 손 원주만 관찰하시면 돼요."

"예."

"출발하지요."

곡비연의 말에 장아민의 신형이 빠르게 이동하기 시작했으며, 그 뒤로 곡비연이 느긋한 표정으로 따라갔다.

* * *

동편에서 해가 떠오르자 잠시 걸음을 멈춘 운소명은 흘러가는 강물을 바라보며 풀밭에 앉았다. 잠시 동안이지만 어느 정도 마음의 여유를 찾고 휴식을 취하고 싶었다.
 "사천으로 해서 장강을 타는 게 낫겠어."
 운소명은 강남으로 가는 길을 머릿속에 그리며 생각했다. 야간을 이용해 이동하면서 몇 번만 변장하면 충분히 손수수의 눈을 벗어날 수 있다고 생각했다. 운소명은 팔베개를 하고 누웠다. 나무 그늘이 해를 가려주었고 서늘한 바람이 잔잔하게 불어오자 잠시지만 잠을 청하고 싶다는 생각이 들었다. 하지만 운소명은 감았던 눈을 뜨며 인상을 찌푸려야 했다. 어느새 옆에 서 있는 손수수를 발견했기 때문이다.
 "빠르군."
 운소명은 손수수가 자신을 정확하게 찾아왔다는 것에 상당히 놀랐다. 그리고 그녀의 표정이 무심하다는 것에 경계하였다.
 슥!
 손수수의 손에 들린 검끝이 누워 있던 운소명의 얼굴을 향했다. 운소명은 아주 잠깐이지만 방심한 자신을 탓하며 손수수를 올려다보았다. 시선이 마주치자 손수수의 붉은 입술이 열렸다.
 "꽤 멀리까지 도망갔다고 생각했는데 생각보다 멀리 가지는 못했네?"

"나를 쫓던 사람들을 따돌렸는데 급하게 갈 필요는 없잖아?"

"지금 상황이 어떤 상황인지 아직도 제대로 이해 못한 것 같아 보이네."

손수수가 비웃듯이 낮은 목소리로 중얼거리자 운소명은 주변을 재빠르게 살폈다. 하지만 손수수를 제외한 어떠한 인기척도 느껴지지 않아 입가에 미소를 그렸다. 표정은 여유를 찾았으나 생각은 많았다. 그녀가 자신의 위치를 정확하게 추적해서 왔기 때문이다. 아무리 대단한 추종술을 익혔다 해도 사람을 찾기란 쉬운 게 아니었다. 그것도 이렇게 단시간에 말이다.

"역시… 전 암화단의 단주다운 실력이야. 무슨 방법을 썼지? 나를 이렇게 빨리 찾아낼 수 있는 사람이 있다곤 생각지 못했는데 말이야. 아무리 암화단이라 해도."

운소명의 물음에 손수수는 별다른 표정의 변화 없이 말했다.

"그건 네 생각이고 자만이지. 그리고 나를 너무 우습게본 게 아닐까?"

손수수의 말에 운소명은 팔베개를 풀며 검끝을 손으로 잡았다. 그러자 손수수의 안색이 바뀌며 전신에서 살기가 흘러나오기 시작했다. 운소명도 호신강기를 끌어올리곤 천천히 일어섰다.

"우습게본 적 없어."

"그렇다면 그냥 내 손에 죽어주는 게 어때?"

"네 손에 죽고는 싶은데, 혼자 온 것을 보니 나를 죽일 생각이 없는 것처럼 보여. 나만 그렇게 생각하는 건가?"

운소명이 검을 놓으며 뒤로 두어 발 물러서자 손수수의 검에서 유형의 검기가 아지랑이처럼 흘러나오기 시작했다.

"착각일 뿐이야."

"그렇다면 좀 전에 죽였어야지."

운소명은 자신이 방심했던 좀 전의 상황을 떠올렸다. 그때라면 손수수가 마음만 먹었어도 좀 더 수월하게 자신을 상대할 수 있었을 것이다.

"천하의 백화성의 원주가 누워 있는 사람을 죽였다고 소문이 날까 봐 두렵더군."

"하하하하!"

운소명은 그 말에 호탕하게 웃으며 뒤로 두어 걸음 더 물러섰다. 자신의 손에 무기가 없는 이상 검을 든 손수수를 상대로 쉽게 이길 수는 없었다. 어느 정도 거리를 둬야 했다.

"그런 소문을 두려워하다니 재미있군. 자리가 사람을 바꾸는 것인가……?"

"이런 쓸데없는 대화는 그만두자. 어차피 우린 가는 길이 다르잖아?"

쉭!

바람처럼 말이 끝남과 동시에 손수수의 신형이 앞으로 뻗어나가더니 유성 같은 빛과 함께 운소명을 검으로 찔렀다. 마치 운소명의 전신을 집어삼키려는 듯 거대한 빛이었다.

쾅!

폭음과 함께 쌍장으로 손수수의 검강을 막은 운소명의 신형이 뒤로 밀려 나가자 손수수가 가차없이 앞으로 나가며 운소명을 공격했다.

"정말 나를 죽일 생각인가?"

운소명은 진심이 담긴 그녀의 공격에 내심 당황하고 있었다.

"이게 거짓말처럼 느껴져?"

쉬악!

강한 바람 소리와 함께 강력한 검풍이 운소명의 전신을 덮쳤다. 운소명의 좌장이 앞으로 뻗어 검풍을 받아치자 '쿵!' 소리와 함께 발목까지 몸이 땅속으로 빠졌다. 강한 충격 때문이다.

쉬익!

검풍 너머로 손수수와 함께 강한 검강이 나타나자 운소명은 이미 알고 있었다는 듯 땅에서 나와 우장을 내밀었다. 붉은 운소명의 장영이 강한 빛과 함께 손수수의 검강과 부딪쳤다.

쾅!

폭음과 함께 검강을 무력화시킨 운소명의 신형은 뒤로 날아가고 있었다. 일부러 몸을 뒤로 날려 충격을 피한 운소명은 재빠르게 자세를 잡으며 신형을 멈춰 세웠다. 그러자 손수수가 기다렸다는 듯이 검과 함께 맹렬하게 몰아치기 시작했다.

"그때 우리가 함께했던 시간이 그리 길지는 않았어도 내게는 가장 긴 시간이었어."

운소명은 말하며 손수수의 검을 피했다. 손수수는 인상을 찌푸리며 환상처럼 수십 개의 검기 다발을 일으켰다.

"그게 어쨌다는 거야."

쉬쉬쉭!

마치 모든 공간을 메우듯 수많은 별들이 눈앞에서 날아들자 운소명은 암도술을 펼치며 몸을 움직였다.

파팟!

그의 신형이 수십 개로 분리된 듯 사방으로 퍼지더니 유성 같은 빛이 사라지자 하나로 변했다. 그 짧은 움직임에 손수수의 표정이 날카롭게 변하였다.

"피하기만 할 거야?"

손수수의 말에 운소명은 고개를 끄덕이며 뒤로 물러섰다.

"나는… 다른 사람이라면 몰라도 네게 맞설 수 있는 힘이 없어."

"흥!"

손수수는 그 말에 코웃음을 날리며 다가왔다. 그녀의 신형이 삽시간에 늘어나자 운소명의 눈빛이 반짝였다.

파팟!

검과 손수수의 모습이 어느 순간 사라짐과 동시에 마치 사방에서 별들이 덮쳐 오는 것 같았다. 그 백색 광채에 운소명은 재빠르게 땅을 찼다.

슈악!

그의 신형이 허공중에 높게 솟구쳤으며 사방에서 모이던 빛무리가 운소명이 있던 자리에서 뭉치더니 마치 하늘로 승천하듯 거대한 빛이 되어 올라갔다. 그 모습을 본 운소명의 안색이 놀람으로 바뀌었다. 손수수의 절기인 유성칠식을 펼친 게 분명했기 때문이다. 유성칠식의 위력은 과거에 수없이 많이 보았기에 잘 알고 있었다.

"유성칠식! 정말 미쳤구나!"

운소명은 그녀가 빛무리의 중심에 있다는 것을 알고 있다는 듯 외치며 몸을 뒤집었다. 그 순간 그의 전신이 붉게 물들었으며 어느새 붉은 광채에 휩싸였다. 운소명은 혈정마장을 극성으로 펼치며 쌍장을 내밀었다. 그의 붉은 손이 올라오는 백색의 거대한 빛을 향해 떨어졌다.

쾅!

부딪치는 순간 붉은 빛이 튕겨 나가듯 솟구쳤고 백색 빛이 땅으로 꺼졌다. 그 이후 허공중에 일어난 강력한 폭음 소리가 사방으로 퍼져 나갔으며 백색의 빛이 마치 파도에 휩쓸리듯 천지사방을 울렸다.

"음……!"

땅속에 허리까지 잠겨 있던 손수수는 안색을 굳히며 밖으로 나왔다. 그리고 주변에 쓰러진 나무들과 뒤집혀진 땅을 보며 눈을 반짝이기 시작했다. 운소명을 찾았으나 그의 기척이 느껴지지 않았기 때문이다.

"혈정마장(血情魔掌)……."

손수수는 운소명이 혈정마공을 익힌 사실을 기억하며 입술을 깨물었다. 손에 도(刀)가 없는 이상 반혼도법을 펼칠 수는 없을 것이다. 펼친다 해도 위력이 반감된 상태이기에 손수수의 검공을 막을 수 없었다. 그것을 잘 알기에 맨손으로 펼치기 가장 수월하고 위력이 좋은 혈정마장을 펼친 게 분명했다.

주륵!

그녀의 입술 사이로 핏방울이 흘러내렸다. 입술이 터진 게 아니라 내상 때문에 올라온 피였다. 그렇지만 큰 부상은 아니었다.

"심각하겠지, 맨몸으로 유성칠식을 받아냈으니 말이야."

손수수는 가만히 중얼거리다 곧 눈을 감고 서서 운기하기 시작했다. 그녀의 전신으로 따뜻한 기운이 모이더니 서서히 회오리치는 바람이 되어 전신을 덮기 시작했다. 약 일다경의 시간이 흐르자 눈을 뜬 손수수는 번뜩이는 안광으로 천천히 천리향의 향기를 따라 이동하기 시작했다.

"헉! 헉!"

운소명은 숨을 거칠게 몰아쉬며 어두운 나무 그늘 사이에 숨어들었다. 그의 상의는 이미 사라진 지 오래였으며, 여기저기에 피멍이 들어 있었다. 또한 오른팔은 수십 개의 작은 구멍이 뚫려 있었고, 그곳에서 피가 조금씩 흐르고 있는 상태였다. 왼팔도 오른팔과 다르지 않았다.

"콜록!"

피를 한 사발 토한 운소명은 호흡을 가다듬고는 짧게 운기하기 시작했다. 그리 많은 시간이 남아 있지 않은 상태였다. 손수수가 마음먹고 추적하면 일다경도 안 되어 잡힐 것이다. 그것을 알기에 잠시라도 휴식을 취하고 움직일 생각이었다.

"후우……."

약 일다경의 운기 후 긴 호흡과 함께 눈을 뜬 운소명은 서릿발 같은 차가운 눈동자로 주변을 살피다 일어섰다.

"으음……."

전신에서 느껴지는 통증에 운소명의 아미가 절로 찌푸려졌다.

"도(刀)라도 있었으면 이 정도까지 피해를 입지는 않았을 터인데……."

운소명은 곡비연과의 대결에서 사라져 버린 자신의 도를 떠올리며 혀를 찼다.

"젠장······."

곡비연을 떠올리자 화가 났다. 자신은 용서했는데 곡비연은 전혀 그럴 생각이 없어 보였기 때문이다. 무엇보다 손수수를 이용하고 있다는 게 마음에 안 들었다.

"도와주는 게 아니었어······."

문득 든 생각이었다. 괴홍랑에게 죽도록 내버려 두었어야 했다는 생각이 문득 들었다. 하지만 이미 지나간 일이었고 과거였다. 지금 중요한 것은 손수수를 피해야 한다는 점과 곡비연에 대한 원한 관계였다. 운소명은 한숨과 함께 다시 경공을 발휘해 움직이기 시작했다. 하지만 그러한 움직임도 오래가지는 못했다.

쉬익!

나뭇잎을 자르며 다가오는 무색 투명한 기운에 운소명은 허리를 숙였다.

팟!

그의 머리카락이 몇 가닥 잘려 떨어졌다.

쿵!

그 옆에 있던 나무 한 그루가 깨끗한 절단면을 보이며 쓰러지자 운소명은 주변을 둘러보았다. 그런 그의 시선에선 차가운 한기가 흘러나오고 있었다. 상대를 찾지 못했기 때문이다.

이 정도로 은밀하게 움직이면서 강한 무공을 구사할 정도의 인물은 머릿속에 떠오르지 않았다.

슥!

순간 나뭇잎이 잘리는 소리와 함께 또 하나의 투명한 기운이 다가오자 운소명의 신형이 마치 연기처럼 흩어졌다. 암도술을 극성으로 펼친 것이다.

스슥!

운소명의 그림자를 자르며 지나친 투명한 기운은 마치 거짓말처럼 오간 데 없이 사라졌다.

스르륵!

운소명의 신형이 반 장 정도 떨어진 곳에서 모습을 나타냈다.

'살수……'

운소명의 머릿속엔 오직 그 생각뿐이었다. 이 정도로 은밀한 무공을 구사하면서 자신의 이목을 속일 수 있는 존재가 있다면 바로 살수일 것이라 생각했다. 그것도 절정의 살수였다. 하지만 두렵다는 생각은 없었다. 자신도 한때는 살수였기 때문이다.

핏!

순간 운소명의 미간 사이로 붉은 점 하나가 번뜩이며 날아들었다. 운소명은 순간 그 빛을 어디선가 봤다는 것을 상기함과 동시에 고개를 돌려 피했다.

퍽!

붉은색의 점이 나무를 뚫었고, 운소명은 굳은 표정으로 작은 구멍이 뚫린 나무를 쳐다보았다.

"재수가 없으려니……."

운소명은 자신도 모르게 낮게 중얼거렸다.

"제가 재수없는 인간인가 보군요."

낮은 목소리와 함께 곡비연이 모습을 보이자 운소명은 뒤로 한 걸음 물러서며 말했다.

"지금은 그렇지. 별로 싸우고 싶은 생각이 없으니까."

핏!

순간 운소명의 신형이 땅을 찼고, 곡비연의 손에서 다섯 가닥의 지공이 번뜩인 것은 동시였다.

파파팟!

지공을 피하며 허공중에 떠오른 운소명은 바람결에 날아드는 투명한 칼날의 기운을 느끼고 재빠르게 몸을 뒤집었다. 순간 귓불을 스치는 투명한 칼날에 운소명의 안광이 날카롭게 빛나더니 몸을 다시 뒤집은 후 바닥에 내려섰다.

'둘……'

퍼퍽!

투명한 칼날이 나무를 자르며 지나자 '우르릉!' 하는 소리와 함께 두 그루의 나무가 옆으로 쓰러졌다. 그 틈에 운소명의 신형이 흐릿하게 흩어졌다.

운소명이 사라지자 모습을 보인 곡비연은 눈살을 찌푸렸다. 자신의 이목을 속이고 도망칠 줄은 몰랐기 때문이다.
아무리 곡비연의 무공이 고강하다 하나 아직 운소명에 비해 실전 경험은 부족했다.
"도망치는 짓은 잡배들이나 하는 짓인 줄 알았는데 그것도 아닌 모양이군요."
곡비연의 목소리가 낮게 숲을 흔들며 멀리까지 퍼져 나갔다. 얼마 지나지 않아 마치 메아리처럼 다른 목소리가 곡비연의 귀로 들려왔다.
"암습 또한 마찬가지지."
멀리서 낮은 목소리가 숲을 가로지르자 곡비연의 옆에 있던 장아민의 검은 그림자가 소리없이 움직였다.

스슥!
바람처럼 숲을 가로질러 가던 장아민은 저 멀리 운소명의 모습이 보이자 재빠르게 다가가려다 눈을 반짝이며 주변의 나무 위로 올라갔다.
'역시……'
장아민은 넓은 공터 위에 서 있는 운소명을 발견하곤 고개를 끄덕였다. 자신의 존재를 파악하기 위해 공터로 나온 것이 확실했기 때문이다. 사방이 탁 트인 곳이라면 자신의 위치도 알려지지만 상대방의 위치도 알아낼 수가 있었다.

뜨거운 눈물 211

'무형비(無形匕)를 두 번이나 피하는 상대도 처음이지만 이렇게 나를 유인하는 놈도 처음이군……'

장아민은 분명 무형비의 대단함과 위력을 잘 알고 있었다. 그녀의 무형비를 피하는 인물은 전무하다시피 했으며 두 번 이상 피하는 상대도 없었다. 무형비와 함께 펼치는 은신술 또한 소리가 없었다. 그러한 공격을 운소명은 아주 찰나의 순간에 피했다. 그때 조금이라도 흥분하거나 소리를 내었다면 장아민은 분명 운소명의 손에 죽었을 거라 생각했다.

'기다려야 하겠지……'

장아민은 섣부르게 판단하지 않은 채 곡비연이 오는 것을 기다렸다. 하지만 곡비연보다 더 먼저 나타난 사람이 있었다.

휘리릭!

바람처럼 나무를 차고 공터로 날아온 손수수는 여전히 차가운 표정으로 운소명을 쳐다보고 있었다. 장아민은 손수수의 모습을 보다 곧 얼마 떨어지지 않은 곳에 몸을 숨기는 곡비연을 볼 수 있었다.

운소명은 예상과는 달리 손수수가 나타나자 조금 의외라는 듯 쳐다보았다.

"여우가 가니 늑대가 나타나는 건가?"

운소명이 낮은 목소리로 중얼거리자 손수수의 표정이 굳

어졌다.

"내가 늑대라는 말로 들리는데?"

"뭐, 그렇지. 여우는 잔꾀를 부리는 여자에게나 어울려."

운소명의 목소리는 조금 컸으며 멀리까지 퍼졌다. 물론 숲에 있는 곡비연이 들으라는 뜻에서 크게 말한 것이다. 하지만 곡비연은 어디에 있는지 반응조차 없었다.

"나 말고 다른 사람도 온 모양이야?"

손수수의 물음에 운소명은 당연하다는 표정으로 고개를 끄덕였다.

"사실 내가 여자들에게 인기가 많은 편이지. 물론… 원한이지만 말이야."

손수수는 곡비연을 떠올렸다. 물론 곡비연이 근처에 있다는 것은 짐작하고 있었다. 이곳에 오기 전에 몇 번의 큰 소리를 들을 수 있었고 싸움의 흔적을 발견했기 때문이다.

"숨지 말고 나오는 게 어떨까? 곡 소저의 아름다운 자태가 너무 보고 싶은데……."

운소명의 농처럼 들리는 말에 손수수의 뒤로 곡비연이 모습을 보였다. 그녀가 나타나자 손수수가 옆으로 한 발 물러섰다.

"저를 따라오셨군요."

손수수의 말에 곡비연은 대답없이 고개를 끄덕였다. 그런 그녀의 눈은 운소명을 향하고 있었으며 여전히 강한 살기를 보이고 있었다. 곡비연의 살기가 강했기에 손수수는 더 이상 입을 열지 않았으며 걱정스러운 눈빛으로 운소명을 쳐다보았다. 하지만 운소명과 눈이 마주치자 손수수는 정색한 표정으로 살기를 천천히 일으켰다.

운소명은 손수수와 곡비연을 나란히 쳐다보다 이내 입가에 미소를 걸었다. 여유를 보이기 위함이 아니라 지금의 상황이 재미있었기 때문이다. 어차피 오래전부터 생각해 왔던 일들이었다.

"당신이 무살이란 말을 들었을 때 기분 나쁘지는 않았어요. 무살이 누구인지 관심이 없었으니까요. 하지만 당신이 무살이기에 화가 났어요. 나를 기만했고 지금까지 내 앞에서 가증스럽게 웃었으니 말이에요. 옆에서 얼마나 나를 비웃었을까, 얼마나 내가 바보로 보였을까. 옆에 두고도 알지 못하는 내 모습을 보면서 그토록 많은 날을 비웃었겠지요. 그게 화가 나요."

곡비연의 말에 운소명은 고개를 끄덕였다.

"솔직히 비웃었던 것은 사실이오."

슈악!

순간 강력한 붉은 빛이 운소명의 이마를 향했다. 운소명은 재빠르게 오른손을 들었다.

쾅!

폭음과 함께 붉은 점이 사라지자 뒤로 한 걸음 물러선 운소명의 모습이 보였다. 손을 든 운소명의 우장은 붉게 물들어 있었으며 강한 기운을 내뿜고 있었다.

"혈정마장?"

곡비연은 운소명의 붉은 손을 바라보다 눈을 반짝였다. 하지만 그것도 잠시뿐이었다. 검지를 앞으로 뻗은 곡비연이 다시 말했다.

"배후를 말하세요. 누구의 사주를 받은 것인가요? 도대체 누가 나를 이렇게 가지고 노는 것인지 말하세요."

"말한다고 지금 상황이 달라질 것 같소?"

운소명은 자신의 목숨이 죽음에 다가섰다는 것을 잘 알고 있다는 듯 말했다. 곡비연은 차갑게 눈을 반짝였다.

"혹시 모르지요, 죽이지 않을지도. 단지 두 번 다시 무공을 펼칠 수 없는 몸으로 만들어 제 곁에 둘지도······."

곡비연의 말에 운소명과 손수수는 문득 등골이 서늘해지는 기분이 들었다. 가볍게 말하는 듯했으나 그 속뜻은 상당히 무섭게 다가왔다. 운소명을 폐인으로 만들어 곁에 두겠다는 말에 손수수 역시 가슴이 답답해지는 것을 느껴야 했다.

"어차피 내겐 어떤 것도 이득이 될 수 없는 것 같아 슬프군."

운소명의 낮은 목소리에 곡비연이 다시 말했다.

"그러니 말해달라는 거예요. 자기 자신에게 이득될 게 없다면 적어도 타인에게 이득이 되는 정보는 줘야 하는 것 아닌가요? 저를 더 이상 실망시키지 마세요."

곡비연의 말에 운소명은 미소를 보이며 말했다.

"실망시킬 게 또 무엇이 있겠소, 어차피 우린 남남인데."

곡비연의 눈동자가 흔들렸다. 운소명의 냉정한 말 때문이다. 곡비연은 복잡한 눈빛으로 짧게 숨을 내쉬며 말했다.

"당신은 제게 조금은 특별한 사람이었어요. 적어도 제게는 은인이니까요. 그런데 원수이기도 하군요. 저는 당신의 입을 통해, 내가 아니니 오해하지 말라는 말을 듣고 싶었어요. 그게 설령 거짓이라 해도 그런 거짓말을 제게 했다 해도… 저는 당신을 믿었을 거예요. 이성적으로는 당신이 제 원수라는 것을 알면서도 말이에요."

곡비연의 솔직한 말에 옆에 있던 손수수의 어깨가 미미하게 흔들렸다. 곡비연의 말이 진심이었기 때문이다. 운소명은 실소를 보이며 말했다.

"나는 거짓말을 못한다오. 또 진실은 변하지 않소이다. 잠시나마 진실을 덮으려 했던 내가 어리석었을 뿐이오."

말을 하는 동안 운소명은 손수수를 쳐다보았다. 손수수의 눈동자가 흔들리는 것이 보였다. 운소명은 시선을 돌려 곡비연을 쳐다보며 다시 말했다.

"곡 소저가 수단과 방법을 가리지 말고 나를 죽이려 한다 해도 나는 살 것이오."

운소명의 입가에 자신에 찬 미소가 걸리자 곡비연은 고개를 끄덕였다. 운소명의 말처럼 될 것 같았기 때문이다. 또한 운소명은 충분히 그럴 능력이 있는 사람이었다.

하지만 운소명도 모르는 게 있었다. 지금 그가 상대하는 사람은 곡비연과 손수수라는 점이었다. 운소명은 은연중 손수수를 배제하고 있었다. 그 점을 곡비연은 잘 알고 있었다.

"과연 그럴까요?"

쉭!

허공을 가로지르며 두 가닥의 혈점지가 빠르게 날아들었다. 운소명이 재빠르게 회전하며 좌우로 움직여 피하자 곡비연이 귀신처럼 따라붙었다. 그런 그녀의 손에 연검이 들리자 운소명의 눈빛이 굳어졌다. 연검을 든 곡비연은 무기없이 상대하기엔 벅찼기 때문이다.

쉬쉭!

바람을 가르며 붉은 검기가 거미줄처럼 날아들자 운소명은 더욱 빠르게 발을 움직이며 검기를 피했다. 맨손으로 받기에는 백화요결의 파결이 두려웠다. 반혼도법을 펼칠 때 자신의 도강이 산산조각 나던 그림이 머릿속에 떠올랐기 때문이다.

쉬악!

허리를 가르며 붉은 검기가 지나가자 운소명은 뒤로 몸을 움직였다. 그 순간 곡비연의 지공이 날아들었다. 전에 비해 더욱 빠르고 숙련된 움직임을 보이는 곡비연이었다. 싸움의

횟수가 많아질수록 그녀는 분명 더욱 강해질 것이다. 이미 무공의 완성도는 끝에 다다른 상태였다. 남은 건 실전 경험으로 터득하는 자신만의 기술이었다.

다른 사람보다 더욱 빠르게 백화요결을 자신만의 것으로 만드는 곡비연의 모습에 운소명은 매우 놀라며 혈정마장을 펼쳤다.

쾅!

붉은 검기를 혈정마장으로 막는 순간 강력한 폭음과 함께 우장이 마치 찢어지는 것 같은 극렬한 통증이 팔을 타고 올라왔다. 운소명은 뒤로 다시 한 번 물러서며 더욱 붉어진 곡비연의 검을 노려보았다. 이제는 마치 불타오르는 것 같은 모습을 보이자 운소명은 침음을 삼켰다. 그 순간 머리 위에서 강력한 기운이 떨어지는 것을 느낀 운소명은 고개를 들었다.

"……!"

순간 운소명은 저도 모르게 양손을 들어 올렸다.

'손수수!'

곡비연의 공격이 너무 빠르고 강해 잠시 한눈을 판 사이 손수수의 모습을 놓친 게 실수였다. 그때 '쉬악!' 거리는 바람 소리와 함께 곡비연이 다가오는 게 운소명의 시선에 잡혔다. 운소명은 이미 대응하기엔 너무 늦었다는 생각이 들었다. 다가오는 곡비연의 핏빛 그림자가 너무 빨랐고, 피한다 해도 손수수의 검강을 벗어날 자신이 없었다.

"하압!"

 자신도 모르게 기합성을 터뜨린 운소명은 자신의 모든 내력을 끌어올려 호신강기를 일으킴과 동시에 허공에서 떨어지는 강력한 손수수의 검강을 막았다.

 쾅! 쾅!

 두 번의 폭음이 거의 동시에 터져 나오며 운소명의 신형이 순식간에 허공을 날아 실 끊어진 연처럼 숲 속으로 떨어졌다.

 콰쾅!

 운소명이 숲으로 떨어지자 나무들이 부서지는 소리가 그릇이 깨지듯이 요란하게 사방으로 퍼져 나갔다.

 스슥!

 곡비연과 손수수의 신형이 바람처럼 운소명이 떨어진 곳으로 향했다.

 "우에엑!"

 크게 피를 토한 운소명은 비틀거리며 망가진 숲 속에서 몸을 일으켰다. 온몸은 퍼렇게 멍이 든 상태였으며 입술 사이로 핏방울이 계속 흘러내렸다. 온몸이 깨질 것 같은 고통에 운소명은 신음을 토하며 걸음을 옮겼다. 자신이 왜 이렇게 되었는지 기억이 잠시 끊어진 듯 떠오르지 않았다.

 마치 온몸이 부서지는 것 같은 충격 후에 정신이 아득해짐을 느꼈다. 정신을 차리려 해도 사물이 흐릿하게 보였다.

"후후……."

흐릿한 시선 사이로 두 사람의 모습이 눈에 들어오자 운소명은 입가에 미소를 걸었다. 자주 보던 얼굴들이었기 때문이다. 전력을 다한 두 사람의 공격을 맨몸으로 받았으니 몸이 성할 리가 없었다. 백화성 최고의 고수 두 사람의 공격이었다. 운소명이 아니었다면 과연 그러한 공격을 이겨낼 사람이 있을까? 강호에 그런 사람이 있다면 한두 명이 다일 것이다.

"대단하군요, 죽었다고 생각했는데."

곡비연은 운소명의 끈질긴 생명력에 감탄하듯 연검을 늘어뜨리며 말했다. 손수수는 굳어진 표정으로 피에 젖은 운소명의 모습을 쳐다보았다.

"말하지 않았소? 쉽게 죽을 생각이 없다고……."

운소명의 비틀린 웃음에 곡비연은 마음을 고쳐먹은 듯 싸늘한 눈빛으로 말했다.

"아직도 살 수 있다고 생각하는 건가요? 하지만 당신의 뜻대로 될 가능성은 없어요. 그러니 말하세요, 누가 배후인지. 당신을 이대로 잡아가 고문하는 방법도 있지만 당신과의 옛정을 생각해서 그렇게 하지는 않겠어요. 그냥 말만 해주세요. 그럼 그냥 갈 테니까."

"배후? 내가 왜 배후를 말 못하는지 아시오?"

운소명의 시선에 곡비연은 고개를 저었다. 그러자 운소명은 거칠게 숨을 몰아쉬다 곧 호흡을 안정시킨 후 싸늘하게 말했다.

"곡현을 죽인 건… 내 의지로 한 짓이기 때문이오……."

"……!"

곡비연의 전신이 크게 요동치기 시작했다.

"그냥 재수가 없었을 뿐이오. 도망가면서 곡현을 죽이면 크게 혼란이 올 거라 생각했기 때문이오. 본래부터 곡현은 살생부에 적혀 있지도 않았소. 가치없는 죽음이지… 단지 탈출하기 위한 도구였으니까. 후후……."

"죽어!"

슈아아악!

곡비연의 외침과 동시에 허공중에 십여 개의 붉은 광채가 번뜩였다. 운소명은 눈을 부릅뜨며 날아오는 열 개의 검강을 쏘아보았다. 크게 흥분한 곡비연의 전력을 다한 공격임을 한눈에 파악했다.

쉬악!

번개처럼 날아드는 혈광이 가까이 다가오는 순간 운소명은 재빠르게 쭈그려 앉았다. 마치 개구리가 뛰기 전처럼 행동하며 땅을 강하게 때렸다.

쾅!

쉬아악!

"궁신탄영!"

뜨거운 눈물

손수수가 허공으로 솟구치듯 멀어지는 운소명의 모습에 놀라 외쳤다. 하지만 외치는 순간 그녀의 신형 역시 운소명을 따라 솟구쳤다.

콰콰콰쾅!

폭음과 함께 운소명이 있던 자리에 먼지구름이 솟구쳤다. 곡비연의 검강이 여지없이 강타했기 때문이다. 그 충격에 천지가 흔들리듯 땅이 흔들렸다.

"헉! 헉!"

곡비연은 숨을 몰아쉬며 호흡을 가다듬었다. 한순간에 전력을 다 쏟아낸 상태였기에 잠시지만 움직이기 힘들었다. 그런 그녀의 시선 속에 멀리 날아가는 운소명의 곁으로 빠르게 접근하는 손수수의 모습이 잡혔다.

퍽!

"……!"

곡비연의 눈이 순간 부릅떠졌다. 손수수의 검이 운소명의 복부를 찔렀기 때문이다.

휘이이잉!

양 귓가로 바람 소리가 빠르게 스치듯 지나치고 있었다. 멍한 눈은 손수수를 쳐다보고 있었으며, 손수수 역시 흔들리는 시선으로 운소명을 쳐다보았다. 운소명은 자신의 배로 들어온 손수수의 검을 쳐다보며 그녀의 오른 손목을 잡았다. 그리고 이게 진짜 현실인지 잠시 동안 생각했다.

하지만 손을 타고 흐르는 뜨거운 손수수의 열기는 현실이었다. 또한 배를 뚫고 들어온 차가운 칼날의 서늘함 역시.

"그래도… 너는 믿었는데… 마지막까지… 함께할 거라고……."

운소명의 목소리가 가늘게 떨리자 손수수의 전신 역시 흔들리기 시작했다.

"그건 네가 잘못 생각한 거야……."

타탁!

허공에서 떨어져 바닥에 내려선 운소명은 비틀거리며 손수수의 어깨를 잡았다.

"커억!"

입술을 뚫고 피가 튀어나오는 모습을 손수수는 흔들리는 눈동자로 쳐다보았다. 운소명의 입가에 비릿한 조소가 걸렸다.

"모두… 나를 속이지… 모두 다 말이야……."

그 모습이 마치 비수가 되어 가슴을 찌르는 것 같았다. 하지만 흘러나오는 말은 표정과는 달랐다.

"어차피… 모두 거짓이었어……. 우린 단지 살기 위해 서로 거짓말을 한 것뿐이고."

손수수의 떨리는 말에 운소명은 그녀의 손을 힘주어 잡았다.

"그랬지… 나도 계획적이었지……. 애초에 우린 서로를 사랑한 적이 없었으니까……."

그 말에 손수수가 검을 힘주어 뺐다.

스릉!

"커억!"

검을 빼자 운소명의 입에서 헛바람 소리가 튀어나왔으며 전신을 크게 떨기 시작했다. 그런 운소명의 입가에 비웃음이 걸렸다.

"재미있었어… 아주 잠깐이지만……."

"개자식……."

손수수의 입에서 저도 모르게 욕설이 흘러나왔다. 그 순간 운소명의 눈가에서 눈물이 흘러내렸다.

"그런데… 웃기지……. 계획적인데… 모든 게 계획적이었는데… 왜 이렇게 눈물이 흐르지……."

순간 손수수의 전신이 크게 흔들리는 듯싶더니 눈에서 눈물을 흘리기 시작했다. 그 모습에 운소명의 손이 손수수의 눈가를 스쳤다. 마치 닦아내 주려는 듯했으나 힘이 다한 듯 손끝만이 눈을 스쳤다.

탁!

운소명의 발이 땅을 차며 뒤로 날자 순간 손수수의 안색이 크게 변하였다. 운소명의 뒤로 암석으로 이루어진 절벽이 있다는 것을 그제야 눈치챘기 때문이다.

"계획적이었어… 모든 게……."

손수수의 귓가로 운소명의 나지막한 목소리가 메아리가 되어 울려왔다. 손수수의 눈과 운소명의 눈이 허공중에서 잠시 마주쳤다. 하지만 그것도 잠시뿐, 운소명의 신형이 빠르게 나락으로 떨어지듯 바위들 사이로 모습을 감추었다.

第七章
빗소리에 눈을 뜨다

빗소리에 눈을 뜨다

 손수수는 멍하니 서서 저 멀리 보이는 산들을 응시하고 있었다. 그녀의 시선엔 그 무엇도 들어오지 않는 듯했고, 힘없이 처진 어깨는 마치 모든 것을 잃어버린 사람처럼 보였다.
 그녀의 뒤에 서 있던 곡비연 역시 한참 동안 손수수의 뒷모습을 응시하고 있었다. 해가 서산으로 기울기 시작하자 곡비연은 손수수의 뒤로 다가가 허리를 안았다. 손수수의 신형이 살짝 흔들렸다.
 "미안해요."
 곡비연은 자신도 모르게 중얼거리며 손수수의 등에 얼굴을 기대었다.

"다른 사람은 다 잃어도 손 언니만큼은 잃고 싶지 않았어요."

"다 알고 있었군요……."

손수수의 입에서 어렵게 말이 흘러나왔다. 자신과 운소명의 감정이 서로를 깊이 끌어당기고 있다는 사실을.

곡비연은 가만히 고개를 끄덕였다. 손수수는 눈을 감으며 깊은 생각에 잠겨들었다. 하지만 어떠한 행동도 하지 않았다. 단지 생각에 잠긴 듯 눈을 감은 손수수는 그저 운소명의 얼굴만 떠올리고 있을 뿐이었다.

"저를 원망하나요?"

"아니에요."

손수수는 고개를 저었다.

"그는… 우리 모두를 기만한 자예요. 아니, 전 강호를……."

곡비연의 낮은 목소리에 손수수는 대답도 하지 않은 채 여전히 눈만 감고 있었다. 어쩌면 자신이 이 모든 결말을 가져온 것인지도 모른다는 생각이 들었다. 자신이 좀 더 매정했더라면 이렇게 되지는 않았을 것이다.

"무살은… 죽었습니다."

손수수의 낮은 목소리에 곡비연은 고개를 저으며 차가운 목소리로 말했다.

"아니, 아직 그는 죽지 않았어요. 그의 시신을 확인하기 전까지는……."

손수수의 전신이 흔들렸다. 등 뒤에서 느껴지는 한기에 심장이 멈춰 버릴 것 같았다.
"저도 찾으러 가야겠어요."
"그렇게 해주세요."
곡비연은 그 말에 뒤로 물러서며 신형을 돌린 손수수와 얼굴을 마주했다. 곡비연의 눈동자가 순간 자색으로 보여 손수수의 표정이 굳어졌다.
"저는 손 언니를 믿어요. 손 언니는 운소명이 아니라 백화성을 선택했으니까요. 그렇지 않았다면 과연 운 소협을 그렇게 찔렀겠어요? 손 언니는 제 곁에 있어줄 거라 믿었어요."
곡비연의 말에 손수수는 입술을 깨물다 고개를 끄덕였다.
"걱정하지 마세요. 저는 백화성만큼 곡 성주님도 좋아하니까요."
"고마워요."
곡비연은 손수수의 말이 진실이란 것을 안다는 듯 만족한 표정으로 고개를 끄덕였다.
"시신은 같이 찾기로 하지요."
"예."
곡비연의 말에 대답한 손수수는 곧 그녀와 함께 밑으로 내려가기 시작했다.

검은색으로 마치 먹칠을 한 듯한 복장의 장아민은 반짝이는 눈동자로 운소명이 있던 자리를 살피고 있었다. 눈에 떠는 것은 몇 사람의 발자국과 운소명의 몸에서 흐른 핏자국뿐이었다.

"마치 예상이라도 한 것처럼 이곳에서 기다리다 데려갔어."

장아민은 가만히 중얼거리며 흔적들을 더 찾기 위해 움직였다. 그때 발자국 소리와 함께 뒤에 사람이 나타나자 장아민의 신형이 흔들리듯 사라졌다.

"나오세요."

곡비연의 목소리에 장아민의 신형이 다시 나타나자, 손수수는 안색을 바꾸며 장아민을 쳐다보았다. 장아민에 대해서 누구보다 잘 아는 사람이 손수수였다. 그녀는 장아민이 얼마나 뛰어난 추적자이자 암살자인지 잘 알고 있었다. 현 백화성 최고의 살수가 장아민이었다.

"성주님과 원주님을 뵙습니다."

장아민의 인사에 손수수는 고개를 끄덕였다.

"오랜만이네."

손수수의 말에 장아민은 눈웃음을 보이며 대답했다.

"축하드려요. 원주님이 되신 후 찾아뵙지 못했는데… 이런 곳에서 뵙게 되는군요."

"바쁘니까 어쩔 수 없지. 암화단에선 몇이나 나왔지?"

손수수의 물음에 장아민이 슬쩍 곡비연을 쳐다보자, 곡비연이 고개를 끄덕였다. 인원이나 활동에 대해서 알려주려면 성주의 허락이 필요했기 때문이다.

"총 열다섯 명이 나왔어요."

장아민의 말에 손수수는 눈을 반짝였다. 생각보다 많은 인원이 나왔기 때문이다.

"시신은?"

곡비연의 물음에 장아민이 빠르게 대답했다.

"사라졌습니다. 누군가가, 아니, 적어도 다섯 명 정도 되는 인원이 이곳에서 그자를 데리고 간 것으로 보입니다. 하지만 부상자를 데리고 이동하는 게 쉽지 않을 테니 그리 멀리 가지는 못했을 겁니다."

"대단하군."

곡비연은 가만히 중얼거리며 과연 어떤 인물들일지 생각해 보았다. 아니, 어떤 집단인지를 생각하기 시작했다.

"이건 어디까지나 제 생각인데… 운소명이란 자는 필시 죽었을 것으로 보입니다. 그렇게 큰 부상을 입은 채 이곳에 떨어졌다면 살아 있을 가능성이 없습니다. 그들은 운소명의 시신만을 가지고 갔을 겁니다."

"속단하지 마세요."

"죄송합니다. 하지만 아무리 초절정의 고수라 해도 이렇게 다량의 피를 흘리고, 거기다……."

고개를 든 장아민은 오십여 장 높이의 절벽 위를 쳐다보왔다.
 "저 높이에서 떨어져 충격을 받고 살아날 가능성은 없습니다."
 "저는 시신이라도 보고 싶어요."
 곡비연의 강경한 목소리에 장아민은 고개를 숙였다.
 "예, 알겠습니다."
 "지금 당장 추적하세요. 그자들이 도대체 누구인지 궁금하군요. 물론 죽여도 상관없어요."
 "복명."
 쉭!
 장아민의 그림자가 사라지자 손수수와 곡비연은 천천히 주변을 살피기 시작했다.
 "저도 암화 이호의 말처럼 그자가 죽었다고 생각해요. 상식적으로 생각할 때 저라도 그렇게 큰 부상을 입은 상태에서 이런 높이로 떨어진다면 살아남기 어려워요."
 "제가 부주의했기 때문에 시신을 확인하지 못해 죄송하군요."
 손수수는 운소명이 허공을 날아 이렇게까지 멀리 날아올 줄은 몰랐다. 무엇보다 정신이 없었기 때문에 주변을 살필 여유가 없었다. 아무리 냉정한 손수수라 하지만 그 당시만큼은 그녀도 정신이 없었다.
 문득 주변을 살피던 손수수는 고개를 들어 절벽 쪽을 쳐다보았다. 희미하게 핏자국이 보이자 절로 인상을 찌푸렸다.
"특별한 거라도 찾았나요?"
"아니에요. 단지 그자가 죽었다고 생각되어서……."
 손수수는 풀 사이로 뭉친 검붉은 핏자국을 쳐다보며 중얼거렸다. 곡비연도 가만히 고개를 끄덕였다. 손수수의 말에 딱히 부정할 말이 떠오르지 않았다. 자신이 생각해도 살아 있을 가능성은 거의 없어 보였다.
"저희도 이동하지요."
"예."
 곡비연과 손수수는 곧 그 자리를 벗어나 남쪽으로 이동하기 시작했다. 가까운 분타로 가기 위함이다.

＊　　＊　　＊

 핏!
 목을 자르고 지나간 천잠사는 붉은 핏방울을 머금고 있었다. 천잠사를 잡은 검은 손이 움직이자, 빠르게 휘어져 소매로 들어온 천잠사는 마치 거짓말처럼 그 흔적을 감추었다. 고개를 든 장아민은 복면 너머로 쓰러진 두 구의 시신을 쳐다보았다.
 슈악!
 순간 바람 소리와 함께 나뭇잎 사이로 두 개의 비수가 날아

들었다. 장아민의 신형이 뒤로 흔들리듯 사라지더니 마치 유령처럼 없어졌다.

퍼퍽!

두 개의 비수가 나무에 박힌 채 흔들렸다. 그 순간 흔들리는 듯한 신형이 나타나더니 비수를 회수한 후 주변을 살폈다.

"훌륭하군."

검은 흑단 같은 머리카락을 흘려 내린 장림이 두 구의 시신을 살핀 후 눈을 반짝였다. 시신들을 제외하면 어디에도 적의 흔적이 없었기 때문이다. 적어도 홍천처럼 고도의 훈련을 받은 인물이 죽인 게 분명했다.

"삼조는 전멸인가……."

가만히 중얼거린 장림은 천천히 이동하기 시작했다. 그 뒤로 십여 명의 검은 그림자가 마치 호위하듯 따르고 있었다.

'장림인가.'

숲의 나무 그림자 사이로 스치듯 본 얼굴은 분명 장림이었다. 장아민은 장림이 나타났다는 사실에 조금 의외라는 생각이 들었다. 무엇보다 그녀의 주변에 있는 많은 수의 호위들은 일반적인 무사들이 아니었다.

스슥!

장아민의 신형이 연기처럼 사라지더니 장림의 뒤를 따라가기 시작했다. 물론 상대가 장림이라면 섣불리 공격할 생각은 버려야 했다. 그녀의 목적은 어디까지나 운소명이었기 때문이다.

'그런데 시신은 도대체 어디로 간 거지?'

벌써 몇 번이나 지금과 같은 상황이 반복되었다. 그리고 벌써 운소명의 시신을 찾기 위해 움직인 날도 오 일이나 지난 상태였다. 다른 암화단에서의 연락도 없었다. 그들도 찾지 못했다는 뜻이었다.

단지 지금과 전이 다른 게 있다면 장림이 나타났다는 점이었다. 그 차이는 컸고, 장림이 가는 곳에 운소명의 시신이 있을 가능성이 높았다. 장림과 운소명의 관계를 알지는 못하나 이런 곳에 거물이 나타났다는 점만 미루어도 짐작이 되었다.

핑!
허공으로 날아간 동전 하나가 나무 사이로 사라졌다.
퍽!
둔탁한 소리가 울린 것은 나무 속으로 동전이 사라진 직후였고, 바닥으로 검은 물체가 떨어져 내렸다.
슥!
나무 사이로 모습을 보인 장림은 바닥에 널브러진 시신 한 구를 쳐다보며 인상을 찌푸렸다. 검은 복면에 검은 야행복을 입은 인물이었고 몸매를 보아 여자가 분명했다.
"흐음……."

장림은 복면인의 미간을 뚫고 들어간 동전을 바라보다 곧 부릅뜬 시신의 눈을 감겨주곤 혹시나 싶어 품을 뒤졌다. 하지만 이렇다 할 물증은 나오지는 않았다. 어디의 소속인지 대충 짐작만 할 뿐이었다. 무림맹을 제외하고 이렇게 능숙하게 자신의 뒤를 소리없이 따라올 인물들을 키울 수 있는 곳은 백화성뿐이었다.

"조금 서둘러야겠어."

가만히 중얼거린 장림은 고개를 돌려 강에 떠 있는 작은 배를 쳐다보았다. 배 위엔 늙은 뱃사공이 한 명 있었고, 그 배를 향해 강물을 가로질러 헤엄쳐 가는 다섯 명의 복면인이 보였다. 그들을 본 장림은 곧 땅을 차며 배 위로 날아들었다.

휘리릭!

빠르게 몸을 회전하며 배에 올라선 장림은 날카로운 시선으로 사방을 살폈다.

"의심되는 백화성의 무사들은 못 보았습니다."

뱃사공의 말에 장림은 고개를 끄덕였다.

"그렇다면 다행이지만 조심해야 해."

"알겠습니다. 걱정 마십시오."

뱃사공이 고개를 끄덕이며 다섯 명의 인물을 노려보았다. 그들은 무거운 듯 커다란 짐을 배에 싣고는 배 위로 올라오고 있었다.

"너무 느리잖아! 얼른 올라가! 빨리!"

뱃사공의 호통에 놀란 다섯 명의 젊은이가 빠르게 배에 올라타곤 자리를 잡았다. 그들은 뱃사공이 상관이라도 되는 듯 행동했다.

"가자."

장림의 낮은 목소리에 뱃사공이 노를 젖기 시작했다. 그 모습을 저 멀리 떨어진 어둠 속에서 장아민이 노려보고 있었다.

감숙성 남부에서 사천성으로 들어가는 곡강(曲江)의 중류에 도착하자 물은 전보다 많아졌으며, 강을 따라 이동하는 배의 속도도 빨라졌다. 그렇게 빠르게 강을 거슬러 내려가는 배의 목적지는 장강이었다.

"상태는 어때?"

장림이 중앙에 누워 있는 운소명을 쳐다보며 묻자 주변에서 침을 놓던 홍천 사조의 노원산이 이마의 땀을 닦으며 대답했다.

"위험은 넘겼어요. 하지만 아직까지 확답할 수는 없어요. 하루라도 빨리 의원에게 보이는 게 좋을 것 같아요. 제 손으론 지혈하고 현 상태를 유지하는 게 전부예요. 그나마 다행인 건… 상대가 단전을 피해서 찔렀다는 점이에요."

노원산의 대답에 장림은 고개를 끄덕였다. 적어도 무공을 상실하는 가장 최악의 사태는 피했다는 점에서 안심이 되었다.

"목적지는 이가장이야. 알지?"

뱃사공을 향해 말하자 뱃사공이 고개를 끄덕였다.

"예. 너무 걱정하지 마시지요. 그 정도로 죽을 놈이 아니니 말입니다."

뱃사공이 장담하듯 말하자 장림은 미소를 보였다. 문득 인기척을 느낀 장림은 고개를 들어 강의 우측 절벽을 보았다. 순간 그녀의 눈빛이 차갑게 번들거렸다. 검은 복면인이 그곳에 서 있는 게 시야에 잡혔기 때문이다.

"역시 꼬리가 달렸었어."

장림은 자신이 배를 타고 이동하는 그 길목에 서 있는 복면인을 발견하곤 눈을 반짝였다. 최대한 흔적을 안 남기려 노력했으며, 추적자를 따돌리기 위해 수십 명의 인원을 동원해 산개하였다. 추적의 방향을 혼동시키기 위함이다. 하지만 적은 자신을 주시하고 있었던 것이다.

"대단히 뛰어난 놈들이야, 확실히."

장림은 나지막하게 중얼거리며 뱃사공을 쳐다보았다.

"얼마나 남았지?"

"반나절만 가면 장강과 합류합니다. 배를 준비했으니 그곳까지 가면 조금은 안심할 수가 있습니다."

뱃사공의 말에 장림은 고개를 끄덕였다. 곧 뒤에 서 있는 홍천 사조의 조장인 장우를 향해 말했다.

"사조는 이 녀석을 보호하는 데 최선을 다하도록 해라."

"예."

장우의 대답에 장림은 뱃사공의 옆에 서며 검을 뽑아 들었다. 곧 그녀는 배 밑으로 시선을 던지며 마치 그곳에 사람이라도 있다는 듯 말했다.

"너는 적이 배 곁으로 최대한 다가왔을 때 행동해라."

스륵!

배 밑으로 거품이 한두 개 올라왔다.

곧 장림이 시선을 뱃사공에게 던지자 뱃사공이 미소를 보였다.

"저를 보호하려 하십니까?"

장림이 미미하게 고개를 끄덕이자 뱃사공이 노를 더욱 힘차게 젖기 시작했다. 그러자 물살을 따라가던 배가 더욱 빠르게 전진했다.

쉬쉭!

순간 허공에서 수십 개의 화살비가 떨어져 내림과 동시에 물속에서 검은 인영이 마치 개구리처럼 머리만을 내민 채 모습을 나타냈다.

슈아아악!

장림의 검이 백색 빛을 머금은 채 허공을 향해 휘젓자, 복면인들이 강물에서 솟구쳐 배 위로 뛰어들었다.

따당!

"큭!"

신음성과 금속음이 요란하게 울리더니 곧 혼전이 벌어졌다.

　　　　　＊　　＊　　＊

쏴아아!

빗방울은 폭포처럼 강한 소리와 함께 떨어져 내리기 시작했다. 일 년 중 단 며칠만 내리는 비는 대지를 풍요롭게 만드는 존재였고, 절대적으로 필요한 생명이었다.

"시원하게 쏟아지네."

직접 손으로 만든 우물가에 서서 투명하게 빛을 발하며 떨어지는 빗물을 쳐다보며 운소명이 말했다. 기분이 날아갈 것 같았고, 온몸에 힘이 들어가는 것 같았다.

"좋은가 봐요?"

달콤하면서도 감미로운, 마치 사과 같은 목소리가 뒤에서 들려오자 운소명은 고개를 돌렸다. 비를 맞으며 걸어오는 손수수의 모습이 눈에 들어왔다. 그녀는 얇은 옷을 입어서 그런지 전신이 빗물에 젖어 반쯤 투명하게 피부를 드러내고 있었다.

그녀가 자신의 옆에 서자 청량하면서도 시원한 느낌의 향기가 코를 스치고 들어왔다. 그녀의 향기였으며, 그녀만이 자신에게 줄 수 있는 선물이었다.

운소명은 본능적으로 손수수의 가는 허리를 안으며 말했다.

"며칠 만에 내리는 비인지 모르겠어. 기분이 좋지 않다면 거짓말이겠지."

품에 안긴 손수수의 비에 젖은 머리카락을 쓰다듬으며 운소명이 낮게 중얼거렸다. 그러자 손수수가 눈을 감으며 마치 잠이라도 자려는 듯 더욱 깊게 운소명의 품으로 파고들었다.

"이대로 시간이 멈추었으면 좋겠어요. 그냥 이렇게… 이렇게 영원히……."

잠겨들어 가는 손수수의 목소리에 운소명은 그저 가만히 그녀의 머리카락을 쓰다듬었다. 단지 그뿐이었지만 손수수는 마음의 안식을 찾은 듯 평온한 표정으로 운소명의 품에 안겨 움직이지 않았다.

"으음……."

신음 소리에 고개를 든 유신은 붉게 물든 모습이었다. 많은 싸움을 한 것이 분명해 보였다. 하지만 그에게 중요한 것은 운소명이 신음성을 내뱉었다는 점이었다. 그는 자리를 박차고 일어섰다.

"천주님! 깨어나는 것 같습니다!"

유신이 밖으로 나가며 장림을 찾아 외쳤다.

빗소리에 눈을 뜨다

거대한 상선의 선미에 서 있던 장림과 뱃사공은 유신이 달려나와 외치자 재빠르게 선실로 달려갔다.

그녀는 여전히 미동도 없는 채 누워 있는 운소명을 보고는 싸늘한 시선으로 유신을 노려보았다.

"정말 깨어나는 것 같았다고?"

"예. 신음성을 냈습니다."

"그런데 눈을 안 뜨네요?"

뱃사공의 말에 유신은 살짝 아미를 찌푸렸다. 분명 신음성을 들었는데, 아무도 믿지 못하는 것 같았기 때문이다.

"그런데 너는 언제까지 그 가죽을 쓰고 있을 생각이냐?"

장림이 뱃사공을 바라보며 묻자 뱃사공이 아차 하는 표정으로 마치 가죽을 뜯어내듯이 얼굴을 잡아당겼다.

후둑!

살이 떨어지는 소리와 함께 이제 이십대 초반으로 보이는 귀여운 얼굴의 소녀가 말했다.

"어쩐지 좀 덥다고 했어요. 저도 정신이 없었나 봐요."

문청은 호들갑을 떨듯 어깨를 흔들며 미소를 보였다. 그러자 장림이 말했다.

"가서 노원산을 데려와. 얼굴도 정리하고."

"예."

문청이 대답한 후 밖으로 나가자 피에 젖은 유신을 쳐다본 장림은 혀를 차며 말했다.

"너도 좀 씻어야겠다."

"그러고 싶은 마음은 큰데… 아직 안전하다고 볼 수는 없지 않습니까? 언제 다시 피에 젖을지 모르니 뭍에 닿을 때까진 이대로 있겠습니다."

"그래."

장림은 고개를 끄덕이며 운소명의 옆에 앉았다. 얼마 지나지 않아 노원산이 졸린 눈을 비비며 나타나 운소명의 상태를 살피기 시작했다. 장림과 유신의 날카로운 시선에 노원산은 맥을 집고 열을 재더니, 곧 고개를 돌려 장림과 유신에게 말했다.

"그냥 자는데요."

"그래? 위험한 건 아니고?"

장림의 물음에 노원산은 고개를 끄덕였다.

"위험은 하죠. 하지만 제가 아는 한 고비는 넘긴 상태예요. 단지 맥이 약한 게… 몸이 많이 허한 것 같아요."

"흐음."

장림과 유신의 안색이 변하자 노원산은 다시 말했다.

"악양에 도착하는 대로 이가장에 최대한 빠르게 가야 할 것 같아요."

"그래, 그래야지."

장림은 조금 걱정스러운 눈빛으로 고개를 끄덕였다.

*　　　*　　　*

쏴아아!

물살을 가르며 얼굴을 내민 장아민은 뭍으로 올라오자 옷이 사라진 백옥 같은 나신을 보였다. 하지만 사람이 없다는 것을 잘 아는지 별다른 표정의 변화 없이 걸어나왔다.

짧은 머리를 좌우로 흔들며 물을 털던 그녀는 얕은 물가 쪽에 늘어선 이십여 구의 시신들을 쳐다보며 차갑게 안광을 빛냈다.

뿌득!

자신도 모르게 이빨을 강하게 깨물었다. 하지만 그러한 표정도 아주 잠시뿐 그녀의 표정은 평소처럼 무심하게 변하더니 곧 시신들을 살피며 온전한 옷을 찾아 입었다.

"당했군."

낮은 목소리에 장아민은 번개처럼 신형을 돌렸다. 아니, 본능처럼 움직였다고 봐야 했다. 그녀는 나타난 두 인물을 쳐다보더니 곧 허리를 숙였다.

"죄송합니다."

장아민의 말에 곡비연은 고개를 끄덕였고, 손수수는 시신들을 살피기 시작했다. 팔다리가 잘린 시신들부터 사혈에 검기나 암기를 맞고 죽은 시신들까지 다양했다.

"검강이군요."

손수수의 낮은 목소리에 옆으로 곡비연이 다가와 시신을 살피다 눈살을 찌푸렸다. 잔인하게 잘린 모습 때문이었다. 예전의 곡비연이었다면 분명 이렇게 널브러진 시신들의 모습에 잠시도 참지 못하고 구토를 했을 것이다. 하지만 곡비연도 어느 정도 익숙해진 듯 과거와는 달리 냉정한 모습으로 주변을 살피고 있었다.

"완전히 당했습니다."

장아민이 옆에 다가와 낮은 목소리로 중얼거렸다. 그녀의 말에 손수수가 시선을 던지자 장아민이 빠르게 설명했다.

"물속에 있던 놈에게 당했습니다. 그자가 구사한 검강에 저희들도 손을 쓸 수가……."

장아민은 무심한 어조로 말했으나 그 속에 담긴 강한 살기를 손수수는 느낄 수 있었다. 곡비연은 고개를 끄덕이며 대충 상황을 머릿속으로 정리했다.

"허를 찔렸군요. 최대한 배로 유인한 후에 한 번에 섬멸했어요."

검강을 구사할 정도의 고수라면 암화단이 정면에서 덤볐다 해도 전멸을 면하기 어려웠을 것이다.

"장림만 염두에 둔 것이 실수입니다."

장아민은 자신의 실수를 인정하듯 말하자 손수수가 고개를 저었다.

"상대도 어느 정도는 비책을 숨겨두었겠지. 단지 우리가

운이 없었을 뿐이야. 하지만 이 분노한 마음은 쉽게 가라앉지 않는구나."

손수수의 말이 끝나자 곡비연이 물었다.

"그놈의 상태는 보았나요?"

"볼 수 없었습니다."

"그렇다면 그 검강을 구사하는 사람은 누구인지 알겠나요?"

"상당히 젊은 인물로, 현 강호에서 그 정도의 나이에 검강을 구사할 수 있는 무림맹의 인물은 오직 유신 한 명뿐입니다."

곡비연의 물음에 장아민이 설명하자 곡비연과 손수수가 눈을 반짝이며 수긍한다는 듯 고개를 끄덕였다. 유신의 명성은 상당해 곡비연도 알고 있었고, 손수수 역시 알고 있었다. 또한 백화성에선 그를 절정 급으로 분류한 상태였다.

"그가 장림의 호위로 온 모양이군요. 그가 왔다는 건 묵풍단도 왔다는 이야기인데, 묵풍단은 맹주의 허락 없이는 못 움직이는 단체인 것으로 아는데……."

"그 혼자인 듯합니다."

장아민의 말에 곡비연이 미미하게 고개를 끄덕였다. 개인이 왔다면 이야기가 다르지만, 만약 묵풍단이 왔다면 이 일은 무림맹과의 혈전으로 발전하게 된다. 그것을 모르는 무림맹이 아니란 생각이 들었다.

"하긴 그들도 어리석게 행동하지는 않겠지요."

곡비연은 나지막이 중얼거리다 곧 표정을 바꾸며 말했다.

"복귀하지요."

급작스러운 그녀의 말에 손수수와 장아민은 의아스럽다는 듯이 곡비연을 쳐다보았다. 운소명을 죽이기 위해 이렇게 극비리에 움직인 그녀였다. 시신이라도 보겠다고 추적한 그녀였다. 그런 그녀가 포기한다고 하니 의문이 들 수밖에 없었다. 그런 손수수와 장아민의 마음을 아는지 곡비연은 빠르게 말했다.

"더 이상 움직이는 것도 무리예요. 거기다 나로 인해 벌써 많은 사람들을 잃었어요. 그들은 결코 다시 돌아오지 않지요. 더 이상 제 사사로운 원한 때문에 소중한 수하들을 잃고 싶지 않네요."

곡비연의 말에 손수수의 표정이 조금 밝아졌다. 그리고 손수수는 곡비연이 어느새 성장했다는 생각이 들었다. 자신의 원한조차 사사로운 감정이라고 말한다는 것은 대단한 결심이었다.

"운소명이 만약 살아 있다면……."

손수수가 낮은 목소리로 중얼거리자 곡비연은 신형을 돌리며 말했다.

"너무 걱정하지 마세요. 어차피 저들이 가는 목적지는 알고 있으니까."

곡비연의 말에 손수수와 장아민이 놀란 표정을 보였다. 곡비연은 천천히 걸음을 옮기며 말했다.

"제 생각이 맞는다면 장림은 운소명을 데리고 이가장으로 갈 것이에요."

"이가장……."

손수수는 순간 운소명이 이추결의 아들이란 사실을 상기했다. 곡비연은 고개를 돌려 뒤따르는 장아민을 향해 말했다.

"제가 중원에 나가 원한을 갚겠다고 이가장을 찾아간다면 분명 무림은 큰 혼란에 빠질 거예요. 그렇다고 손놓고 있기도 싫군요. 감시나 조사 정도는 상관없지 않을까요?"

장아민은 곡비연의 말에 곧 부복했다.

"이가장으로 가겠습니다."

"고마워요. 연락은 암화단으로 하세요."

"예."

"그리고 절대 죽지 마세요. 저는 더 이상 암화단원들을 잃고 싶지 않군요."

"명심하겠습니다."

대답과 동시에 장아민의 신형이 사라지자 곡비연은 만족한 표정으로 걸음을 옮겼다. 그 옆으로 손수수가 다가와 함께 했다.

"제가 너무 개인적인 감정만으로 행동하는 것 같나요?"

곡비연이 묻자 손수수는 고개를 저었다.

"성주님은 배후를 알아내려 했지요. 개인적인 감정보다 본성을 더 중요시 여긴다고 생각하고 있어요."

"고맙군요, 그리 생각해 줘서."

곡비연은 미소를 보이며 고개를 끄덕이다 다시 말했다.

"본 성은 이미 여러 번 외부 세력에 의해 무너졌어요. 무살로 인해, 그리고 제 눈앞에서 죽은 포로도 포함해서 이번의 사태까지…… 운소명을 데려간 자들이 과연 백화성의 도움 없이 저토록 대담하게 행동했을까요? 본 성의 앞마당까지 나타나서 말이에요."

"거의 불가능하다고 여깁니다."

손수수의 솔직한 대답에 곡비연은 다시 말했다.

"아무래도 본 성에 제가 모르는 외부의 세력이 잠입해 있는 게 분명해요. 조사가 필요할 것 같아요."

"예."

"맡아주세요."

"알겠습니다."

곡비연의 부탁에 손수수는 빠르게 대답했다. 그리고 자신에게 내부의 조사를 맡긴 곡비연에게 내심 고마움을 느꼈다. 그만큼 자신을 믿어준다는 뜻이기 때문이다. 하지만 마음속 깊은 곳엔 지금 자신의 모습에 대한 회의감이 들었다. 운소명의 얼굴이 여전히 잔상처럼 머리에 남아 있었기 때문이다.

*　　*　　*

"으음… 헉!"

신음성과 함께 눈을 번쩍 뜬 운소명은 거칠게 숨을 몰아쉬었다. 고개를 돌려 주변을 살피던 그는 자신의 옆에서 느껴지는 따듯한 온기에 시선을 던졌다.

"휴……."

손수수의 긴 흑단 같은 머리카락과 함께 그녀의 곱게 그려진 듯한 어깨선이 눈에 띄자 운소명은 마음의 안정을 찾은 듯 호흡을 가다듬었다.

"으응?"

몸을 돌리다 운소명이 앉아 있는 것을 본 손수수가 손을 뻗어 허리를 잡아왔다.

"…왜 그래?"

손수수의 꿈에 잠긴 듯한 목소리에 운소명은 고개를 돌려 창밖을 보았다. 아직 새벽이었고 동이 트려면 시간이 좀 걸릴 듯했다.

"나쁜 꿈을 꿔서……."

운소명의 말에 손수수가 가늘게 눈을 떴다.

"땀에 흠뻑 젖었네."

손수수는 운소명의 이마를 훔치다 가볍게 볼에 입을 맞추었다.

"어떤 나쁜 꿈이기에 천하의 운소명께서 잠을 다 깨셨을까?"

손수수의 미소 띤 얼굴과 궁금해하는 표정을 바라본 운소명은 자신이 생각해도 웃기다는 듯 실소를 흘리며 말했다.

"네가 나를 찌르는 꿈?"

"정말?"

손수수가 놀랍다는 표정으로 크게 눈을 뜨자 운소명은 고개를 저으며 다시 누웠다.

"설마 그럴 리가 있겠어? 그냥 기억이 잘 안 나는데 아무튼 네가 나를 찌르는 것 같기도 하고 아닌 것 같기도 하고."

"그냥 개꿈이야. 아무리 꿈이라도 내가 당신을 찌르겠어?"

"그렇긴 하지. 자자."

운소명은 눈을 감으며 손수수를 품에 안았다. 손수수 역시 아직 잠이 덜 깬 듯 하품을 하더니 곧 운소명의 품에서 고르게 호흡하기 시작했다. 운소명 역시 그 모습을 바라보다 곧 눈을 감고 잠을 청했다.

탕약 냄새가 가득한 방 안에 누워 있는 운소명은 후끈한 열기에 땀으로 온몸이 젖어 있었다. 주변은 조용했으며, 창을 통해 들어오는 햇살만이 방 안을 밝게 해줄 뿐이었다.

사박! 사박!

가벼운 발소리와 함께 대야를 손에 쥔 문청과 장림이 들어

빗소리에 눈을 뜨다

왔다. 장림은 무명천으로 운소명의 땀을 닦아주며 짧게 숨을 내쉬었다.

"이가장주가 생각보다 쉽게 받아주셨네요."

문청이 의자에 앉으며 말하자 장림이 찬물에 무명천을 적시며 말했다.

"거절하고 싶어도 거절을 못해. 얼굴만 봐도 알아. 아니, 본능적으로 알게 되지. 그래서 피는 못 속여."

장림의 말에 문청은 고개를 끄덕였다.

"저는 가족이 없어서 잘 모르겠어요. 하지만 알 것도 같군요."

문청의 낮은 목소리에 장림은 특별한 말 없이 운소명의 몸을 닦아주었다. 문청에 대해 장림이 모를 리가 없었다. 장림은 문득 생각난 표정으로 문청에게 말했다.

"당분간 여기에 있다가 나와 함께 가지 않겠어? 어차피 홍천도 이제는 유명무실이야. 조만간 장로원에서도 홍천의 존재에 대해 알게 될 거야. 감찰각주인 조양환이 홍천에 대해 알게 됐으니까."

"그렇다면 조 각주가 죽을지도 모르잖아요? 홍천의 존재에 대해서 알게 되면 맹주님의 입장도 난처할 테니까요."

문청의 말에 장림은 선선히 인정하는 표정으로 고개를 끄덕였다.

"그렇겠지. 하지만 대세의 흐름을 바꿀 수는 없을 거야. 물론 네가 협조를 해야겠지만."

장림이 미소를 보이며 시선을 던지자 문청은 자신도 모르게 침을 삼켜야 했다. 자신의 목숨이 걸려 있는 일이었기 때문이다. 그리고 조양환의 뒤에서 장림이 조종하고 있다는 생각이 문득 들었다.

"어차피 홍천은 계속해서 바뀌게 되어 있어. 다른 사람들과 달리 수명도 짧지. 하지만 너는 젊잖아? 이대로 아무것도 못한 채 죽기에는 너무 아까운 나이야."

"제가 무엇을 도울 수 있겠어요?"

"그냥 아무것도. 단지 조 각주에게 홍천의 존재를 인정해 주기만 하면 그만이야."

장림의 말에 문청은 깊은 고뇌에 빠진 표정으로 안색을 바꾸었다.

"그게 네 복수일 것 같은데?"

장림의 미소에 문청은 어깨를 미미하게 떨어야 했다.

푸른 연못 위에 원형의 연꽃 모양으로 세워진 팔각정 안에는 이제 마흔 정도로 보이는 짧은 수염의 중년인이 앉아 있었다. 그는 젊었을 때 상당한 미남으로 불렸을 법한 미남으로, 지금도 거리를 나가면 많은 여인들이 한 번쯤 뒤돌아볼 인물이었다.

그가 무림에서 손에 꼽히는 절대고수이자, 무림맹의 최연소 장로였으며 검협이라 불리는 이정검이었다. 그는 상당히 조용한 성격으로, 혼자 있는 것을 즐기는 인물이었다.

그는 깊은 상념에 잠긴 듯 먼 곳을 바라보고 있었는데, 상당히 고뇌하는 듯했다. 그의 곁으로 조용한 발걸음으로 이자수가 다가갔다.

"아버님."

이자수의 낮은 목소리에 상념에서 깨어난 이정검은 고개를 돌려 자신의 딸을 쳐다보았다. 그런 그의 눈동자는 상당히 흔들리고 있었고, 쓸쓸함이 담겨 있었다.

"무슨 볼일이라도 있느냐?"

"객청에서 장 선배가 기다리세요."

이정검은 장림이 객청에서 기다린다는 말에 고개를 끄덕였다.

"같이 가자꾸나."

이정검이 먼저 앞장서자 이자수가 그 뒤를 따라 조용히 걸음을 옮겼다.

이정검은 이미 일 년 전부터 장림에게서 자신의 조카가 살아 있다는 말을 들었다. 자신을 은밀히 찾아온 장림의 말이었으나, 처음에는 믿지 않았다. 하지만 그녀의 설명을 듣고 혹시나 하는 생각도 하였다.

자신의 동생이 낳은 분신인데 그게 설령 거짓이라도 믿어야 한다고 생각했다. 그리고 장림의 말이었기에 더더욱 믿고 싶어졌다. 그리고 한 달 전 장림은 정말 자신의 눈앞에 조카를 데리고 나타났다. 다 죽어가는 조카의 얼굴은 분명 젊을 때 자신이 아는 이추결의 모습과 흡사했다. 한눈에 보아도 알 수 있을 것 같았다. 의심도 없었고, 그저 느낌과 본능으로 알았다. 죽어가는 이름 모를 청년이 자신의 조카라는 사실을 말이다.

"많이 기다렸소?"

"아니에요."

장림과 그 옆에 서 있는 유신의 얼굴을 본 이정검은 자리에 앉기를 권하였다. 곧 장림과 유신이 앉자 이자수도 유신의 옆에 앉았다. 그런 그녀의 표정은 상당히 상기되어 있었다. 그저 유신의 옆에 있는 것만으로도 기분이 좋아 보였다. 그것을 눈치 못 챌 장림이 아니었다. 그렇기 때문에 이가장에 올 때 유신을 데리고 온 것이다.

"상태는 어떤 것 같소?"

"아직 지켜봐야지요. 숨은 붙어 있는데 이대로 눈을 안 뜰 수도 있다고 하네요."

"음……"

이정검은 침음을 삼키며 고개를 저었다.

"좀 더 내가 일찍 알았더라면……"

이정검은 후회 섞인 목소리로 말하며 길게 한숨을 내쉬

었다.

"지금이라도 알았으니 늦은 것은 아니지요. 저 아이에게 피붙이가 있다는 사실만으로도 큰 도움이 될 테니까요."

장림의 말에 이정검은 씁쓸한 표정으로 미소를 보였다.

"그리고 저 아이가 완전하게 나을 때까지 보호해 주셨으면 해요."

"그렇게 하리다."

이정검은 알았다는 듯 눈을 빛내며 대답했다. 이정검의 대답은 곧 현실이었다. 그는 지금까지 허언을 한 적이 없었고, 자신의 입으로 한 말은 지키는 인물이었다. 그렇기 때문에 장림은 어느 정도 안심할 수 있었다.

"고마워요."

장림의 마음에서 우러난 말에 이정검은 그저 담담히 미소를 보였다. 곧 장림은 시선을 유신과 이자수에게 던지며 말했다.

"긴히 할 말이 있는데……."

장림의 말에 유신은 재빠르게 일어섰고 곧 이자수도 일어나 밖으로 나갔다. 둘이 나가는 모습을 잠시 쳐다보던 장림이 이정검에게 말했다.

"둘의 관계가 좋은 것 같군요. 저 둘 사이에서 열기가 느껴지네요."

"무슨… 말이오?"

"어머, 모르셨나요? 저 두 사람 좀 전에 앉으면서 서로의 손을 붙잡고 있었어요."

"헉!"

이정검이 매우 놀랍다는 듯 눈을 부릅뜨고는 고개를 돌려 이미 사라진 두 사람의 그림자를 찾았다. 곧 이정검은 고개를 저으며 말했다.

"내 눈도 많이 녹이 슨 모양이오, 손을 잡고 있었다는 사실조차 눈치채지 못했다니. 언제부터였소?"

이정검의 말에 장림은 미소를 그렸다. 그러자 이정검이 다시 물었다.

"저 둘이 언제부터 저렇게 오붓한 사이가 된 것이오? 당신이라면 잘 알 것 같은데?"

"오래되었어요. 한 일 년은 된 듯해요."

장림의 말에 이정검은 가만히 고개를 끄덕였다. 그러고 보니 이자수도 시집을 갈 나이였고, 그 생각을 안 한 것도 아니었다. 단지 서운해서 생각하지 않으려고 했던 것뿐이었다.

"나 혼자 두고 시집 못 간다고 할 때가 엊그제인데… 후후."

이정검은 기분 좋은 미소를 보이며 차를 마셨다.

"그럼 이제 긴히 할 말이 무엇인지 들을 수 있겠소?"

이정검의 물음에 장림은 고개를 끄덕이며 말했다.

"무림맹에는 비밀스러운 조직이 하나 있는데, 그것을 홍천이라 불러요."

"홍천?"

이정검이 처음 듣는 조직의 이름에 고개를 갸웃거리자, 곧 장림은 운소명에 관한 이야기와 홍천에 대해 자신이 아는 바를 거짓없이 말하기 시작했다.

이가장은 그렇게 큰 장원이 아니었다. 이가장주를 제외하고 이자수가 전부였으며, 그 외에는 외부의 식솔들이었다. 이정검은 평소 제자를 받지 않았기에 제자들과 문하생이 없었다. 그저 열여섯 명의 식솔만이 이가장을 출입하며 이정검과 이자수를 모시고 있을 뿐이었다. 그런데도 이가장이 강호의 한 축을 담당하며 큰 명성을 차지하는 이유는 이정검의 명성 때문만이 아니었다.

이가장에서 일하는 열여섯 명의 식솔도 커다란 명성을 가지고 있었기 때문이다. 그중 다섯 명은 호남오형(江東五形)으로, 한 명 한 명이 고수 아닌 자가 없었다. 또한 의원이자 이가장의 요리사인 호연귀(狐練鬼) 적주는 절정의 고수였으며, 강호에서 가장 암기술에 능통한 삼 인 중 한 명이었다. 그는 전대 장주부터 이정검까지 이가장을 이대나 지키는 인물이었다.

이가장을 전체적으로 관리하는 총관인 형도영은 무소염객(無笑廉客)으로 불리는 인물로, 웃지는 않지만 깨끗하고 선한 인물로 이름이 높았다. 그 역시 무공을 익히고 있었으며 이정검의 오랜 친구였다.

운소명이 누워 있는 별실을 나온 형도영은 섭선을 펼치며 매우 더운 듯 부채질을 하기 시작했다.

"휴. 깨어날 생각을 안 하니 걱정이로군. 하루에 들어가는 꽁돈이 얼마야. 이러면 안 돼, 이러면……."

형도영은 운소명을 살리기 위해 상당한 금액을 투자하고 있다는 사실에 왠지 모르게 가슴이 아파왔다. 그는 길게 숨을 내쉬며 길을 걷다 한쪽에 아무렇게나 앉아 휴식을 취하고 있는 다섯 명의 젊은이를 바라보았다. 순간 그의 눈이 빛났다.

"어이! 너희들!"

"예?"

장우를 비롯한 홍천 사조의 조원들이 형도영의 부름에 시선을 돌렸다. 그러자 형도영이 불같은 표정으로 말했다.

"너희는 아무것도 안 하고 밥값만 축내는구나. 여긴 밥값도 안 하는 놈들에게 밥을 주는 곳이 아니야. 그러니 나를 따라오거라."

막무가내로 말하며 신형을 돌린 형도영의 모습을 멍하니 바라보는 다섯 명의 홍천 사조원이었다.

형도영은 뒤에서 따라오는 소리가 없자 신형을 돌리며 버럭 소리쳤다.

"아니, 안 오고 뭐 해! 어서 오라고! 할 일이 태산이야, 태산!"

"예! 예!"
 형도영의 외침에 놀란 조원들이 재빠르게 뒤를 따라갔다. 그 이후 그들은 별원에 모습을 보이지 않았다.

 멀리서 형도영을 따라가는 홍천 조원들을 바라보던 장아민은 여전히 모습을 감추고 있었다. 별채까지의 거리는 불과 오십여 장이었으나 쉽게 그 이상은 들어가질 못하였다. 안에는 절정의 고수인 호연귀 적주가 앉아 있었기 때문이다.
 '허술하나 허술하지 않은 곳. 이가장.'
 장아민도 이가장에 대해서 잘 알고 있었다. 이곳으로 침입하는 일은 그리 어렵지 않았다. 하지만 조금이라도 실수하면 그 순간 인생의 끝이 될 수도 있는 장소였다. 무엇보다 별채에 누워 있는 운소명의 생사를 확인해야 했으며, 살아 있으면 자신이 처리해야 했다. 하지만 쉽지 않았다. 단 한 번도 운소명 혼자 이곳에 두는 일이 없었기 때문이다.
 기회가 있다면 운소명이 별채에 홀로 있을 때였다. 하지만 그 기회가 과연 올까? 장아민은 고민스러운 표정으로 생각하다 일단 후퇴하기로 마음먹었다. 이가장을 살피다 보면 기회는 분명히 올 거라 믿었다.
 스슥!
 그녀의 그림자가 별채에서 완전히 모습을 감추었다.

장아민이 사라지자 별채의 문을 열고 적주가 모습을 보였다. 반백의 머리에 조금 작은 키인 그는 나이에 맞지 않게 눈빛만은 강렬한 빛을 띠고 있었다. 그는 주변을 살피다 고개를 갸웃거리며 다시 안으로 들었다. 미약하게 인기척이 느껴 밖을 살폈으나 이렇다 할 기척이 없어 자신의 착각으로 여긴 것이다.

"슥! 슥!"

적주는 운소명의 몸에 박혀 있는 침들을 뽑으며 표정을 살폈다. 전에 비해 안색이 좋아졌고 피부색도 본래의 색을 찾고 있었다.

"스스로 자고 있으니… 쯧!"

적주는 혀를 차며 고개를 저었다. 그렇게 가만히 앉아 운소명을 바라보던 적주는 해가 질 때쯤 자리에서 일어섰다. 밖으로 나온 적주는 걸어오는 유신과 인사하며 별채를 벗어났다.

유신은 이자수와 오후의 시간을 함께 보낸 후 기분 좋은 표정을 한 채 방 안으로 들어왔다. 하지만 누워 있는 운소명을 바라보자 다시 기분이 나빠지는 것을 느꼈다.

"우리는 한배를 탔지만 지금은 서로 다른 배를 타고 있구려. 하지만 결국 강이 바다에서 만나듯 우리도 다시 만날 거라 생각했소."

유신은 가만히 중얼거리다 눈을 반짝였다.

"누구냐!"

순간 '핏!' 거리는 미세한 파공성과 함께 바늘 하나가 창을 뚫고 들어왔다. 유신의 손이 번개처럼 움직였다.

팍!

두 개의 바늘을 허공으로 팅기자 바늘이 천장의 나무에 박혔다.

치직!

순간 검은 연기와 함께 나무가 타들어가자 유신의 안색이 굳어졌다.

"독……."

맨손으로 받아냈다면 분명 자신도 독에 중독되었을 것이다. 유신은 검을 늘어뜨리며 주변을 살피다 마치 안개처럼 흩어졌다. 암도술을 펼친 것이다.

퍽!

어두운 담 사이로 검이 박혔고, 마치 벽이 일그러지는 듯하더니 검은 복면인이 허리를 숙인채 유신의 눈앞에 모습을 보였다. 유신은 복면인에게서 검을 뽑다 그의 눈이 반짝이며 웃고 있는 듯하자 깜짝 놀란 표정으로 신형을 돌렸다.

"유인!"

유신은 번개처럼 땅을 차며 별채 안으로 들어갔다. 검은 복면인이 자신을 유인하기 위한 유인책이란 사실을 깨달았기 때문이다.

쿵!

방문을 여는 순간 바닥으로 쓰러지는 두 명의 백색 복면인이 보였고, 의자에 앉아 있는 장림의 뒷모습이 눈에 들어왔다. 어느새 그녀가 이곳에 온 것이다.

"죄송합니다."

"적은 무림맹도, 백화성도 아니야. 맹주라는 것을 알아두거라."

"예."

유신은 고개를 숙이며 대답했다. 맹주라는 말에 갑자기 마음이 무겁게 가라앉는 기분이 들었다.

"거기다 이자들은 백천이야. 음, 홍천과 또 다른 그림자라 할 수 있지. 휴……."

장림은 한숨을 길게 내쉬더니 잠시 고민하다 이내 눈을 빛내며 말했다.

"아무래도 백천주를 죽여야겠어."

"……!"

유신의 눈동자가 흔들렸다.

"백천주에 대해서 아는 사람은 나와 맹주뿐이다. 그러니 백천주는 분명 나도 죽이려 들겠지. 그러니 선수를 쳐야겠어. 아니, 어차피 죽여야 될 상대지."

"예, 알겠습니다."

유신은 허리를 숙이며 대답했다. 장림은 다시 말했다.

"청아에게 가서 복건성의 유원경에 대해서 알려달라 해. 그 여자가 백천주니까."

"음……."

유신은 유원경이란 이름에 안색을 바꾸었다. 자신도 아는 인물이었기 때문이다. 과거에 장림을 모시던 가신으로 장림과도 어느 정도 친분이 있는 상대였다.

"백천주가 죽으면 백천의 연락망은 사라져. 당분간 그들의 활동도 없겠지, 새로운 백천주가 나타날 때까지는. 그리고 우리는 위험 요소 하나가 사라지는 것이 되고. 백천은 홍천과는 달리 암살만 전문으로 하는 집단이다. 그들은 서로가 서로를 모르는 게 장점이자 단점이기도 하지. 오직 백천주만이 그들에게 명령할 수 있고, 백천주만이 그들과의 연락 방법을 알아. 이는 백천의 힘을 남용하는 것을 막기 위한 방법이자, 그들이 서로 손을 잡는 것을 막기 위한 조치였다."

장림의 말에 유신의 눈빛이 차갑게 변하였다.

"무슨 말인지 알지?"

"예."

"그리고 이번이 마지막이야."

장림의 말에 유신이 쳐다보자 장림은 미소를 보였다.

"천주로서 너에게 명령하는 것은 이제 종지부를 찍을 때가 되었어."

"예… 알겠습니다. 내일 아침에 떠나겠습니다."

"조심해라."
"걱정하지 마십시오."
유신의 대답에 장림은 생각난 듯 다시 말했다.
"갈 때 가더라도 시신은 치우고 가거라."
"아! 예."
유신은 대답하며 곧 시신들을 치우기 시작했다.

    *   *   *

홀로 넓은 평지에 서서 저 멀리 높이 솟은 절벽들과 구름들을 바라보았다. 그 사이로 바람이 불었고, 바람 소리를 따라 세상 사람들의 말소리가 들려오는 것 같았다.
가만히 눈을 감자 그러한 말소리가 기억이 되어 마치 생동감있는 현실처럼 다가왔다. 그제야 그게 그저 과거의 기억이자 추억이란 생각이 들었다. 눈을 뜬 운소명은 깊은숨을 들이마시며 기분 좋게 기지개를 켰다.
"뭐 해?"
발소리와 함께 가벼운 낙엽처럼 다가와 안긴 손수수의 모습에 운소명은 미소를 그렸다.
"호흡."
"호흡? 운기?"
"그렇다고 봐야지."

"무공이나 수련하자니까 기껏 하는 게 호흡이야?"

손수수가 무시하듯 말하자 운소명은 짐짓 근엄한 표정으로 말했다.

"무슨 소리. 호흡이 모든 무공의 근본이자 기본인데 그렇게 무시하면 안 되지."

그 말에 손수수가 웃으며 품을 벗어나 앞으로 날아 올랐다.

"그렇게 대단하면 어디 한번 싸워볼까?"

"헉! 잠시만!"

슈아악!

순간 빛과 함께 손수수의 모습이 사라졌으며 수많은 광채만이 운소명을 덮쳐 왔다. 하지만 운소명은 놀랐던 표정 대신 밝은 웃음과 함께 뒤로 날았다.

"하하하! 정면으로 받으면 나만 손해이니 나는 도망이나 칠까?"

쉬악!

운소명은 빠르게 허공을 날아 호수 쪽으로 향했다.

"이런, 비겁하게!"

손수수가 그 행동에 화를 내며 쫓아갔지만 그녀도 화가 난 표정은 아니었다. 그저 재미있게 놀고 있는 아이 같은 순수한 얼굴이었다.

노을 지는 서산 하늘을 바라보며 앉아 있던 운소명은 호숫가에서 자유롭게 물놀이를 하고 있는 손수수의 모습을 쳐다보았다. 손수수는 운소명과 눈이 마주치자 들어오라고 손짓했지만 운소명은 고개를 저었다. 지금은 그저 서산을 바라보는 게 좋았기 때문이다.

"푸하!"

물속에서 고개를 내민 손수수가 곧 물기를 털며 밖으로 나와 운소명의 옆에 앉았다.

"무슨 생각을 그렇게 하는데, 나랑 안 놀아주는 거지?"

"아니, 아무것도. 하하! 그저 언젠가는 이곳을 나가야 할 것 같다는 생각이 들어서."

운소명의 말에 손수수가 고개를 끄덕였다.

"그랬군. 하긴, 나가야지. 이곳이 도화원이긴 하지만 여기서 늙어 죽을 생각은 없어."

"그래? 내가 이곳에서 평생 함께하자고 해도?"

손수수가 그 물음에 잠시 운소명의 얼굴을 쳐다보다 곧 고개를 저었다.

"아니, 나가야 해. 언제까지 이렇게 지낼 수는 없어."

손수수의 강경한 말에 운소명은 조금 아쉬운 눈빛으로 짧게 숨을 내쉬었다. 문득 그녀가 자신을 찌르던 꿈이 떠올랐다.

"나가기가 싫은 모양이야?"

"그렇지. 여기처럼 좋은 곳은 이 세상 어디에도 없을 거야.

우리에겐 도화원이니까."

"후후."

운소명의 말에 손수수가 가볍게 웃음소리를 흘리며 인정했다. 그녀 스스로도 이렇게 세상의 시름을 덜어내는 곳은 어디에도 없다고 여겼기 때문이다. 오직 하늘 아래 두 사람만이 존재하는 곳, 그곳이 여기였다.

"좋은 곳이지. 그래도 난 해야 할 일이 있어. 백화성으로 돌아가야 해."

"이곳을 나간다면 우린 서로가 적이 될지도 몰라."

운소명의 말에 손수수는 고개를 저으며 그의 어깨에 머리를 기대었다.

"그렇지 않아. 네가 결정하기에 달렸을 뿐이야. 네가 내 곁으로 와준다면 난 이곳이 아닌 어디라 해도 그곳이 내게는 도화원이 될 거야. 설령 지옥의 한복판에 있다 해도."

운소명은 그 말에 미소를 보이며 손수수의 볼을 쓰다듬었다.

"그래. 너와 함께라면 그곳이 어디라도 도화원이겠지."

운소명은 가만히 중얼거리며 눈을 감았다.

*　　*　　*

"헉!"

벌떡 일어난 손수수는 거친 숨을 몰아쉬며 가슴을 눌렀다. 가슴이 답답하고 아파왔기 때문이다. 그러다 눈을 돌려 방 안의 풍경을 살핀 그녀는 자신이 늘 자던 방임을 알자 깊은 한숨과 함께 일어나 물을 찾았다.

"휴……."

물을 마신 그녀는 깊은숨을 다시 한 번 몰아쉰 후 이마에 맺힌 식은땀을 훔치며 창밖으로 시선을 던졌다. 밖은 아직 밤이었고, 차가운 바람이 창을 통해 들어오고 있었다. 손수수는 침의만을 걸친 상태였지만 춥다는 생각이 없는 듯 창문에 기대어 앉았다.

주륵!

그녀의 눈에서 눈물이 볼을 타고 흘러내렸다. 자신도 모르게 양손을 들어 보던 그녀는 얼굴을 감싸며 흐느끼기 시작했다. 지금도 생생하게 머릿속에 그려진 운소명의 얼굴을 떠올렸다.

"미안해… 미안해……."

고개를 숙이며 흐느끼던 그녀는 그렇게 한참 동안 그 자리에서 움직이지 않았다.

집무실에 앉아 일을 보던 손수수의 모습은 평소와 다른 점이 없었다. 하지만 여전히 가슴 한쪽은 큰 구멍이라도 난 것처럼 허전했으며, 마음 한구석이 차갑게 식어 있었다.

"성주님께서 찾으십니다."

이밀단의 무사가 찾아와 알리자 손수수는 곧 성주인 곡비연을 만나기 위해 백화원으로 향했다.

백화원 안에 홀로 앉아 있던 곡비연은 손수수를 반갑게 맞이했다.

"앉으세요."

손수수가 의자에 앉자 곡비연은 미소를 보이며 말했다.

"다른 일이 있어서 부른 건 아니에요. 다음 달에 있을 창천궁주의 생일에 원주께서 가주셨으면 해서요."

"제가요?"

"네. 저희 백화성을 대신해서요."

"하지만······."

손수수가 갑작스러운 말에 조금 놀란 듯 곡비연을 쳐다보자 곡비연은 눈웃음을 그리며 말했다.

"저번 일도 있고 해서 정신적으로 많이 힘드실 것 같아 유람이라도 다녀오시라고 일부러 하는 말이에요. 지금까지 창천궁주의 생일이면 각주 급이 나갔지만 이번만큼은 예외로 하려 해요. 다녀올 수 있으신가요?"

곡비연이 다시 묻자 손수수는 천천히 고개를 끄덕이며 대답했다.

"예, 알겠습니다."

"윤 각주도 함께 가세요. 혼자 가시는 것보다 두 분이 함께 가시는 게 더 즐거울 테니까요."
 "그렇게 하겠습니다."
 "준비는 윤 각주와 함께 하세요. 일정도 잡히면 바로 보고해 주시구요."
 "예."
 "그럼 일 보시기 바라요."
 "예."
 손수수는 자리에서 일어나 인사를 하며 신형을 돌렸다. 그러자 곡비연이 생각난 듯 말했다.
 "아! 손 원주."
 "예?"
 손수수가 신형을 돌리자 곡비연은 자리에서 일어나 손수수의 곁으로 다가왔다.
 "암화 이호의 보고가 올라왔어요. 궁금하지 않나요?"
 "그건……."
 손수수는 곡비연의 말에 순간적으로 전신이 경직되었다. 그러자 곡비연은 짙은 미소와 함께 말했다.
 "놀랍더군요. 그자가 아직 살아 있다고 하니까……."
 "대단하군요."
 손수수는 속으로 안도의 한숨을 내쉬었지만 표정은 여전히 경직되어 있었다.
 "대단하지요. 설마하니 손 원주께서 실수로 잘못 찔렀을

빗소리에 눈을 뜨다 273

리 없을 테니까요."
 순간 손수수의 등줄기로 식은땀이 흘러내렸다.
 "본 성에서도 몇 손가락 안에 드는 고수인 손 원주가 그런 실수를 했을까요? 그건 단지 그놈에게 천운이 따라준 것뿐이에요. 저는 그렇게 생각해요."
 곡비연의 말에 손수수는 입을 다물었다. 그러자 잠시 손수수를 보던 곡비연은 미소를 거두며 말했다.
 "창천궁에 갔다 오려면 적어도 석 달이나 넉 달은 걸리겠지요? 그 기간 동안 자유롭게 활동도 할 수 있을 거예요. 물론 이가장에도 갈 수 있겠지요?"
 "그건……!"
 손수수의 낯빛이 굳어지자 곡비연은 차갑게 말했다.
 "현재 제가 아는 천하제일의 살수는 손 원주예요. 전대 암화단의 단주였으니 부정하지는 않겠지요?"
 손수수의 눈빛이 흔들리자 곡비연은 목소리에 힘을 주며 말했다.
 "마지막이에요. 창천궁에 다녀오면서 운소명의 목을 가져오세요."
 그 말에 손수수의 표정이 차갑게 변하더니 무표정한 눈빛으로 입을 열었다.
 "만약 제가 실패한다면 어쩌실 생각인가요?"
 "그럴 리가 없어요. 제가 아는 손 원주는 절대 저와 백화성을 배신할 사람이 아니에요."

곡비연의 말에 손수수는 고개를 끄덕이며 허리를 숙였다.

"걱정하지 마십시오."

"믿겠어요."

곡비연의 마지막 말을 들은 손수수는 곧 느린 걸음으로 백화원을 나와 자신의 거처로 향했다.

'살아 있었어.'

손수수는 자신의 심장이 크게 요동치는 것을 알았다.

* * *

가뭄은 오랫동안 계속되었다. 호수의 물은 말라갔고 주변 식물들도 점점 그 빛을 잃어가고 있었다. 물은 그렇게 죽음을 도화원에 드리우고 있었다.

운소명은 호수에 뚫린 커다란 동혈을 바라보며 서 있었다. 그런 그의 손은 늘 옆에 있어준 손수수의 손을 잡고 있었다. 운소명은 흔들리는 시선으로 동혈을 쳐다보며 왼손으로 자신의 배를 어루만졌다. 막상 이곳을 나가면 그 꿈처럼 손수수가 자신을 죽일 것이란 생각이 들었다.

"나는 이곳을 나갈 수 없어."

고개를 돌린 운소명은 손수수가 놀란 표정으로 쳐다보자

다시 말했다.
"이대로 이곳에서 너와 지금처럼 함께 시간을 보내고 싶어."
그 말에 손수수가 손을 뻗어 운소명의 볼을 쓰다듬으며 달콤한 목소리로 속삭였다.
"네 말을 이해 못하는 건 아니야. 하지만 우린 이곳을 나가야 해. 해야 할 일이 있잖아."
"못하겠어."
운소명이 다시 고개를 저으며 대답하자 손수수가 조금 굳어진 표정으로 손을 놓으며 한 발 나섰다.
"처음에 나가자고 한 건 너였어. 내가 그렇게 사정해도 나가자고 한 건 너였다고. 그런데 이제 와서 못하겠다니… 안 돼."
손수수가 완강한 표정으로 고개를 저으며 말하자 운소명은 가슴이 아픈 듯 아미를 찌푸리며 잠긴 목소리로 말했다.
"우리… 그냥 이곳에 있자."
"겁쟁이."
손수수의 한마디가 비수처럼 가슴을 찔렀다. 운소명은 그저 멍하니 손수수를 쳐다보았다. 손수수는 앞으로 걸어가기 시작했다.
"네가 남자 해도 나는 나가야겠어. 이 지긋지긋한 곳에서 벗어나야 해. 우린 밖에 나가서도 함께할 수 있어."

"난 자신없어."

운소명의 낮은 목소리에 손수수가 걸음을 멈추며 고개를 돌렸다.

"모든 건 네가 하기에 달렸어."

차갑게 말한 손수수는 잠시 운소명의 얼굴을 쳐다보더니 이내 고개를 돌리곤 앞으로 걸어가기 시작했다.

"수수······."

운소명은 그녀의 뒷모습을 멍하니 쳐다보다 그녀가 완전히 어둠 속으로 사라지자 입술을 깨물었다. 자신도 그녀와 함께 나가기 위해 다리에 힘을 주었으나 다리가 말을 듣지 않았다. 앞으로 나가야 하는데, 움직이지도 못하였다. 두려움 때문에 몸이 말을 듣지 않는 것이다. 그렇게 운소명은 하염없이 손수수가 사라진 동혈을 쳐다봐야 했다.

쏴아아아!

비가 내린 것은 손수수가 동굴로 사라진 지 반나절 만이었다. 운소명은 멍하니 손수수가 사라진 동굴을 바라보다 밤하늘을 올려다보았다. 빗물은 검은 하늘에서 떨어졌고, 그 어디에도 밝은 빛은 보이지 않았다. 운소명은 축 처진 어깨로 천천히 몸을 돌려 집으로 향했다.

터벅! 터벅!

고개를 숙이며 비를 맞으면서 무겁게 걸음을 옮기던 운소명은 문득 넓게 펼쳐진 암벽에 쓰여진 글들이 눈에 들어오자 잠시 멈춰 섰다.

    떠날 수 있었으나 떠나지 않았다.
야화(野花).

"아……."
자신도 모르게 공허한 숨을 내쉬던 그는 멍하니 하늘을 올려다보았다. 가슴은 아팠고, 배고픔을 모르던 배가 허기졌다고 외치는 듯했다. 고개를 숙인 운소명은 자신의 마음을 야화가 알아주는 것 같았다.

    떠날 수 있었으나 떠날 수 없었다.
무열(無熱).

"무열이란 사람은 나와 같은 마음임이 분명해. 하지만 나의 수수는 야화라는 분과는 달리 떠났지."
운소명은 마치 누군가가 옆에서 자신의 말을 들어준다고 생각했다. 하지만 들어주는 사람이라곤 내리는 빗물뿐이었다. 운소명도 그것을 알기에 자신의 목소리가 공허하게 울리자 쓸쓸히 고개를 저었다.

떠날 수 있었으나 떠나지 않았다.

야화(野花).

떠날 수 있었으나 떠날 수 없었다.

무열(無熱).

떠날 수 없으니 내 심화(心火)만 커져 결국 사라지고 마는구나.

성풍(星風).

여기에 세상 모든 근심을 남기니, 천하가 보이더라.

영운(嶺雲).

천하를 보았다고 믿었으나 이곳이 진정 천하로구나.

무정(無情).

천하가 무엇인지 알았을 때 공허함이 가슴에 남았네.

파석(破石).

가슴에 남은 공허함, 해와 달이 어루만져 주는구나.

조형(曺瀅).

"나를 반기는 것은 결국 이 비와 얼굴도 모르는 사람들의 말뿐이구나."

운소명은 가만히 고개를 저으며 무의식 중에 옆에 놓인 나뭇가지 하나를 들었다.

슉! 슉!

나뭇가지에 내공이 실리면서 유형의 기운과 함께 암벽에 글을 남기기 시작했다.

홀로 남은 외로운 마음을 채워주는 것은 비와 그리움뿐이로구나.

소명(笑明).

이곳에 애사가(愛思歌)를 남기다.

소명(笑明).

탁!

나뭇가지를 옆에 던지고 자신이 쓴 글을 보자 운소명은 저도 모르게 기분 좋은 미소를 그렸다.

"내가 봐도 잘 썼구나. 하하하!"

가볍게 웃음까지 흘리던 그는 이내 위에부터 하나씩 읽어 내려갔다. 그리고 자신이 쓴 글을 보자 문득 머릿속에 손수수의 얼굴이 떠올랐다. 그녀가 웃고 있자 마음이 따뜻해졌고,

천지가 진동하듯 흔들리는 것 같더니 이내 '쿵!' 하는 소리와 함께 모든 것이 사라졌다.

우르릉!
방 안을 가득 메운 백색의 구름에서 마치 천둥이 치는 듯한 소리가 울렸다.
"……"
두 눈을 부릅뜨고 서 있던 장아민은 지금 방 안이 마치 하나의 독립된 세계처럼 천둥치는 소리와 번갯불이 번뜩이는 구름에 가려져 있자 석상처럼 굳어졌다.
"이럴 수가……."
자신도 모르게 목소리를 흘린 장아민은 생전 처음 보는 광경에 잠시 넋을 잃었다. 하지만 이내 정신을 차린 그녀는 곧 무심한 눈동자로 비수를 손에 들었다.
쉬익!
순간 비수에서 퍼런 광채가 일어났으며 단번에 구름을 뚫고 누워 있는 운소명의 심장으로 꽂혔다.
팍!
"……!"
장아민은 마치 딱딱한 돌을 때린 것 같은 느낌에 다시 한 번 눈을 부릅떴다. 자신의 내력이 모두 담긴 비수가 살을 뚫지 못했기 때문이다.

슈아악!

바람이 일며 폭풍 치던 구름들이 어느 순간 안개가 되어 운소명을 감싸더니, 이내 거짓말처럼 사라졌다. 그제야 장아민은 자신의 비수가 운소명의 심장 한 치 앞에서 멈춰진 것을 알았다. 그리고 그 한치의 투명한 공간을 안개 같은 기운이 덮고 있자, 저도 모르게 힘을 주어 비수를 눌렀다. 하지만 비수는 마치 철벽이라도 누르는 듯 움직일 기미가 없었다.

번뜩!

순간 누워 있던 운소명의 눈이 떠졌다.

"헉!"

장아민은 너무 놀라 자신도 모르게 뒤로 두 걸음 물러섰다. 그리고 눈을 뜬 운소명이 장아민을 쳐다보았다.

"누구지?"

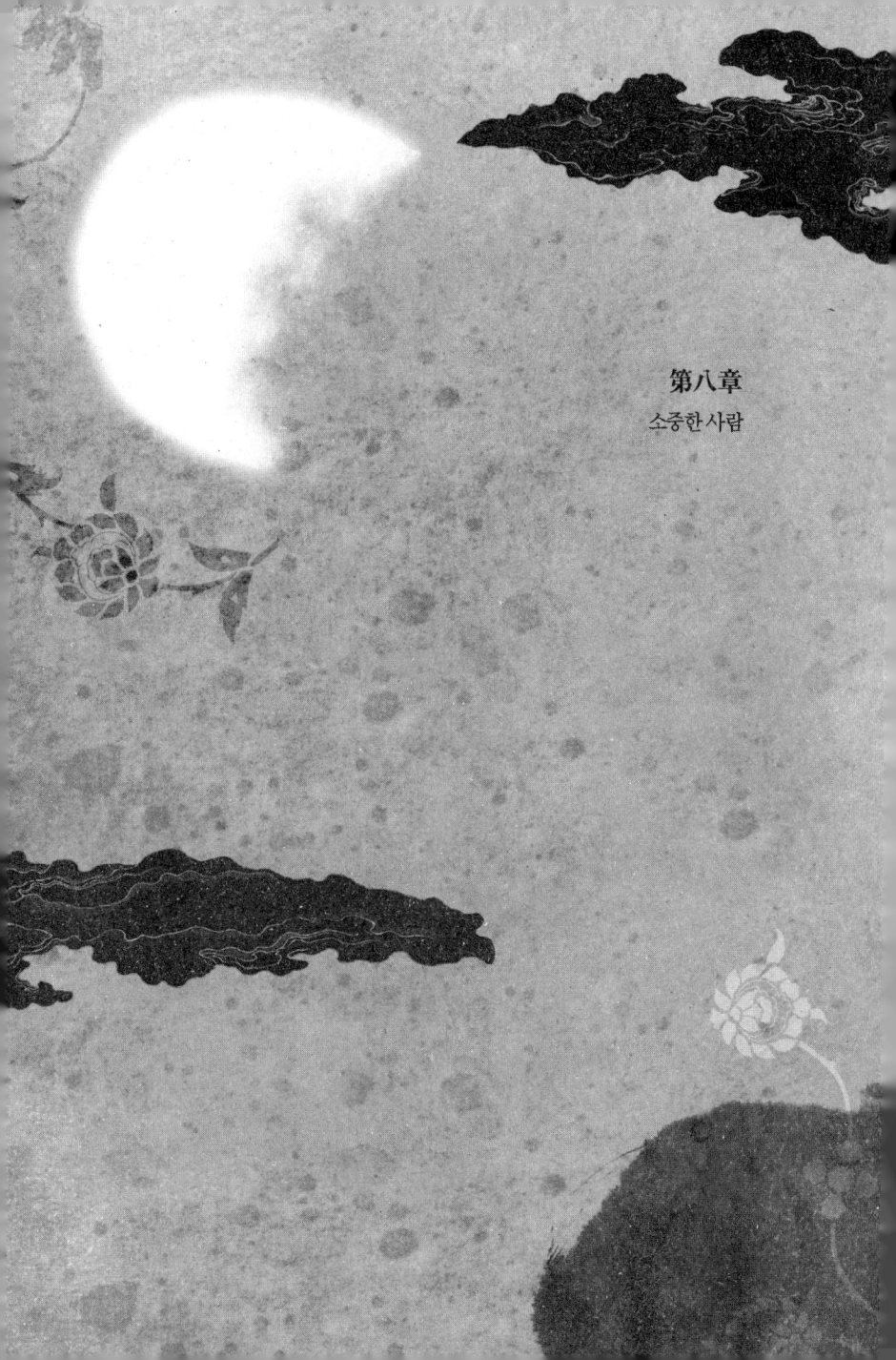

第八章

소중한 사람

소중한 사람

　믿을 수 없었다. 한 달을 기다려서야 겨우 운소명이 혼자 있을 기회를 잡고 잠입하였다. 그런데 운소명을 죽이지 못하였다. 상체를 일으킨 운소명과 눈이 마주치는 순간 자신도 모르게 전신이 굳어졌으며 움직이지도 못하게 되었다. 마치 그물에 걸린 물고기가 된 것 같은 기분이었다. 그것은 운소명의 깊은 심연 같은 눈동자 때문이었다.
　"암화단?"
　운소명의 물음에 장아민은 대답도 못하였다. 운소명의 전신에서 뿜어져 나오는 기도가 여전히 장아민을 굳은 석상처럼 만들고 있었다.

슥!

 자리에서 일어선 운소명은 너무도 자연스럽게, 마치 당연하다는 듯 장아민의 복면을 벗겼다. 장아민은 그저 눈만 부릅뜬 채 운소명을 쳐다볼 뿐이었다.

 "암화단인가? 그럼 여긴 백화성? 으음……."

 턱을 괴며 생각에 잠긴 운소명의 행동에 장아민은 식은땀을 흘려야 했다. 아무것도 할 수 없다는 것을 다시 한 번 알았기 때문이다. 그리고 기도만으로도 사람을 죽일 수 있다면 눈앞에 있는 사람이 그런 사람일 거란 생각이 들었다.

 그가 자신을 보고 암화단이라고 말한 것도 중요하지 않았다. 지금 장아민으로선 어떻게 하면 이곳을 빠져나갈지, 아니, 운소명의 손을 벗어날 수 있을지가 고민이었다.

 "기분이 좋군."

 기지개를 켜며 운소명이 말하자 순식간에 주변을 감싸던 기운들이 사라진 듯, 장아민은 숨을 크게 내쉬며 온몸의 힘을 풀 수 있었다. 자신을 감싸던 모든 게 사라졌기 때문이다.

 "가."

 운소명의 말에 장아민은 일순간 당황했다. 자신이 살수라는 것을 운소명이 모를 리 없기 때문이다. 그 말을 알아듣는데 잠시의 시간이 필요했다. 그리고 운소명의 손짓에 장아민은 뒤도 안 돌아보고 사라졌다.

 팟!

그녀의 신형이 연기처럼 사라지자 운소명은 침상에 앉다 곧 얼굴을 붉혔다. 자신이 나체였기 때문이다.

"아, 난 또 내 기도가 무서워서 굳었나 했더니… 내 나신을 보고 굳은 거였구나. 하긴… 내가 좀 늘름하긴 하지. 후후."

운소명은 마치 모든 게 즐겁고 재미있다는 듯 입가에 미소를 내려놓지 않고 있었다. 곧 그는 방 안을 둘러보다 간편한 경장이 눈에 띄자 옷을 입고는 밖으로 나갔다.

"그렇지, 내가 마음먹기에 달렸던 거였어."

운소명은 마치 무엇인가를 알았다는 표정으로 중얼거렸다. 곧 그는 맑은 눈으로 주변을 살피다 생소한 풍경에 고개를 갸웃거리더니 밖으로 나갔다.

"헉!"

"이럴 수가!"

방 안에 들어온 장림과 유신은 운소명이 감쪽같이 사라졌다는 사실에 매우 놀라고 있었다.

"이게 어떻게 된 거지?"

장림이 매우 당황한 눈빛으로 주변을 살피자 유신도 곧 냉정을 찾고 주변에 타인의 흔적을 찾기 위해 노력했다. 그러다 방바닥에서 발견한 깊게 파인 발자국에 차갑게 안광을 번뜩였다.

"외부에서 누군가 들어왔습니다. 발자국의 크기로 봐선 여자이고, 제가 자리를 비운 게 한 시진 전이니… 불과 한 시진 만에 이런 일이 생겼습니다. 그러니 경공으로 한 사람을 데리고 달린다면 백 리를 채 못 갔을 것입니다."

흔적을 남긴 적이 없던 장아민도 너무 놀라 자신도 모르게 발에 힘을 주었는지 족적을 남겼다. 그것을 놓치지 않은 유신이었다.

"여자에다가 이곳 이가장에 소리없이 들어와 운소명을 납치해 갈 정도의 실력자라면… 현 강호에 몇이나 있을 것 같나?"

"거의 없습니다."

유신의 대답에 장림도 동의한다는 듯 고개를 끄덕였다.

"백화성이겠지……. 쫓아간다."

"예."

쉭!

장림이 먼저 나가자 유신이 그 뒤를 따라 빠르게 이동하기 시작했다.

"휴우……."

얼마나 멀리까지 쉬지 않고 달렸는지 기억조차 나지 않는다. 그저 멀리 달려야 한다는 생각에 달리기만 한 장아민은 이가장에서 삼백 리 떨어진 곳에서야 잠시 걸음을 멈추고 호흡을 가다듬었다.

"후우우······."

깊은숨을 내쉰 그녀는 곧 정신을 차린 듯 평소의 눈빛으로 돌아왔다. 잠시 나무에 기대어 숨을 돌린 그녀는 앞으로 어떻게 해야 할지에 대해서 고민하기 시작했다.

"성주님께 보고를 해야 하나?"

잠시 생각하던 장아민은 고개를 저었다. 자신이 본 것을 설명해도 믿어줄 것 같지 않았다. 일반적인 상식을 벗어난 일이었고, 가사상태인 사람이 그토록 엄청난 기도와 함께 눈을 뜬 것도 처음 보는 일이었다.

'죽은 듯 누워 있던 사람이 갑자기 기연을 얻어? 아니, 도대체 그 광경은 또 뭐란 말인가?'

장아민은 천둥 치던 작은 구름의 모습을 떠올리다 고개를 저었다. 그리고 자신의 비수가 피부에 닿지도 않았는데 멈춰진 것도 생각하곤 한숨을 길게 내쉬었다.

지금까지 수많은 일을 겪어보았지만 지금처럼 황당하고 어이없는 일은 또 처음이었다. 무엇보다 깨어난 운소명은 전혀 다른 사람 같았고, 자신이 어찌할 수 있는 사람으로 보이지 않았다. 오랜만에 상대에게 두려움을 느꼈다. 자신이 두려움을 느낀 상대가 과연 몇이나 있을까? 손에 꼽을 정도였고, 운소명도 그런 상대였다.

"여기 있었네."

"헉!"

장아민은 머리 위에서 들려온 목소리에 심장이 멈춘 듯한 충격을 느끼며 자리에서 일어섰다. 하지만 움직일 수가 없었다. 어느새 나무에서 내려와 옆에 서 있는 운소명을 보았기 때문이다.

"암화단 맞지?"

운소명의 물음에 장아민은 대답할 수 없었다. 그러자 운소명은 그럴 줄 알았다는 표정으로 물었다.

"잘됐다. 손수수를 보려고 하는데 네가 길잡이가 되었으면 했거든."

"거, 거절하면?"

장아민의 목소리가 떨렸다. 운소명은 그런 장아민의 상태를 아는지 모르는지 관심도 없는 듯 미소를 보였다.

"죽어야지."

딱히 살기를 보인 것도 아니나 장아민은 가슴이 차갑게 굳어지는 것을 느꼈다. 그러자 운소명이 다시 말했다.

"자살할 생각이라면 하지 않는 게 좋아. 손수수를 만나서 싸우려는 것도 아니니 말이야. 단지 손수수와 함께 살고 싶어서 그래. 정말 사랑하거든."

운소명의 말에 장아민은 매우 놀랍다는 듯 운소명을 바라보았다. 사랑이란 말을 너무 쉽게 입에 담았기 때문이다. 그리고 남에게 자랑하듯 말하는 모습에서 장아민은 그가 손수수와 깊은 정을 나누고 있다는 생각이 문득 들었다.

"손 언니를 원수처럼 생각할 거라 여겼는데……?"

장아민의 시선이 배로 향하자 운소명은 자신의 배를 쓰다듬으며 미소 지었다.

"그렇게 생각할 수도 있겠지만… 이건 그냥 단순한 실수일 뿐이야. 수수도 분명 슬퍼할 거야. 그냥 백화성으로 무작정 갈까 했는데, 그렇게 할 필요는 없을 것 같아서. 너라는 연락책이 있으니까 말이야. 백화성에 들어가면 좀 복잡해질 것 같거든."

운소명의 말에 장아민은 반짝이는 눈동자로 운소명에게 물었다.

"성주님 때문에?"

"그렇지. 워낙에 완강한 여자라……."

운소명은 곡비연의 얼굴을 떠올리다 씁쓸히 고개를 저으며 말했다.

"원한이야 어쩔 수 없는 일이지. 어차피 내가 해결해야 할 일이니까. 아무튼 손수수와 만나고 싶은데… 안내 좀 해줘."

"그러지. 손 언니는 창천궁으로 가고 있으니까 백화성에 가도 못 만날 거야."

"호오… 창천궁이라……."

"창천궁주의 생일이거든."

"아하, 그랬군."

운소명은 고개를 끄덕이며 알았다는 듯 장아민의 어깨를

두드리며 말했다.

"그럼 쉬지 말고 가야지. 하루라도 빨리 보고 싶으니까."

운소명의 강요 섞인 말에 장아민은 곧 빠르게 이동하기 시작했다. 그 뒤로 운소명이 따라 움직였는데, 장아민은 그의 발소리가 거의 안 들리는 것에 매우 놀라고 있었다.

*   *   *

천수에 도착한 손수수는 백색 피풍의에 방립을 쓰고 있었다. 그녀의 용모는 누구라도 한 번 보면 쉽게 잊을 수 없을 만큼 빼어난 편이라 방립에 검은 천잠사를 드리워 얼굴을 가린 상태였다. 그녀의 옆에는 안여정과 노화가 검은 피풍의에 방립을 쓴 채 따르고 있었다.

그녀들이 천수 거리를 지나 남문 밖에 있는 백화성 외총단으로 들어서자, 외총당주와 대영각주인 한수가 맞이했다. 한수는 일 년 중 절반을 이곳 천수에서 보내는데, 그가 하는 일이 백화성의 외부적인 일이기 때문이다.

"창천궁으로 가신다고 들었는데 갑자기 이곳에 오시다니 놀랐습니다."

"개인적으로 해야 할 일이 있어서 들렀어요. 물론 일이 마무리되면 창천궁으로 갈 테니 걱정 마세요"

그 말에 대영각의 각주인 한수가 어떤 일인지 궁금하단 표정이 되었으나 묻지는 않았다.

"중원으로 나갈 것이니 준비를 좀 해주셨으면 해요. 세 사람의 신분과 약간의 은자도 필요하겠지요."

"알겠습니다. 곧 준비하지요."

한수가 대답하며 옆에 앉은 외총당주에게 고개를 끄덕이자, 외총당주가 밖으로 나갔다.

손수수가 노화에게 말했다.

"너는 아민의 소식을 알아봐."

"예."

노화가 일어나 밖으로 나가자 한수가 물었다.

"연락망은 어떻게 할까요?"

"필요없어요. 백무원에서 손을 쓸 테니까요."

"알겠습니다. 그런데 어떤 일로 나가십니까?"

한수가 끝내 궁금함을 못 참고 묻자 손수수가 눈을 반짝였다.

"성주님과 저의 일이에요. 알면 불편하실 텐데요?"

"아, 죄송합니다."

한수가 얼른 고개를 숙였다. 본능적으로 살기를 느꼈기 때문이다.

"출발은 언제 하실 겁니까?"

"준비가 되면 바로."

외총단에 들어간 지 한 시진 정도 지나 말을 타고 밖으로 나온 손수수와 안여정은 잠시 정문에서 노화가 오기를 기다렸다. 얼마 지나지 않아 노화가 빠르게 다가왔고, 그녀는 손수수에게 전서를 전하며 안여정의 옆에 있는 말 위에 올라탔다.

"중경이라……."

전서를 읽은 손수수가 가만히 중얼거리자 안여정과 노화가 쳐다보았다. 그녀들의 시선에 손수수는 빠르게 말했다.

"중경의 금두산(錦頭山)에서 만나자고 하는구나."

손수수가 말 머리를 돌려 달리기 시작하자 노화와 안여정이 그 뒤를 따라 빠르게 대로를 질주하기 시작했다.

* * *

일 년에 해를 볼 수 있는 날이 별로 없다고 알려진 중경은 언제나 흐린 날씨였고, 산과 산들이 어우러진 곳이라 길 또한 그리 순탄한 곳이 아니었다.

"여전히 이곳은 오래 있을 동네가 못 되는 것 같아."

객잔의 방 안에 앉아 있던 운소명은 창밖을 바라보며 중얼거렸다. 해는 없고 흐린 하늘에, 비가 올 것 같은 습한 공기가 기분을 나쁘게 했기 때문이다. 곧 문이 열리고 장아민이 들어와 의자에 앉았다. 그녀는 물을 마신 후 말했다.

"삼 일 후에 도착한다고 하니 이제 금두산으로 출발하는 게 어떨까?"

장아민의 딱딱한 목소리에 운소명은 고개를 끄덕였다.

"그렇게 하지. 그런데 그녀가 삼 일 후에 금두산에 도착한다는 걸 어떻게 믿나?"

슥!

장아민이 그 말에 운소명의 앞으로 전서를 내밀었다.

"성도에 도착했다는 내용이야. 성도에서 빨리 달리면 삼 일 안에 금두산에 도착할 것 같은데?"

장아민의 말에 운소명은 선선히 고개를 끄덕였다.

"그럼 우리도 출발할까?"

운소명은 전서를 호롱불에 태운 후 밖으로 나갔다. 그 뒤를 장아민이 따랐다.

금두산의 정상은 십여 장이나 되는 높은 암석이 솟구쳐 올라간 곳으로, 일반 사람들은 쉽게 올라갈 수 없는 곳이다. 산 정상에 오르면 삼십여 장이나 되는 넓은 평지와 그 중앙에 작은 소나무 한 그루가 외로이 서 있는 모습을 볼 수 있었다.

올라와서 보는 주변 풍경은 다른 명산들에 비해 좋다고도 할 수 없으나, 제법 운치있는 곳이었다. 하지만 오르기 쉽지 않은 산이었기에 어디에도 사람의 흔적을 찾기 어려웠다.

슥!

아침 해가 떠오르는 금두산의 정상에 세 명의 여자가 나타났다. 그녀들은 백화성을 떠난 손수수와 안여정, 노화였다.

"아직 안 온 모양이에요."

노화가 주변을 둘러보며 말하자 안여정과 손수수가 고개를 끄덕였다. 아무리 둘러보아도 사람의 그림자가 안 보였기 때문이다.

휘이이잉!

강한 바람만이 그녀들의 머리카락과 피풍의를 휘날리게 할 뿐이었다.

"저 소나무 한 그루가 아니었다면 여길 사막이라고 생각했을 거예요."

안여정이 농담처럼 말하자 모두들 그 말에 동조했다.

휘리릭!

그녀들이 소나무를 쳐다보고 있을 때 바람과 함께 검은 그림자 하나가 나타났다. 그녀를 보자 노화와 안여정이 반기듯 말했다.

"언니."

장아민은 그녀들이 반기자 눈웃음을 보이다 곧 손수수에게 인사했다.

"오랜만이야."

손수수의 말에 장아민은 말을 하려다 어느 순간 몸이 굳은 듯 움직이지 않았다.

스륵!

 장아민의 뒤에서 연기처럼 운소명의 모습이 나타나자 손수수의 눈이 커졌으며, 안여정과 노화도 놀란 듯 입을 벌렸다. 운소명이 아무렇지도 않게 장아민의 등을 치자 장아민은 신음 소리도 내지 못한 채 바닥에 쓰러졌다.

 "언니!"

 쉬쉭!

 순간 번개처럼 안여정과 노화가 운소명의 좌우에 나타나 검으로 목을 앞뒤로 겨누었다.

 운소명은 목에서 느껴지는 차가운 검날의 감촉에도 입가에는 미소를 그렸고 눈은 손수수를 향하고 있었다. 그는 마치 안여정과 노화를 없는 사람처럼 생각하는 듯 아무렇지도 않은 표정이었다.

 "이제야 알 것 같아."

 손수수를 향해 입을 열자 노화와 안여정의 검이 움직였다. 하지만 그녀들은 검이 더 이상 움직이지 않자 매우 놀란 듯 눈을 크게 떴다. 그러다 입술을 깨물며 내력을 끌어올렸다. 하지만 여전히 검은 움직이지 않았다.

 "익!"

 "이익! 이거 왜 이래!"

 양손으로 검의 손잡이를 붙잡고 미친 듯이 운소명의 목을 썰려던 그녀들은 마음대로 안 되자 비지땀을 흘리기 시작했다. 그 순간 그녀들의 눈앞에 흐릿한 손그림자가 나타났다.

털썩! 털썩!

노화와 안여정이 힘없이 바닥에 쓰러지자 그녀들의 검이 요란한 금속음과 함께 바닥을 나뒹굴었다.

스릉!

손수수가 검을 뽑아 들자 어느새 운소명이 손수수의 눈앞에 나타났다. 마치 처음부터 이곳에 있던 사람처럼 보였다.

"우리가 싸울 이유가 없잖아."

운소명의 낮은 목소리에 손수수가 안색을 바꾸며 뒤로 물러섰다. 순간 그녀의 검에서 밝은 광채가 일어났다. 유성칠식을 펼치려는 것이다.

"왜 없어? 아주 많아."

손수수의 싸늘한 말에 운소명은 고개를 저으며 말했다.

"아니, 이제는 없어."

운소명의 말에 손수수의 눈동자가 흔들렸다. 하지만 그것도 잠시뿐, 그녀의 검에서 밝은 빛과 함께 강력한 경기가 폭풍처럼 일어났다.

슈아아악!

사방으로 퍼져 나가는 바람 소리는 강했으며 또한 격렬했다. 그 모습에 운소명은 한 발 다가서며 말했다.

"설마… 또 한 번 나를 죽이려고?"

운소명의 말이 비수처럼 손수수의 가슴을 찔렀다. 그 순간 사방으로 퍼져 나가던 손수수의 강력한 기도가 사라졌으며, 바람도 마치 거짓말처럼 사라졌다. 그 모습에 운소명의 천천히 손수수에게 다가갔다.

"처음부터 내가 잘못 생각했었어… 처음부터 말이야. 그곳을 나온 순간부터……."

저벅! 저벅!

운소명이 다가가자 손수수는 자신도 모르게 뒤로 물러섰다. 운소명을 정면에서 볼 수도, 어떤 말도 할 수가 없었다. 그저 떨리는 눈으로 고개를 저으며 물러서기만 했다. 운소명은 그런 손수수에게 다가가며 다시 말했다.

"내가 원했던 건 복수가 아니었어… 그렇다고 내 과거를 알리려고 한 것도 아니고. 내가 마음속으로 원한 건……."

"앗!"

절벽의 끝에 서 있다는 것도 잊은 채 뒤로 물러서던 손수수는 순간 허공에서 발을 헛디뎠다. 그녀의 신형이 중심을 잃고 밑으로 떨어지는 순간, 운소명의 그림자가 그녀를 안아 올렸다. 하지만 둘 다 허공에 떠 있었기에 밑으로 떨어질 수밖에 없었다.

쉬이익!

강한 바람이 그들의 육체를 뚫고 지나갈 때 운소명의 목소리가 손수수의 귓가에 남았다.

"수수… 너였어."

그 말에 손수수의 전신이 크게 흔들렸다. 그녀는 바닥에 무사히 내려서자 운소명의 품으로 강하게 파고들어 갔다.
"처음부터… 처음부터 네가 내 앞에 다시 나타났을 때, 그때부터 이렇게 되고 싶었어."
손수수의 떨리는 목소리에 운소명은 그녀의 머리카락을 쓰다듬으며 말했다.
"복수도 원한도… 모두 부질없다는 것을 알았을 때 떠오른 건 수수, 네 얼굴뿐이었어… 우습게도. 네가 알려준 거야."
운소명은 그녀가 준 고통이 자신을 일깨웠다고 생각했다.
"미안해… 미안해……."
손수수의 낮은 목소리가 끝없이 반복적으로 운소명의 귓가에 맴돌았다. 그러자 운소명은 미소를 보이며 손수수의 얼굴을 가만히 쳐다보았다. 눈물에 젖은 그녀의 얼굴은 보기에도 안쓰러울 정도였다. 운소명은 그런 손수수의 눈가를 손으로 훔치며 말했다.
"네가 나를 찔렀을 때, 그때 알았어… 이미 너는 나를 위해 모든 걸 포기했다는 사실을 말이야. 그런데 나는 그것도 모르고 우리 둘만의 도화원에서 나가자고만 했지. 얼마나 나를 원망했을까… 그 마음을 이제야 알았어. 그리고 이건……."
운소명은 자신의 배를 보여주었다. 그곳엔 손수수가 찌른 흉터가 마치 곧 지워질 것 같은 선으로만 남아 있었다. 손수수가 가만히 손으로 쓰다듬으며 눈물을 흘리기 시작했다.

"그 마음을 몰라준 나에 대한 작은 복수고……."

운소명의 말에 손수수는 미미하게 고개를 끄덕이다 말했다.

"네가 죽었다면… 죽었다는 소식을 들었다면… 나도 죽었을 거야."

"이렇게 살아 있잖아."

순간 운소명의 미소를 본 손수수는 참지 못하고 운소명의 품에서 마치 어린아이처럼 큰 소리로 울기 시작했다. 그 소리가 너무도 커 금두산 전체에 메아리처럼 퍼져 나갔다.

"뭐야?"

"어떻게 된 거지?"

금두산 정상에서 얼굴 세 개만이 튀어나와 아래쪽을 쳐다보고 있었다. 모두 여자들로, 그녀들은 바닥에 엎드려 밑의 상황을 살피는 중이었다. 그런데 그녀들의 눈에 손수수와 운소명이 서로를 부둥켜안고 울고 있자 이상한 생각이 머리를 스치고 지나갔다.

"마치 헤어진 부부가 재회한 것 같은 분위기인데?"

안여정의 말에 노화가 고개를 끄덕였고, 장아민은 심각한 표정으로 말했다.

"보고해야 되나?"

장아민의 말에 노화와 안여정이 고개를 돌려 장아민을 노려보았다. 그녀들의 싸늘한 시선에 장아민은 혀를 차며 고개를 저었다.
"보고해도 안 믿을걸."
장아민의 말에 남은 둘이 고개를 끄덕였다. 그러다 안여정이 눈을 반짝이며 말했다.
"눈치를 챘어야 했어. 저 새끼가 나타난 이후로 손 언니가 조금 이상했다고. 아, 왜 난 곁에 있으면서도 몰랐지."
"나도 조금 그런 기분이 들었는데 설마했지."
노화가 옆에서 동조하자 장아민은 손수수가 남자의 품에 안겨 있다는 사실 자체를 믿지 못하겠다는 표정으로 물었다.
"둘이 오래전부터 알던 사이였어?"
"아… 언니는 잘 모르겠군요."
그렇게 말한 안여정은 운소명이 나타난 이후부터의 일을 차근히 설명했다. 그러다 노화가 깜짝 놀라 말했다.
"어! 간다!"
"어! 진짜네."
"헉! 정말이네."
노화의 말에 안여정과 장아민은 고개를 돌리다 둘이 손을 붙잡고 다정한 연인처럼 멀어지고 있는 모습을 보았다.
"우리는?"
"잊혀진 거지……."
노화의 물음에 안여정이 차가운 목소리로 중얼거렸다. 그 모습에 장아민이 혀를 차며 말했다.

"니들은 그러지 마라. 아무리 사랑하는 사람이 나타나도 절대 전우를 잊으면 안 된다."

장아민의 말에 노화와 안여정이 고개를 끄덕이다 이내 살기를 발산하기 시작했다.

"저 새끼, 용서할 수 없어… 감히 내 언니를……. 뿌드득!"

"손 언니를 뺏어가다니……. 내가 두 눈 뜨고 살아 있는 한 절대 한 방에서 지내지 못한다! 뿌드득!"

이빨을 갈던 노화와 안여정은 서로의 얼굴을 쳐다보더니 곧 바람처럼 경공을 발휘해 밑으로 내려갔다. 장아민은 혀를 차며 자리에서 일어섰다.

"무서운 것들……."

장아민은 문득 앞으로 운소명과 손수수의 길에 큰 암초들이 노화와 안여정이 될 거란 생각이 들었다. 혀를 차던 그녀도 곧 뒤를 따라갔다.

* * *

백화원의 정원을 홀로 걷던 곡비연은 쓸쓸함과 함께 고독감을 느끼고 있었다. 백화성주가 되면 모든 것을 다 가질 것 같았고, 자신이 원하는 이상향을 향해 앞으로 나갈 거라 생각했다. 하지만 현실은 꿈과는 다르다는 것을 다시 한 번 깨달

왔다.

성내에는 자신이 모르는 권력 싸움이 끝없이 일어나고 있었으며, 성 밖으로는 외부 세력들을 다스려야 했다.

높은 자리였고, 자신도 익숙해지고 있었다. 하지만 여전히 혼자였고 이렇게 정원을 걸을 때도 자신의 곁에는 아무도 없었다. 과연 천하에서 자신이 믿을 수 있고 의지할 수 있는 사람이 몇이나 있을까? 곡비연은 외로웠다. 아버지가 죽은 이후부터 가슴 한편이 뻥 뚫린 것처럼 늘 허전했고, 찬바람을 느껴야 했다.

그렇기 때문에 묵선명에게 호의를 가지고 대했는지도 모른다. 허전했던 자신의 가슴에 다가온 사람이었기 때문이다. 하지만 자신은 성주가 되었고 이제는 두 번 다시 그러한 감정을 가질 수 없게 되었다.

"그때로 돌아간다면… 포기했을까?"

문득 곡비연은 묵선명과의 일을 떠올렸다. 성주가 되는 길을 포기하면서 과연 묵선명과 행복하게 살 수 있었을까? 그때는 힘들다고 생각했는데 이제 성주가 되고 나니 그때로 돌아가고 싶다는 생각이 들었다.

스슥!

바람결에 흩어지는 낙엽 소리에 곡비연은 잠시 걸음을 멈추고 시선을 돌렸다. 그곳에 손수수가 서 있는 것을 보자 곡비연의 안색이 밝아졌다.

"손 언니."

곡비연은 반가운 듯 말을 하다 어느 순간 안색을 바꾸더니 차가운 살기를 보이기 시작했다. 손수수의 옆에 운소명이 나타났기 때문이다. 곡비연은 운소명을 바라보다 두 사람이 서로 손을 잡고 있는 모습을 보곤 차갑게 눈을 빛냈다.

둘이 이곳까지 어떻게 들어왔는지는 중요하지 않았다. 어차피 둘 다 현 강호에서 최고라 불리는 은신술과 잠행술의 대가였다. 마음만 먹는다면 어딘들 못 가겠는가? 중요한 건 둘이 손을 잡고 있다는 사실이었다. 결국 우려했던 일이 현실로 다가왔다.

"곧 죽을 거라 그러더니 살아 있었네요."

"운이 좋았소."

운소명이 가볍게 미소를 보이며 말하자 곡비연은 강한 기도를 발산하기 시작했다. 운소명은 손수수를 뒤로 물러서게 하곤 앞으로 나서며 말했다.

"한 가지 부탁이 있소."

말을 하는 운소명의 기도는 미약했고, 전신에서는 어떠한 기운도 느껴지지 않았다. 곡비연은 흥미롭다는 듯 눈을 반짝였다.

"무엇인가요?"

"수수와 함께 살고 싶소."

곡비연은 그 말에 놀랍다는 듯 운소명을 쳐다보았다. 그러

소중한 사람

다 시선을 손수수에게 던졌다. 손수수는 고개를 끄덕였다. 그녀 역시 같은 생각이란 것을 알자 곡비연은 차가운 기운을 더욱 강하게 흘리며 말했다.

"그걸 왜 저에게 묻나요?"

"내가 데려간다고 해서 곡 소저가 그냥 놔줄 것 같지 않아서 한 말이오."

"그럼 원수가 데려간다는데 가만히 있을 것 같았나요?"

"원한은 잊기로 합시다."

"웃기는군요."

곡비연의 차가운 말에 운소명은 다시 말했다.

"어차피 원한 같은 거 잊지 않았소? 이미 우리의 원한은 없는 걸로 알았는데……."

운소명의 말에 곡비연은 눈을 반짝였다. 이미 운소명이 자신의 마음을 어느 정도 파악했다는 것을 알고 있는 듯 보였다. 그러자 곡비연은 곧 살기를 거두며 말했다.

"그래요. 운 소협의 말처럼 원한은 잊었어요, 이미 손 언니의 검을 맞은 순간부터. 그래도 싫군요. 제가 왜 운 소협을 죽이려 한지 잘 알잖아요?"

"수수 때문에?"

곡비연은 고개를 끄덕였다.

"알고 있었어요, 둘의 관계가 깊다는 것을. 그리고 그걸 인정하면 손 언니가 제 곁을 떠나야 한다는 것도……. 저는 아직 어린아이라 그걸 견디기 힘드네요."

"고독 때문이오?"

곡비연은 그 물음에 선선히 고개를 끄덕였다. 순간 붉은 광채 하나가 번뜩이며 운소명의 미간으로 날아갔다. 갑작스러운 일격이었고, 손수수는 놀라 눈을 부릅떴다. 하지만 운소명은 아무렇지도 않게 손을 옆으로 저었다. 그러자 반 장 정도 크기의 푸른 도가 손에서 튀어나와 붉은 광채와 부딪쳤다.

팍!

작은 소음이 허공중에서 사라지자 곡비연의 눈이 이채를 띠었다. 운소명이 손을 좌우로 흔들자 작고 푸른 도가 이채를 발하며 움직였다.

"그 고독… 내가 없애줄 수 있소."

그 말에 곡비연의 눈이 밝게 빛나기 시작했으며 전신에선 빠르게 요동치는 기운이 솟구쳤다. 자신도 모르게 곡비연은 웃고 있었다.

"산을 넘었군요… 축하드려요."

운소명은 그 말에 미소를 그렸다.

"외롭지 않을 것이오. 같은 산에 내가 도착했으니 말이오."

운소명의 밝은 목소리에 곡비연은 흥분한 듯 고개를 끄덕였다. 순간 '쉬아악!' 하는 소리와 함께 그녀의 주변으로 붉은 안개가 흩어지듯 나타나 사방을 메우기 시작했다.

"좋아요. 일단 신나게 놀아본 뒤에 생각하기로 하지요."
"좋소. 솔직히 쉽게 허락을 얻을 거라 생각지 않았소. 훗!"
 운소명의 주변에서도 바람 소리와 함께 푸른 빛의 안개 같은 기운들이 흩어지듯 사방으로 퍼지더니, 붉은 안개와 뒤섞여 서로의 영역을 침범하기 위해 힘을 겨루기 시작했다.
 파파팟!
 두 개의 기운들이 부딪치며 불똥을 만들었다. 그 모습을 멀리서 보던 손수수는 강한 바람이 불어오자 더 뒤로 물러섰다.
 "무사히……."
 손수수는 아무도 다치지 않기를 바랐다. 둘 다 그녀에겐 소중한 사람들이었기 때문이다. 그러다 둘의 기운이 사라지고, 두 사람이 한데 어우러져 마치 춤을 추듯 움직이자 자신도 모르게 멍한 표정으로 그 모습을 쳐다보았다. 그 순간 손수수의 주변으로 따뜻한 훈풍이 불어오기 시작했으며, 부드러운 기운들이 자신을 어루만지는 듯했다.
 "행복해 보이는구나……."
 손수수는 해맑게 웃으며 운소명과 손속을 겨루고 있는 곡비연이 마치 어린아이처럼 보였다. 그리고 그런 곡비연과 어울리고 있는 운소명 역시 즐거워 보였다.
 "나도 저곳에 함께 있다면……."
 손수수는 가만히 중얼거리며 주먹을 쥐었다. 그리고 언젠가는 자신도 함께할 거라 다짐했다. 그 순간 강렬한 빛과 함께 두 사람의 모습이 사라졌고, 손수수는 깜짝 놀라 뒤로 물러서며 눈을 감았다.
 쉬아아악!
 강한 바람이 정원을 쓸듯이 지나쳤으며 주변 공기가 요동치듯 흔들리더니 곧 안정을 찾아갔다.
 곡비연과 운소명은 여전히 같은 자리에 서 있었고, 주변은 마치 처음부터 그러했듯 변화가 없어 보였다. 그렇게 극렬한 기운들이 오갔는데도 풀 한 포기조차 피해를 입지 않은 듯했다.
 "힘들군요."
 숨을 몰아쉬던 곡비연은 허리를 굽히더니 호흡을 가다듬고는 다시 허리를 폈다. 땀에 젖었지만 그녀는 굉장히 밝은 표정이었다. 운소명 역시 허리를 양손으로 잡고는 호흡을 가다듬고 있었다. 그 역시 땀에 젖어 있었는데, 기분은 좋아 보였다.
 "백화요결이오?"
 운소명의 물음에 곡비연은 고개를 끄덕였다.
 "육결인 정결(正結)이에요. 운 소협은요?"
 "애사가(愛思歌)라 하오."
 "예?"
 곡비연이 운소명의 말에 놀란 듯 눈을 동그랗게 뜨자 운소명은 미소를 그리며 말했다.

"수수와 나만 알고 있는 게 있소. 무공이면서 무공이 아닌…뭐, 그런 거? 그런데 우리는 이제 가도 되는 것이오?"

마치 질투라도 하라는 듯 운소명이 말하자 곡비연은 가볍게 웃음을 보이며 고개를 끄덕였다.

"그래요, 허락하지요. 하지만 언제라도 제가 갈 수 있는 곳에 사셔야 해요."

"조건이오?"

"그래요, 조건이에요. 설마… 하루 종일 본 성의 정찰자들의 감시 속에서 살려는 건 아니겠지요?"

반 협박적인 말에 운소명은 어쩔 수 없다는 듯 대답했다.

"이미 둘이나 있는데 더 늘면… 휴… 감당이 안 되니 그렇게 하겠소."

"둘이나요?"

곡비연의 물음에 운소명이 고개를 돌려 손수수를 쳐다보자, 그녀의 옆으로 노화와 안여정이 나타났다. 그 모습에 곡비연은 자신도 모르게 웃으며 말했다.

"어쩔 수 없지요, 연락할 사람은 필요하니."

"음… 못 가게 할 줄 알았는데……."

운소명은 곡비연이 노화와 안여정을 붙잡아줄 거라 여겼기에 조금 실망했다. 그러자 곡비연이 말했다.

"과한 부인을 얻은 대가라 생각하세요."

운소명은 어느새 손수수의 옆으로 가 그녀의 손을 잡고 있었다.

"그럼 가보겠소."

"네. 조만간 놀러 가지요."

"하하하!"

운소명은 곡비연의 말에 웃으며 고개를 끄덕였고, 손수수 역시 눈으로 곡비연과 한참 동안 말을 하였다. 곧 둘이 사라지자 홀로 남은 곡비연은 잠시 멍하니 서서 하늘을 쳐다보았다.

"저를 용서하세요… 그는 제 생명의 은인이에요……."

『홍천』 완결

작가 후기

드디어 '홍천'이 완결되었습니다. 제 스스로 많은 고민을 하면서 쓴 글인데 여전히 불만족스럽고, 아직도 해야 할 일이 많다는 것을 생각하게 됩니다.

언제나 그렇지만 쓰고 나면 뭔가 부족한 것 같고 어딘가 빠진 것 같은 기분을 느낍니다. 이번 작품을 통해 그러한 허기진 마음을 채우려 했지만 여전히 배가 고픈 것 같습니다.

앞으로 쓸 글은 조금이라도 배가 부를 수 있는 글을 쓰고 싶습니다.

부족하지만 제 글을 읽어주신 독자 분들에게 진심으로 감사 인사를 드립니다.

앞으로도 많은 사랑 부탁드리고, 더 나은 작품을 쓸 수 있도록 노력하겠습니다.

제 글을 읽어주신 독자 분들과 저를 아는 모든 분들을 사랑합니다.

Book Publishing CHUNGEORAM

김광수
퓨전 판타지 소설

Darkness Duke Chronicle

"여기가 마계라굽쇼!"

모태솔로의 저주를 풀기 위하여 눈물겨운 투쟁을 벌이는 강찬우.
벼락 맞고 갑자기 소환된 마계에서 만난 최상급 마족 미소녀
세를리아의 소환수 1호가 되어 벌이는 좌충우돌 대서사시.
그 누구도 깨닫지 못한 고대 마법의 힘을 얻어 마계와 중간계,
천계와 환수계, 정령계를 넘나들기 시작하는데…….

행복. 꽃사슴 농장 농장주가 되기를 소박하게 꿈꾸는 강찬우.
신들의 비밀을 파헤치고 앞을 막아서는 모든 것들에 강철주먹을 날리며
대륙의 지존영웅이 되어간다.
천상천하 유아독존 마계대공이라는 이름으로…….

유행이 아닌 자유추구 -
WWW.chungeoram.com
Book Publishing CHUNGEORAM

Book Publishing CHUNGEORAM

Dynamic island on-line
D·I·O 디오

박건 게임 판타지 소설

백경(1,000,000,000,000,000,000)
그것은 천문학적인 경우의 수로 태어나는 [돌연변이적 천재].
있을 수 없는 가능성에서만 일어나는 [확률의 기적]. 그러나 그 대상은……

"형! 미공개 신대륙에 들어간 유저가 있어요!" "뭐? 아직 비공정은 만들지도 않았는데 어떻게?"
"그, 그게 헤엄쳐……" "뭐라?"

제약이 사라진 세계. 점점 물질계에 관여하기 시작한 신과 초월자들
혼돈스러운 와중 정체불명의 존재들은 게임이라는 시스템을 이용한
무력 집단을 만들기 시작하는데……

"그럼 이젠 어딜 가볼까?" [렙업 좀 해……]

**복장은 마법사! 특기는 무공!
그러나 오늘도 그는 물에 몸을 던진다.**

유행이 아닌 자유추구 -
WWW.chungeoram.com
Book Publishing CHUNGEORAM

일류 新무협 판타지 소설

天山魔帝
천산마제

내일을 기약할 수 없는 땅, 천산.
소녀로부터 은자 한 닢의 빚을 진 소년 용악,
청년이 된 용악은 천산의 하늘이 된다.

하늘을 가르고 땅을 뒤엎는다!
한 호흡에 만 개의 벽(壁)!!
지금껏 내게 이빨을 드러낸 것들은 모두 죽었다.

은자 한 닢의 빚을 갚으며 시작된
십천좌들과의 승부.
오너라! 천산의 제왕, 천산마제가 여기 있다!

- 유행이 아닌 자유추구 -
WWW.chungeoram.com
Book Publishing CHUNGEORAM